中共宁波市北仑区委宣传部
宁波市北仑区政协经济委员会
宁波市北仑区传媒中心
出 品

破局

开发热土上的企业故事

谢挺 著

宁波出版社

序一

2024年10月，中共中央总书记、国家主席、中央军委主席习近平对国家级经济技术开发区工作作出重要指示，指出建设国家级经济技术开发区是我国推进改革开放的重要举措。[1]

时光回溯到40年前，在借鉴经济特区成功经验的基础上，经国务院批准，我国在沿海12个城市设立了首批14家国家级经济技术开发区（以下简称"经开区"）。开放春风拂来，在东海之滨的北仑，宁波经开区应运而生，站到了东方大国开放的最前沿，开启了从无到有、从有到强的一次次蝶变。2024年，商务部公布国家级经开区综合发展水平考核评价结果，宁波经开区综合考核成绩在全国229家国家级经开区中排名第九位，较上一年排名再次前进了三位，这也是近10年来宁波经开区取得的最好成绩。

---

[1] 新华社：《习近平对国家级经济技术开发区工作作出重要指示强调 不断激发创新活力和内生动力 以高水平对外开放促进深层次改革高质量发展》，《人民日报》2024年10月21日01版。

40年来，国家级经开区从最初的14家到最新的229家，从分布于沿海12个城市到遍布31个省(区、市)……从沿海到沿江，从沿边到内陆，国家级经开区勇立潮头、破浪前行，有效发挥了经济社会发展主阵地、增长极作用。

然而，毋庸讳言的是，作为开放平台，经开区经过40年的发展，当下正面临着制度优势不再、土地资源紧缺等诸多发展瓶颈。这些问题怎么破？新的竞争优势从何而来？这些是全国各地的经开区都在努力探索的重要课题。

2024年12月11日至12日召开的中央经济工作会议要求，"经济大省挑大梁"。位于浙江这一经济大省，宁波经开区作为"大区"责无旁贷要挑起大梁。带着新的时代命题，我们走近宁波经开区，挖掘这片热土上各个历史阶段的发展故事，为宁波经开区乃至其他国家级经开区接下来的发展提供借鉴。

开放的热土撰写了40年的辉煌

以不足宁波1/16的面积和人口，创造宁波1/6的地区生产总值、1/5的工业产值、1/3以上的外贸进出口总额和超过1/2的实际利用外资……40年来，宁波经开区锚定高质量发展这一首要任务，用好港口这个"最大资源"、开放这个"最大优势"，主动服务和融入国家发展战略，实现从东海渔村到现代港城、从传统工业区到新型工业化强区的精彩蝶变，谱写出实干争先、勇立潮头的奋进篇章。

2024年，全区实现地区生产总值3035.04亿元，按不变价格计算，同比增长6.3%。

这也是全国经开区蓬勃发展的一个缩影。

2023年，国家级经开区实现地区生产总值15.7万亿元、财政收入2.7

万亿元、税收收入 2.5 万亿元，以 3‰ 的国土面积，贡献了全国 1/10 的地区生产总值和财税收入；进出口总额 10.1 万亿元，实际使用外资 395 亿美元，占全国外贸总额和实际使用外资总额的比重均接近 1/4，成为巩固外贸外资基本盘的"主力军"。

因此，40 年来，国家级经开区书写了一段段辉煌的故事，不仅为地方经济发展注入强大动力，也为全国经济的高质量发展树立了标杆。

实现新使命唯有以"质"取胜

2020 年 1 月，国家级经开区发展历程上发生了一件大事——甘肃酒泉经开区由于连续两年在商务部的考核评价中排在倒数 5 名之列，被移出国家级经开区序列，成为国家级经开区建设 35 年来首个被"红牌"罚下的成员。

次年，宁夏石嘴山经开区也被"清退"；同时，于 2012 年 12 月经国务院批准升级为国家级经开区的黑龙江绥化经开区，亦未出现在商务部网站最新公布的国家级经开区名单里，表明其也已失去这一地位。

这三家国家级经开区被"退群"的背后，是商务部发挥考核评价"指挥棒""探测器"作用，引导国家级经开区不断提升发展质量和效益。显然，在日新月异的时代变化面前，经开区也面临着诸多挑战，要应对这些挑战，唯有以"质"取胜这一条路。

经济体制改革深化稀释了经开区的体制机制优势。在成立之初，经开区治理体制通过在计划经济大环境下营造小范围的市场经济环境，并叠加中央财税优惠政策，政策优势明显，但随着中国加入世贸组织和国内市场化改革深化，经开区原有的政策优势逐步被稀释。

经开区之间竞合关系日益凸显。在创建之初，为了加快招商引资，经开区存在着数量过多、产业结构同质等问题，导致土地资源紧张和转型升级困难。

宁波经开区在建设初期,不少项目的最初接洽都是以较有竞争力的体制机制为吸引点,但伴随保税港区、浙江自贸试验区宁波片区的成立,经开区的政策优势已不再凸显。

为此,2022年1月23日,整合了原宁波经开区、宁波保税区、北仑港综合保税区、梅山综合保税区、大榭开发区这5个国家级开发园区的新宁波经开区揭牌成立,总面积约615平方公里。这便是宁波经开区一次刀刃向内的主动破局。

因此,40年后的经开区,站在了一个历史的十字路口。

回望来时路,再振开放决心

相较自贸试验区等更高能级的开放新平台,经开区的竞争优势在哪儿?到宁波经开区走一走、看一看,答案便呼之欲出:一家家在这里扎根发展了十几年甚至几十年的企业,一条条上下游高效协同的产业链。

进入新时代,在宁波经开区这片热土上,不少我们耳熟能详的企业正越来越成为经济发展的"压舱石"。通过这本书,我们既能看到从本土成长起来的海天、申洲等行业标杆企业,也能看到通过招商引资落户后一直扎根北仑的台塑、吉利等国内龙头企业,还有各类细分赛道上崭露头角的"小巨人"企业。

宁波经开区现拥有国家级单项冠军13家、专精特新小巨人企业47家、高新技术企业超过850家,连续两年获得"浙江制造天工鼎"称号。这些企业的经营者,是"宁波帮",是浙商,是"有灵气有活力"的中小企业家,在成长为行业"大树"的过程中,不仅依赖自身的不懈努力,也得益于这片土地的滋养。

这片土地曾经是改革开放"无人区",初来乍到的干部们边学边做,以时不我待的精气神和企业家们一起成长，彼此成就。现如今，改革进入深水期，高水平开放也面临新的挑战，每一个经开区需要拿出二次创业的精神头。

回望来时路、寻找破局的方向，可以重振改革决心，也可以从中学习宝贵经验。这本书中概括出的经开区热土上各类企业的 10 个特色方面，是对经开区如何培育企业壮大、进行制度创新的一次有益探索。

本书以宁波经开区上发生的企业故事为切入口，或许可以成为观察区域发展和改革大趋势的一个窗口，去触碰时代跳动的脉搏。

浙江日报宁波分社副总编辑　翁杰
2025 年 1 月

序二

北仑,这片海濡之地,在改革开放的浪潮中砥砺前行,迎来了开发建设40周年的重要时刻。40年来,北仑的企业发展犹如一部波澜壮阔的史诗,充满了挑战与机遇、拼搏与创新。

回首往昔,北仑领改革风气之先,拥开放地利之便,在"八八战略"的指引下,发扬"四千精神",勇担时代重任,强力推进各项决策部署,为企业新质生产力的发展营造了良好的环境。

在这里:

一个企业家群体,因历史选择而风云际会,成为中国走向开放的"先行者"。

一个个产业,因改革开放而沧桑巨变,成为中国特色社会主义道路的重要"路标"。

一个个企业,因时代大潮而拔节生长,成为世界观察"中国奇迹"的重要"窗口"。

40年的风雨兼程,40年的辉煌成就。北仑的企业在开发开放的大道上阔步前行,不断书写着新的篇章。

留住一段历史

北仑，作为全国沿海开放城市的代表区域之一，一举一动都牵动着中央、省市领导的关注。这里的企业发展同样与国家战略的谋划紧密相连。

从最初的小微企业起步，到如今众多知名企业的崛起，北仑的企业经历了无数次的蜕变。它们在市场的竞争中不断探索，在技术的创新中不断突破，在管理的优化中不断提升。

在这 40 年里，有的企业从传统制造业逐步向高端智能制造转型，凭借着对技术研发的执着追求，在国内外市场上占据了一席之地；有的企业在贸易领域深耕细作，充分利用北仑的港口优势，将业务拓展至全球各地；还有的企业在服务行业不断创新，为客户提供优质、高效的服务，赢得了良好的口碑。

这些企业的发展故事，是北仑开发建设 40 周年历程的生动写照。它们不仅为北仑的经济增长做出了巨大贡献，也为社会创造了大量的就业机会，推动了区域的繁荣与发展。

弘扬一种精神

从浙江精神中折射的是，一个企业的核心竞争力，是多维度，也是多层面的。从北仑这些企业来看，这种精神力量突出体现在四个方面：

第一，创新与敢于争先。面对各种新事物、新机遇，北仑的企业家们有一种敢于人先、敢当尖兵、敢闯新路的激情和魄力。"全国第一""细分行业龙头"等成绩都是在创新中获得，也成为企业长久发展的基石。

第二，勤劳与坚韧不拔。无论是企业家还是经开区的干部们，在企业发展的初期都面临着各种困难和挑战，但他们凭借顽强的毅力和不懈的努力，最终实现了自己的目标。这种勤劳和坚韧不拔的精神不仅激励了企业家本人，也感染了整个团队，使得他们在面对困难时能够团结一致，共同应对挑战。

第三，诚信与社会责任。北仑的企业以诚信立足，不仅体现在内部管理上，更体现在与客户关系的维系上；干部在招商引资时，严格按照合同规定建设项目，让"以商引商"成为北仑外资招商常年保持全省第一的秘诀之一。

第四，担当与家国情怀。北仑的企业家们饱含着强烈的家国情怀。许多企业家在创业过程中，始终心怀国家和社会，将自己的事业发展与国家的繁荣紧密联系在一起。这种强烈的家国情怀不仅激励了企业家本人，也感染了整个团队，使得企业在追求经济效益的同时，始终不忘履行社会责任，为国家和社会的发展贡献力量。

在世界处于百年之大变局，外部环境发生深刻变化，各种挑战更严峻的当下，更需要弘扬永不言败的企业精神，去迎接更大的挑战，去争取更大的胜利。

提供一种借鉴

过去的 40 年，是一段波澜壮阔的历史。这期间既有成功，也有挫折，但北仑初步回答了深化改革、扩大开放、创新发展的一系列重大问题。这里包括如何建立现代企业制度和现代产业体系；如何不断塑造企业经营新方式，将企业产业经营与资本经营、跨国经营相结合；如何构建企业精神，把创新作为企业文化的主旋律，通过企业家的带领培育出一批骨干团队。这本书用纪实的方式，带领广大读者一起回顾和反思这段历程，特别是通过对重要事件的剖析，为后来者提供有益的借鉴。

书名"破局"很吸引人，故事的画面感很强，字里行间都体现了作者对本土化和国际化、企业家命运与大时代背景的深入思考。我们仿佛跟着作者经历了北仑那起起伏伏的40年，体会到了国家开发建设中永不言败的精神。在此，衷心希望本书的案例和见解能为正在创业的企业家带来思考与启发。

中共宁波市北仑区委宣传部
宁波市北仑区政协经济委员会
宁波市北仑区传媒中心
2024年12月

前言 在十字路口寻找前进的方向

"在世界辽阔的疆场上,在生命露宿的营地上,别做默默无声,任人驱使的羔羊,要在战斗中当一名英勇无畏的闯将。"

这是19世纪美国浪漫主义诗人朗费罗《生命礼赞》中的诗句。徜徉在北仑发展长河里,我们目光所及之处,那个时代英雄辈出,激情飞扬。他们是令人尊敬的勇士。

在过去的十余年记者生涯里,因为腿脚勤快,加上兴趣使然,我采访过大大小小近200家企业,也认识了不少企业家朋友。本书涉及的企业家,我多多少少有过接触,有的是多年老友,有的是当面采访的对象,还有的是从他人那里了解到其历程。通过与百余位企业家的交流,我领略过他们跌宕起伏的创业历程、成功后的喜悦、挫折后的失落和低谷期的不甘。所以,当我安静坐在书桌前,面对几十本采访本时,这些泛黄纸页上记录的密密麻麻的文字,让我感受到了创业的艰难。写下北仑企业的沉浮故事,是为了让更多人看到这片热土上的企业家如何成为这个时代的主流力量,激励新一代创业者继续前行。

2024年是北仑开发建设40周年。在这40年间,北仑在开放中迈进,在开放中汲取养分,在开放中成长,国内乃至世界知名企业从这片热土上走向全球。

写下这些文字时,我仿佛看到那些企业家向我走来。他们是那样意气风发,有些是20多岁的青年,浑身散发着一股闯劲,有些是处在事业巅峰的中年人,眼里有光。他们都曾在内心立下豪言壮语,而后挥手向我告别,继续义无反顾地向"无人区"迈进。

在中国经济高速发展的这几十年里,人们向往成功,媒体报道中更多的也是成功案例,人们似乎忘记了市场残酷的另一面。但实际上,成功背后既有机遇、趋势,更有无数的艰难抉择。

我所讲述的企业故事,主要有以下四个特征:

一是企业都经历过低谷期。许多企业起源于乡镇企业,企业家接手时,这些企业效益不佳,堪称"烫手山芋"。在市场经济的激励竞争中,它们经历了九死一生的发展历程,它们的发展曲线不是水平线,而是充满起伏的创业波浪线。

二是创业条件艰难。无论是当时北仑的基础条件,还是企业本身,基本都是从零起步,在夹缝中求生存,企业家们、干部们对成功的渴求来自初创时的窘迫,因此他们希望通过一切渠道来实现发展,"烧好自己那碗水",从而带来规模、扩大体量。

三是企业家思维高度令人敬佩。企业家以技术立企,虽然没有受过专业化管理训练,但推崇以品质得天下,后期及时转型,敢于打破思想束缚,甚至"逆向而上",抓住机遇,最终赢得市场先机。

四是企业家都极具人格魅力。企业初期的品牌影响力很大程度来源于企业家个人魅力,这给企业增添光彩、增加话题,也形成了企业家的独特风采。

这些故事虽发生在不同历史时期,但始终离不开对企业与政府、计划与市场、区域与国家、个体与群体、独立与圈层这五种关系的思考。这也是中国在发展新质生产力进程中不可回避的主题。为了更具典型性,本书选择的企业都是在国内专业赛道上的龙头企业,本书中所有案例本质上都以北仑这片土地为试验场,因而这既是一本记录北仑发展的故事集,更折射了中国创新和创变者的故事。每个故事的价值和典型意义正是在不同的参考坐标里反复被审视而得以确认的。

我期望用文字去还原那些惊险瞬间,那些感人故事,并通过这些企业故事让现在的企业家和干部们明白,产业发展的哲学是要顺时应势。在我看来,无论是打造链式产业,还是构造块式集群,关键还是要构建一个全域性经济生态圈。它应该具备以下三个特征:从空间体量上来说,应当拥有不少"单项冠军""隐形冠军"等现代化企业,它们以创新活力带动区域经济结构跃升能级,也就是我们正在推崇的"专精特新"企业;从人才培育上来说,企业应采用更具公平性和国际化视野的专业化管理模式,充分尊重员工多元化发展需求;从企业文化上来说,要想基业长青,质量为王、品质第一应该是企业永恒不变的追求。

最后,我还想多提一笔。写下他们的故事时,我常常不得不停笔平复心情。因为我是怀着一种深深的敬意去面对这些曾在风雨中飘摇的企业家和干部的。他们的历程是国家在跌宕起伏中摸索前进的缩影,他们身上有着英雄般的气质,在困难中坚定前行,不惧失败。是他们,创造了北仑40年来的辉煌。

目 录

一、探索现代企业制度
宁波钢铁：千锤百炼终成钢　003
大榭石化："混"得来，更要"合"得好　016

二、以高水平对外开放促进深层次改革
海天集团：闯海人，做时代弄潮儿　033
宁波台塑：一片"雨林"的孕育者　051

三、勇当改革开放的排头兵
浙江吉利：轻舟已过万重山　069
东方电缆：向东是大海　085

四、因地制宜发展新质生产力
申洲集团：红海之中自有大鱼盘踞　097
能之光：寻找光的方向　116

五、打造"投资中国"品牌

海伦钢琴：民族的，才是世界的　129

龙星物流：善于在起势前落子　147

六、服务构建新发展格局

贝发集团："亚洲笔王"风云录　157

盛威国际：东方风骨里的管理美学　177

七、推动经济转型的生力军

雪龙集团：老人与海的故事　193

继峰股份："白衣骑士"抗击"门口野蛮人"　216

八、巩固提升先进制造业

北仑模具产业：农民创世纪　235

怡人玩具：异乡，也能是心口上的一颗朱砂痣　249

九、在二代传承中完成产业升级

海伯集团：渐进式传承完成"大考"　261

二代群像：后浪的意义　277

十、积极参与高质量共建"一带一路"

敏实集团：去成为世界了解中国的一扇窗户　287

博菱电器：探索大出海时代下的宁波航道　298

后　记　307

一、
探索现代企业制度

宁波钢铁：千锤百炼终成钢

> 世间一切伟大的壮举总是默默完成的，世间一切智者都是深谋远虑的。
>
> ——［奥地利］斯蒂芬·茨威格《人类群星闪耀时》

2024年8月1日，《习近平给祖籍宁波的香港企业家的回信》全文公布。习近平主席在回信中称："多年来，你们传承先辈爱国爱乡的优良传统，积极创新创业、捐资助学，为家乡建设和国家发展贡献力量，用实际行动诠释了薪火相传的爱国心、桑梓情。"[1]

历史的时针回拨到1984年8月1日，邓小平同志在北戴河听取关于沿海开放城市和对外开放工作的汇报时指出，要"把全世界的'宁波帮'都动员起来建设宁波"。

当时邓小平的号召极大地鼓舞了海内外的宁波人，以包玉刚、董浩云、邵逸夫为代表的"宁波帮"纷纷慷慨解囊，支援家乡建设，掀起了"宁波帮"帮宁波、兴中国的热潮。

而在宁波北仑，宁波钢铁有限公司的发展历程，承载着宁波这座城市

---

[1] 新华社：《习近平回信勉励祖籍宁波的香港企业家》，《人民日报》2024年8月2日01版。

的"钢铁梦",是习近平主席与"宁波帮"在宁波的一个共同印记。

一座城市的"钢铁梦"

1984年10月,世界船王包玉刚首次回故乡考察北仑,深深为故乡有这么一个可以与荷兰的鹿特丹相媲美的深水港口而激动不已,他建议在宁波造一座钢铁城,占地10平方千米。他又毛遂自荐,愿意当"宁波的大使"到世界各地奔波,为宁波贡献自己的一份力量。

为此,他算了一笔账:利用北仑深水良港优势,租赁30万吨巨轮从澳大利亚运铁矿砂到宁波炼铁炼钢,远比从国内山西太原等地运铁砂到宁波便宜,一吨钢能省10美元。当时的北仑已有20万吨量矿石中转码头,水、电、路、通信等建设钢铁厂的外围条件也全部具备。

因此,包玉刚的这个建议,得到中央领导的赞同,一时间项目前期进展迅速。1985年,以英国戴维·麦基公司为首,由英国、联邦德国10家设备制造、工程承包公司及香港汇丰银行共同组成了"宁波工程欧洲财团";1986年3月,由英国戴维公司和奥地利"奥钢联"提交了年产300万吨规模的预可行性研究报告;1985年9月,冶金部和浙江省人民政府联合向国家计委上报宁波北仑钢铁厂项目建议书;1998年11月,国家计委批准了此项目建议书;1986年12月,完成了可行性研究阶段的工程勘察;1989年10月,完成了北仑钢铁厂环境影响报告。

但是中欧双方未能就合资比例问题达成共识,经历两年马拉松式的谈判后,此项目最终搁浅。

由于包玉刚的坚持,北仑钢铁厂还有一个年产60万吨的中型规模替代方案。1985年11月,国务院宁波经济开发协调小组正式成立,由谷牧任组长,时任国家计委副主任的陈先任副组长,小组成员由中央有关部委和浙江省、宁波市的领导组成。小组还聘任了卢绪章和包玉刚为顾问。协调小组在成立之后的3年时间里,开过6次会议,帮助宁波解决了许多开发建设中的重大问题。值得一提的是,对宁波发展最具有影响的是促成宁波实行计划单列。1987年2月,国务院正式决定,对宁波实行计划单列,赋予省一级经济管理权限。1988年,在召开6次会议后,"国务院宁波经济开发协调小组"撤销,替代方案再次搁浅。

1992年,这个钢铁之梦又有了新的希望。当时,邓小平同志正在杭州休养,浙江省省长葛洪升前往汇报工作。令葛洪升意想不到的是,邓小平对宁波的情况非常了解,并且十分关心宁波的开发建设。当葛洪升提到要动员全世界"宁波帮"建设宁波,邓小平说:"是的,动员全世界'宁波帮'建设宁波,是我会见包玉刚先生时讲的。"

1992年9月1日,浙江省人民政府和宝钢集团(公司)签署了在宁波经开区联合投资建设具有世界一流水平的钢铁企业的意向书,并于1992年11月2日联合向国家计委上报了钢铁厂项目建议书。可行性报告经过多次修改,又转批到国家计委和冶金部审核。几上几下,沉浮四年,宁波人的"钢铁梦"仍然停留在审批的公文纸上,不能不说是一个遗憾。

风雨过后的重生

北仑钢厂项目没上成,葛洪升却没有放弃"钢铁梦"。他说:"搞大钢厂不行,就先搞小的,通过与上海宝钢和日本的几家钢铁企业联合,共同投资不锈钢项目。"

后来,有人告诉葛洪升,有家民营企业想在北仑建钢厂,葛洪升表示,不管它是什么性质的企业,只要愿意投资建钢厂,政府都支持。为此,葛洪升还专门打电话给宁波市委主要领导,表明上钢铁项目的大决策不能变,对有实力搞钢厂的企业要支持。

这就是作为宁波钢铁有限公司(以下简称"宁波钢铁")前身的宁波建

龙钢铁有限公司的由来。

2021年4月,全联冶金商会和上海钢联联合主办的"人大代表讲两会,推动民营钢铁高质量发展"会议在线上召开,建龙集团董事长、总裁张志祥发表演讲。他表示,首先,要继续加大科技创新力度,使科技创新成为高质量发展的驱动力;其次,要用现代制造业的理念,加快传统制造业的转变;再次,要高度重视区域中的内循环,推动供给与需求的良性互动,以内循环促进外循环,进而提升供给水平。

这也是他最初创建宁波建龙时的设想,契合当时北仑迅猛发展的浪潮。

北仑的经济产业真正腾飞,是从2000年以后开始的。至今仍占据北仑半壁江山的临港重化工工业,也是从那个时候起逐渐成为"主角"的。

2002年,北仑区和经开区的管理机构归并合署,实现管理模式一体化运作,开发开放范围进一步拓展至北仑全域,北仑的发展定位明确为"东北亚国际航运中心的重要组成部分、华东地区制造业的重要基地、区域性物流中心、现代化滨海新城区"。招商引资战略进一步调整为"招大、选强、择优",着重引进了一批支柱性的临港重大工业项目。

因此当2003年6月总投资达170亿元的宁波建龙项目正式动工时,这无疑成了这次产业结构调整中浓墨重彩的一笔。项目装备有2座6米焦炉、1条年产250万吨球团生产线、2座2500立方米炼铁高炉、2座180吨转炉、1条1780毫米热连轧机、1条1780毫米冷连轧机、2条镀锌生产线和1条彩涂生产线,以及配套的公用辅助设施,主要产品为热轧板、冷轧板、镀锌板。

按照张志祥的预计,在整个项目竣工后,宁波建龙将是一个拥有4500人左右的企业,"人均产钢量在世界上居前三位,在中国排名第一"。

张志祥的信心来自中国工业的发展历程。

改革开放初期,手表、自行车和缝纫机成为不少家庭婚嫁必备的"三大件"。到20世纪八九十年代，家庭耐用消费品开始向电气化迈进，冰箱、洗衣机、彩色电视机成为新的"三大件"。

2002年开始，由于处在终端需求的住宅、汽车、电子通信和基础设施建设等行业的拉动，市场对钢铁、有色金属、机械、建材、化工行业的需求大增，又拉动了电力、煤炭、石油等能源行业的增长。这些快速增长的行业大多数属于重化工业。

张志祥的梦想，就是要借此构筑一个钢铁新帝国。

2003年3月开始动工的宁波建龙，是未来这个钢铁帝国的主力，也是当时复星集团和建龙集团最重要的合作项目。作为中外合资企业的宁波建龙，由建龙集团（占股35%）、复星集团旗下的南京钢铁联合有限公司（占股35%）、新希望集团旗下的福建联华国际信托投资有限公司以及两家境外注册公司共同发起组建。

建龙集团的网页上曾如此描述宁波建龙钢铁项目："铁、钢、材年生产能力将达到600万吨，年销售产值将达到150亿元。整个工程分两期建设，全部工程建设将在三至四年完成。"实际上，宁波建龙是按三期工程组织实施的，总投资规模也上升到200亿元。

说起落户地点，张志祥选择在宁波经开区投资建钢厂，是有战略考虑的。当时的宁波港是公认的深水良港，2003年，港口货物吞吐量居全国第二位、全球第六位，集装箱吞吐量居全国第五位。

而当时，一条"钢铁长廊"也已逐渐形成。在长江中下游一带，由西向东，湖北的武汉钢铁、江西的九江钢铁、安徽的马鞍山钢铁、江苏的南京钢铁、上海的宝钢集团，都已入选"中国百强工业企业"。

似乎，时机已经成熟。

但是，危机也在形成之中。2002年前后，全国的炼钢企业从20世纪80年代的114家增加到了260多家，平均规模不足年产70万吨，其中200余家的平均规模还不到年产10万吨。小而散的炼钢规模让资源浪费趋势

一、探索现代企业制度 | 007

日渐明显。

于是一场宏观调控就此拉开序幕,宁波建龙不幸成为"典型案例"。

2004年5月19日晚上,在央视整点新闻里播报的《宁波建龙钢铁有限公司违规建设600万吨钢厂》的新闻,让北仑"出了名",也把宁波建龙推上风口浪尖。

2004年7月27日,浙江省委办公厅、省政府办公厅发布通报。这是宁波建龙自2004年5月因违规被曝光后,首次公布的官方意见。通报称,宁波建龙公司和当地政府有关部门在项目审批、土地审批、环境保护、资金监管等方面存在一系列违法、违规问题。

一时间,项目何去何留,成了悬在宁波建龙人头上的"达摩克利斯之剑"。

重组获新生

从2004年5月到2006年7月,宁波建龙经历了长达两年多的停工。项目停工后,公司所有工作陷入全面停滞,经营状况极为艰难,资金达到历史最低点。当时,公司原有的2000多名员工已有部分离职,存在大量2003年和2004年进厂员工培训和专业提升不全等问题,公司已无力关注员工的各项发展及未来走向。

虽然举步维艰,但已把企业当成家的员工们还是满怀期待和信心,等待着胜利曙光的到来。

蹲下是为了更高地起跳,几代人的"钢铁梦",注定了宁波钢铁要担负起更大的使命。

在《习近平在浙江》一书中,有专门一章节介绍时任浙江省委书记的习近平对浙江国企改革做出的开创性贡献。在这一章节中,作者通过采访时任杭州钢铁集团有限公司(以下简称"杭钢")董事长、党委书记童云芳,还原了当时一波三折的改革过程。

2003年4月11日，任浙江省委书记不久的习近平在百忙之中到杭钢调研，他说的一段话为后续国企改革指明了方向，从某种意义上说，转变了杭钢以后的发展方向，也转变了相关民营企业的命运："国有企业也可以在多元化发展、多种经营的同时，探索公有制多种实现形式，从某一方面，也是发展民营经济。"

10年后的2013年，党的十八届三中全会召开，全会公报指出："要完善产权保护制度，积极发展混合所有制经济，推动国有企业完善现代企业制度，支持非公有制经济健康发展。"混合所有制改革成为国企改革的新方向。

2003年6月，杭钢就下一步发展重大计划向省委省政府请示，计划在宁波大榭筹建一个钢铁厂。而这个时候，宁波建龙正好遇到了国家宏观调控。于是，杭钢在省委指导下，转而与宁波建龙联合重组。

这期间，习近平非常关心企业改革进展情况，积极推进相关工作。

2006年3月16日，国家结合杭钢结构调整，核准重组申请。同年7月7日，宁波钢铁有限公司正式成立。

新生更要腾飞

2006年7月11日上午，宁波钢铁在北仑影剧院召开公司全面复工员工动员会。根据当时在场的人回忆，第一任厂长激动地发言："宁波钢铁的成立标志着我们翘首以盼780天的宁波钢铁项目重新获得了新生，它彻底扫除了笼罩在我们心头长达780天的阴霾，它必将充分地激发出蕴藏在广大员工中的工作积极性、主动性和创造性，去夺取即将打响的工程建设、生产准备、投产达产和管理优化等攻坚战的全面胜利！"

现在看来有点直白的发言，却代表了当时员工们的激动心情。发言完毕,当场掌声雷动,不少员工眼里含泪。

此时,宁波钢铁重组已经完成,杭钢是第一大股东,还有宁波建龙等两家民营股东。习近平提出,新的宁波钢铁有限公司要走体制创新、技术创新、产品创新的路子。

历史的车轮滚滚向前,不断验证这句话。与杭钢的合作,让宁波建龙这家民企摆脱了停产的境遇,终于实现复工。而对于杭钢来说,在宁波钢铁生产启动后,它的产能逐渐减少。10年后,杭钢半山钢铁基地于2015年12月平稳关停,杭钢因此成为全国去产能的典范。

而这10年来,宁波钢铁的转型按照总书记的"六个最"要求,不断攀高。

宁波钢铁人深知,产品创新是一个企业的生命线,钢铁企业唯有"去粗取精",减少附加值低的粗钢生产,增加科技含量更高的产品,才能在产能过剩的钢铁行业站稳脚跟。

电池人人用,然而很多人不知,世界上超过一半的电池是中国制造,而浙江又是国内最大的碱性电池产地。但一片毫不起眼的电池外壳用钢,却长期依赖进口。

○ 宁波钢铁生产车间

疫情期间,为打破这一局面,宁波钢铁主动出击,攻坚克难,不断创新。2020年5月,宁波钢铁成功研发出电池壳钢,质量达到国际水准,产品已经在国内主要电池厂家试用,一举让中国产电池用上了中国钢。

但研发过程却历经波折。电池壳从炼钢到冲制成壳需要10多道工序,工艺控制要求高、难度大,要炼出适应每道工序加工要求的电池壳钢非常不容易。为生产出能替代进口货的电池壳钢,宁波钢铁闯过了不少难关:一卷2.5毫米厚、20吨重的电池壳钢热轧钢卷,经过冷轧成为0.25毫米厚的钢带,平铺后面积约为1万平方米,相当于20多个篮球场的大小,但上面不能有一个比头发丝还细的砂眼或孔洞。

最后,宁波钢铁通过提高钢水纯净度、真空冶炼等多种技术手段,达到了品质要求。目前,宁波钢铁建立了"研产销商用"电池壳精密钢带替代进口国产化产业链集群,产品稳定供应国内知名电池生产厂商,整体性能达到国际先进水平。截至目前,企业已在电池壳钢、双金属锯背用钢、高层建筑用钢等一系列钢材领域的"高精尖"产品上形成了核心优势,解决了制造业发展中的一道道"卡脖子"难题。优质特色产品比例从原来的26%提升到2023年的60%以上,增效产品的占比达到90%以上。

从重工业到绿色低碳,这一跨越离不开日复一日的投入和坚持。昔日,人们对传统钢厂的印象大多是灰尘扑面、浓烟滚滚。如今,宁波钢铁更像一个大花园,所种植的120余种花木形成了"四季常绿,季季有花,年年有果"的景致,其中更有植物界"大熊猫"——中华水韭。"凌霄花廊""铁水梨花""百炼成钢""裂变成材""碧水观鱼"等多个景点串联出一片钢铁文化景观。

在宁波钢铁的"花园工厂",一辆辆绿色的重型卡车来回穿梭。它们是省内首批跑进钢企的电动卡车,也是宁波钢铁启动的一项清洁运输项目。与传统燃油车相比,电动重卡零污染、零排放、低噪音,平均能量利用率可提升30%以上,车辆运行后每年每车可节约柴油消耗1.3万升,减排二氧

○ 宁波钢铁绿色厂区

化碳 134 吨、氮氧化合物 1.3 吨、碳氢化合物 0.4 吨、一氧化碳 5.1 吨、颗粒物 0.1 吨,能够有力助推宁波钢铁实现绿色低碳转型。

传统制造借数字化、自动化实现了智能制造,冷冰的钢铁生产自此有了最新的工艺监测技术。穿过一扇科技之门,走进宁波钢铁智慧管控中心,屏幕上呈现着生产、物流、能源、环保和应急响应系统的实时智能管控画面。操作人员无须亲临热气腾腾的生产现场,就能借助模型精确分析生产成本和能源成本。相反,在高温现场"忙碌"的是工业机器人、协作机器人、视觉检测系统等前沿自动化设备。

"以前的钢铁是用铁锹炼出来的,智慧高炉正式上线运行之后,我们的钢铁是用'智慧大脑'炼出来的。"现场,宁波钢铁的专业技术人员用一句话形象地描述了宁波钢铁生产模式的变革。宁波钢铁智慧高炉通过将生产数据进行治理、感知与分析,从炉料可视化、气流可视化、炉型可视化、炉热可视化、安全可视化和管理可视化的角度,实现了对高炉生产状态的全面监测、评估与诊断,为高炉生产、操作和决策提供了"智慧眼睛""智慧手脚"和"智慧大脑",将高炉这个黑箱容器逐步透明化,将过去的"经验炼铁"转变为"智慧炼铁"。

"看不见的手"和"看得见的手"

宁波钢铁项目一波三折,围绕的是同一个核心议题,市场调节和政府调控,也就是人们常说的"看不见的手"和"看得见的手"之间的互动。

亚当·斯密在《国富论》中提出了著名的"看不见的手"原理,其核心思想是:当个体在追求个人利益时,市场机制会引导他们达到一种社会最优的结果,这种机制类似于一只"看不见的手",在个体追求自身利益的过程中,促进了社会的整体福利。

在理想的完全竞争市场机制下,企业通过"看不见的手"获得利润,工人获得工资,整个经济体系达到一般均衡。

但在宁波钢铁当时所处的经济大环境下,重工业陷入高能耗、低产出的循环中,政府就不能再当"守夜人",而是要"伸出手"去干预。

政府干预的主要目的就是保持经济总量平衡,促进重大经济结构优化,实现经济稳定增长。比如,当时的重工业发展太快,导致市场资源不能有效配置,这时,政府的介入就显得尤为重要。

当然,政府的干预也要根据市场情况和各种调节措施的特点,灵活机动。根据当时的发展情况,宁波钢铁采取了混合所有制的方式,既保障了民企的利益,也进一步激活了国企的活力,探索出了一条国企民企互相赋能的双赢道路。

如今,宁波钢铁按照总书记指引的方向,进一步自我加压,提出了打造"六个一流"目标:一流绿色生态环境、一流钢铁新材料、一流劳动生产效率、一流科创发展高地、一流企业经营业绩、一流现代治理能力。国家"钢铁脊梁"的轮廓正愈加清晰，宁波钢铁人的世界一流钢铁企业梦想正一步步变成现实。

宁波钢铁大事记

2003年　宁波钢铁的前身宁波建龙钢铁有限公司正式成立。

2004年　受国家宏观调控政策影响，宁波建龙项目全面停工。

2006年　3月，国家结合杭钢集团的结构调整，核准由杭州钢铁集团公司、唐山建龙实业有限公司、南京钢铁联合有限公司、福建联华国际信托投资有限公司共同重组宁波建龙项目；7月，宁波建龙钢铁有限公司变更为宁波钢铁有限公司；8月，全面恢复工程建设。

2007年　宁波钢铁有限公司正式投产。

2009年　由宝钢集团有限公司、杭州钢铁集团公司、宁波开发投资集团有限公司、宁波经济技术开发区控股有限公司重组宁波钢铁。

2014年　结合杭钢集团转型发展要求，杭钢集团以增资扩股方式再次重组宁波钢铁。

2015年　杭州钢铁股份有限公司分别向杭州钢铁集团公司、宝钢集团有限公司、宁波开发投资集团有限公司、宁波经济技术开发区控股有限公司发行股份购买其各自持有的宁波钢铁股权，宁波钢铁实现100%资产证券化，成为杭州钢铁股份有限公司的全资子公司。

2022年　宁波钢铁在省市区政府的帮助与支持下，组织形成了《推进高质量发展、打造世界一流企业》实施方案，简称"11856工程"（两个"1"是指2023年至2025年累计固定资产和创新投入超过100亿元，2025年实现杭钢集团宁波板块营收规模超1000亿元；"8"是指形成8项重要标志性成果;"5"是指推进实施50项重点工作任务;"6"是指初步建成具有"六个一流"的世界一流钢铁企业)。

2023年　宁波钢铁首次获评全国钢铁行业水效领跑者、中国钢铁工业协会绿化先进单位;开发的高强稳定杆用钢通过宁波市工业新产品投产鉴定,综合性能达到全国领先水平,填补了省内空白;宁波钢铁通过国家工信部两化融合管理体系3A级贯标评定,成为浙江省内唯一通过认证的钢铁企业。

2024年　宁波钢铁成功获评国家AAA级工业旅游景区。完成中钢协"双碳最佳实践能效标杆示范厂"专家验收工作,是华东地区第一家完成验收的钢铁企业。10月8日,宁波钢铁"双碳最佳实践能效标杆示范企业"荣获中国钢铁工业协会全国第一批验收公示,标志着公司炼焦工序、高炉工序、转炉工序能效全面达到了行业标杆水平。

大榭石化："混"得来，更要"合"得好

苟利于民，不必法古；苟周于事，不必循旧。

——〔汉〕刘安《淮南子·氾论训》

2023年是中海石油宁波大榭石化有限公司（以下简称"大榭石化"）成立的第20年。这一年发生了两件对企业有重大意义的事，使其成为企业发展史上的一个里程碑。

2023年6月19日，大榭石化迎来历史性跨越时刻——原油加工量突破1亿吨，标志着其成为长三角地区首家原油加工量破亿吨的混合所有制炼化企业。

2023年12月8日，由中国海洋石油集团有限公司（以下简称"中国海油"）投资建设的我国最大商业地下石油储备项目全面开工建设。该项目在岩体中人工挖掘洞室储存原油，利用稳定地下水位压力形成地下水封，具有库容量大、安全、储品损耗少等优点。

这一项目的成功启动，体现的是一种体制优势。大榭石化由民营企业宁波大榭利万石化有限公司（以下简称"利万石化"）和国有企业中国海油合资创办。"混"得来，更要"合"得好。在中国海油的牵头下，大榭石化的改革一步一个脚印，经过不断摸索与探索，从一家注册资本只有1295万美

元的企业，发展成为一家总资产超过百亿元、净资产超过 43 亿元的特大型石化企业。目前，大榭石化的规模已位居中国海油在炼化领域混合所有制各类企业中的第一位。

在一座海岛上诞生

2018 年 11 月 16 日，世界"宁波帮·帮宁波"发展大会在浙江宁波举行，会上对"改革开放 40 周年·时代甬商"进行颁奖，香港利万集团有限公司董事长王志良被授予"杰出甬商"荣誉称号。手握着沉甸甸的奖杯，王志良感慨万千。作为国企和民企混改成功、实现"双向赋能"的较早一批引领者，他在与国企长达 15 年的深度合作中，用实际行动开创了国企和民企互利共赢的良好局面，实现了公司的快速发展，也成为改革开放的一个时代注脚。

王志良，1956 年 8 月 18 日出生于诸暨市同山镇王庄村，第十四届全国政协委员，香港中国商会创会会长，香港利万集团董事长，中海石油宁波大榭石化有限公司股东。

2001 年，王志良在宁波大榭开发区投资石油化工产业，成立利万石化。2003 年，利万石化一期项目建设了 50 万吨 / 年重交通道路沥青生产装置一套，配套建设有 5 万吨级和 3 千吨级码头各一座，总罐容达 35.6 万立方米。装置投产后，当年实现利润 1.59 亿元。2004 年，利万石化的利润同比增长 69.1%。

但王志良也深知，规模较小的利万石化想要在石化产业发展壮大，将会受到政策、环境、原料资源、融资、市场等多方面因素制约，发展"天花板"较低，面对这样的危机局面，利万石化开始积极寻求合作良机。

2004 年，国务院发布《关于推进资本市场改革开放和稳定发展的若干意见》，明确提出要"积极稳妥解决股权分置问题"，这为混合制改革打开了一扇窗,也为民间资本拓展产业领域开辟了一条新路。与此同时,中国海油也在积极布局长三角地区的石化下游板块。

于是,位于大榭的利万石化引起了中国海油的注意。经过接触,利万石化也被中国海油的企业文化和愿景所打动,以零溢价的净资产价值出让51%的股份给中国海油,双方携手成立大榭石化。

一套关键装置背后的共同努力

尽管由中国海油控股,但在这一期间,大榭石化的主要决策由利万石化的负责人制定,常务副总经理则由中国海油派出,负责管理日常事务。初期的混合所有制架构由此建立,双方共同搭建起混合管理层,依靠国家的利好宏观政策,通力合作,形成了有利的交织和互补新优势。

然而，随着中国海油下游炼化产业的布局扩展，原油资源变得越来越稀缺，大榭石化的管理层意识到，如果不能获得更多的原油资源，仅守着50万吨/年的沥青生产装置，企业将会被市场所淘汰。此外，大榭岛"临港石化、港口物流、商贸服务"三大特色临港支柱产业的集聚，使得土地资源变得更加稀缺。

一路看涨的市场行情催生出了更高的要价，行业突飞猛进造成的竞争日益激烈的局面更是让企业有种时不我待的紧迫感。因此，早行动才能实现更快的发展。

在一期200万吨/年常减压装置投产后，大榭石化根据近年国内市场形势，启动二期300万吨/年重交通道路沥青扩建项目。2007年3月，公司建设了600万吨/年常减压装置，但配套的20万平方米储罐用地没有着落，唯一的途径就是购买周边的厂房进行建设。

大榭石化远眺图

如果由中国海油牵头进行项目审批，按照国企的规范流程，需要层层审核，以保证项目的科学性和安全性，这一过程耗时较长。项目抢先一步就能抢占先机、赢得主动。因此，王志良选择了以个人名义收购附近的宁波大榭科鑫防腐有限公司约100亩土地，并及时完成拆迁工作，再以净土地价格将罐区建设用地卖给大榭石化。这一系列动作使他个人直接损失近700万元，但创造了关键条件，力促大榭石化原油加工能力提升到800万吨。

600万吨/年常减压装置的建成成为大榭石化发展提速的重要转折点，标志着企业实现从量变到质变的关键转变，奠定了大榭石化在宁波建立千万吨级炼油基地的重要基础。2009年2月，600万吨/年常减压装置正式投产，当年实现上缴税费39.76亿元，是2008年缴税额的近3倍，实现了上缴税费的大跨越。

然而，大榭石化并没有停下脚步的打算，这仅仅是个开始。大榭石化的常减压装置是一个生产中间产品的短流程装置，其主要作用是对原油进行初加工，原油资源成本占到了企业总成本的98%以上。

由于土地资源十分紧缺，大榭石化需要向"外"扩张。2005年，王志良投资了近30亿元创建了浙江和邦化学有限公司（以下简称"和邦化学"），将后续的加工装置建设在舟山定海区，主要目的是解决大榭石化出厂的沥青和渣油处理问题，确保这些副产品的有效利用和增值。

通过两年多的建设，和邦化学在2008年4月实现全流程打通并产出合格产品，2009年6月，由试生产转入正式生产，与大榭石化隔海遥相呼应。由此，和邦化学补充了大榭石化的产业链，与其构建了协同的链式发展战略布局。

中国海油对大榭石化发展壮大的要求，也让大榭石化有了更高的发展愿景。大榭石化注意到，作为其配套基地的和邦化学，在装置匹配及原料相容方面与其有较高的契合度，在技术选择及地理位置上也具备一定的优势。同时,和邦化学还拥有码头资源和柴油生产资质等关键资产。因此,在评估了和邦化学公司的战略价值后,大榭石化再次与王志良团队进行了深度合作,收购了和邦化学公司。通过股权并购重组的形式,民营资本让出67%的股权,协助中国海油实现对和邦化学的绝对控股,并更名为"中海石油舟山石化有限公司"(以下简称"舟山石化")。

这样,大榭石化、舟山石化真正连在一起,打造了跨地区炼化一体化管理模式,为企业发展奠定了坚实的基础。

重组之后的大榭石化,在中国海油的原油资源保障下,原油加工规模急剧扩大。这一时期的合营治理结构发挥了积极、重要的作用,初步形成与客户共同发展的格局,逐步得到市场客户群体的认可,产品销量稳步提升,目标客户群体逐步形成,进一步稳固了市场份额。

开创了中国海油审批制度的先河

2011年,为进一步延伸产业链,大榭石化合资双方共同投资馏分油三期项目。由于当时用地受限,项目规划设计时,主要考虑的是能够放下所有设备,没办法对项目进行优化布局。公司计划于大榭、舟山两地分别建设装置,并在2011年11月通过中国海油投委会的审查。

2012年5月,宁波市政府接管大榭开发区后,同意在太平村增批足够的土地(约3000亩)给大榭石化用于建设生产装置,并计划两年内全部拆迁完毕。

同时,市场形势也发生了变化,原来设计的工艺和产品路线难以适应新的市场需求。王志良建议对项目进行重新优化设计。由于新的方案设计合理、用地节省,使得原本计划放在舟山的两套下游生产装置能够落户大榭。这不仅将使每年留在大榭实施深加工的一次加工产品增加200万吨,产值增加35亿多元,还将使生产布局更合理,每年可减少150万吨物料的往返运输,仅节省的运输成本及运输过程中的损耗,每年至少也有5000多万元。

然而,国企对于程序方面有很严格的要求,对于已经审批完成的改扩建项目,进行重新调整几乎是不可能的。但王志良坚信,一切应以效益和企业的竞争力为优先。他不懈努力,一次次去中国海油总部陈述利弊。

中国海油最终接受了这一建议。这开创了中国海油的先河,体现了中国海油对民企意见的充分尊重。如果没有混合所有制,在所有审批完成的情况下,再重新设计方案和审批几乎是不可想象的,也是国有企业通常无法做到的。2016年5月,停顿了一年的馏分油项目终于开始试产。这时,大榭石化彻底改变了短流程加工的不利局面,初步具备了一体化的规模效益。

企业混合所有制架构的迭代

2003年到2004年,利万石化的治理结构主要以民营企业家家族式管理为主,设有行政人事部、财务部、销售部、采办部、技术部、运行部六个部门。其中,行政人事部、财务部、销售部、采办部的管理层均为企业家家族成员。

而到了2004年至2008年,大榭石化形成了以民营企业领导班子为主,中国海油外派一名常务副总经理常驻参与公司管理的合营运行模式。

2009年至2014年,中国海油的发展从上游油气业务全面向下游油品销售业务进军。2009年,中国海油明确提出了下游产业"两洲一湾"(长江三角洲、珠江三角洲及环渤海湾)发展战略,计划以宁波为发展重点,在长三角地区建设千万吨级炼油一体化炼厂,有效解决地方能源缺口的同时,大力发展下游产业,完善中国海油的产业链和炼化产业布局,推进国际一流能源集团的建设步伐。

这样的高标准体现了混合所有制下国企的长远目光,其带领的大榭石化也不再局限于眼前的得失,而是与国家的发展紧密相连。因此,为了能够做大做强大榭石化,突出其在长江三角洲的战略地位,合资双方再次对股权比例进行划分,利万石化出让16%的股权,中国海油实现了对大榭石化的绝对控股。

整合后,公司董事会由中国海油委派五名董事,并从中指定一名为董事长,利万石化委派两名董事组成;监事会由中国海油委派一名监事会主席,利万石化委派一名监事,员工大会选举一名职工监事组成。

董事会和监事会的设立标志着大榭石化在建立现代企业制度、完善法人治理结构方面迈出了历史性的一步,对大榭石化的发展具有重要里程碑意义。与此同时,为保证国有股东和民营股东的利益,双方通过章程对决策事项进行了细致的规定,明确八项重大事项需全体董事一致通过,九项事项需董事三分之二以上通过,四项事项需董事二分之一以上通过。公司实行一套经营领导班子分管两地所有事务,其中,总经理、分管市场销售的副总经理、财务总监由中国海油派出,第一副总经理、协助分管市场销售的总经理助理由利万石化派出,其余副总经理、总工程师、安全总监、协助分管生产运行的总经理助理由企业自行招聘产生。该经营领导班子同时吸收了中国海油和利万石化的优点,在企业的经营活动中发挥着积极的作用。

在现代石化企业中,炼化一体化是主流的发展方向。受到土地、审批等历史原因的限制,再次重组后的大榭石化和舟山石化分处两地并形成独立的法人主体,但是从两家企业的装置匹配及原料相容方面来看,这些装置实际上构成了一个完整的系统。如何管理好这套装置,让其充分发挥价值,成为公司面临的一大挑战。公司的管理不能再仅从单个企业的生产、经营出发,而是需要统筹两边的生产,确定最优的加工方案和产品组合,走出地域限制,从大局上全面把握,把两家企业当成一家来管理,以实现整体利益的最大化。

在这种情况下,国企的管理优势得以体现,企业通过反复协调,在2010年初,大榭石化和舟山石化确定了异地一体化管理新模式,即统一一套班子管理,统一一套制度实施,统一一个人力资源平台的管理新模式,明确了各分管领导的分工和职责范围。

国企标准且科学的管理体系,为大榭石化注入了成为龙头企业的"基因",管理更高效,公司的各项费用也较2009年有了大幅的下降,特别是2010年度,财务费用较2009年度减少了3365.36万元,管理费用下降了527万元,营业费用也较前两年有所减少。2010年的一系列数据都创了大榭、舟山两地自建厂以来的最优记录,是公司一体化管理推行后的一次有效验证,证明异地一体化的混合所有制治理结构是符合公司实际的,为异地企业走上一体化管理道路提供了理论和实际应用基础。

从2014年至今,为适应新的形势,进一步加强公司管理,理顺管理体制和运行机制,推动公司业务健康发展,公司对组织机构进行了优化调整,实行保持异地一体化三个"统一"管理(统一班子管理、统一制度实施、统一人力资源管理平台)不变,生产性部门相对独立的管理模式。

国企的国之担当在混合所有制中起到关键引领作用

管理的"混合"带来了效益的提升,而文化上的"混合"则需要国企的引领。相对于民企更为灵活应对市场的机制,混合所有制中让企业焕发持续生机的关键还是国企的责任担当和双方在文化理念上的共识。大榭石化的企业故事正是这一点的最佳说明。

"创新是引领发展的第一动力",这是大榭石化生产运行九部负责人刘付华常常挂在嘴边的一句话。刘付华40多岁,在通过科技创新实现能源报国的道路上,他和他的团队已经奋战了10多年。

阻聚剂对苯乙烯装置的安全生产至关重要，使用阻聚剂是防止系统发生聚合的基本方法。但阻聚技术昂贵、稀缺，长期被国外垄断。于是，刘付华慢慢萌生了实现阻聚剂国产化的念头。

这是一个短期不见效、长期也不一定能攻克的项目，同时还需要投入大量的人力和物力。但中国海油依旧支持这个项目的研发，只因为保证国家能源安全是国企的担当。

2024年6月的宁波，潮湿而又闷热，但深夜里，刘付华与技术人员仍在认真研究资料、讨论优化方案。他们一次次试验，一遍遍修改性能参数，经过500多次连续攻关、20000多次试验，编写了10万字的技术报告，最终掌握了这项关键技术，打破了国外垄断40年的技术壁垒，实现了中国自主研发的阻聚剂在国内工业装置上的首次成功应用。

刘付华和他的团队，就有这么一种做首次、争第一的精神。在长达几十年的国际技术壁垒面前，他们仿若无所畏惧、勇往直前的登山者，毅然决然地向着技术高峰奋力攀爬。

对于刘付华来说，攀登技术高峰早已不是首次。

2012年6月，大榭石化上马30万吨/年乙苯装置，这是当时全国规模最大的"干气法"制乙苯装置。如何驾驭这么一个大家伙？

"反应原料在炉管内汽化后体积将膨胀数倍，这将会对开工后的安全生产造成巨大影响。"开工在即，一项生产难题摆在刘付华的面前，给他带来了新的考验。

白天，刘付华带领技术人员上塔学习工艺参数调整，晚上则通宵研究开工优化方案。80多米高的塔，他们每天一爬就是30个来回，相当于在东方明珠塔上下往返5次。

经过200多个日夜，刘付华和他的团队研发了"小流量苯循环开工＋热氮气替代停工"的创新方法，成功解决了苯在加热炉炉管内的相变难题，为行业提供了"海油方案"。这一方案使装置的综合能耗相比国内同类装置降低 27%，二乙苯转化率达到 90%，每年可以节约天然气 7000 立方米，技术指标更是连续 8 年位列行业领先水平。

"稀乙烯作为炼油化工装置的尾气，我国每年资源量高达 1900 万吨，折合成纯乙烯为 200 多万吨。如果能把这些资源加以利用，每年能节省多少石油用量？"装置开工后，刘付华带领他的团队继续利用有限的资源在增产提效上不断探索。他们研发的"稀乙烯增值转化高效催化剂及成套技术"，成功实现降本 1.3 亿元，增效 3.8 亿元，荣获国家科技进步二等奖。

刘付华的团队里也有原先来自利万石化的员工。如今，已经成为一家人的他们，虽然身处不同岗位，但都秉持能源报国的理念。这其中，来自中国海油的文化发挥了主导作用，无论是平时的课程培训，还是关键时期管理层的理念引导，都让这份报国之心深深扎根在企业员工心里。于是，在"混合"中遇到的技术、沟通等难题，也因为经营理念从原先单纯追求市场效益转变为更加注重可持续发展而变得迎刃而解。

如何"混"是中国特色经济结构中的重要问题

混合所有制经济发展历程是我国基本经济制度完善发展的缩影。1984 年，随着东部沿海地区开放，以合作经营为主的外商对华投资方式开启了混合所有制经济的探索之路。

2003 年，党的十六届三中全会明确将混合所有制经济纳入市场化改革的进程，成为国企改革的重要推手。全会通过的《中共中央关于完善社会主义市场经济体制若干问题的决定》首次明确界定了混合所有制经济的含义，对混合所有制改革的进程具有全局性的指导意义。

2013 年，党的十八届三中全会将发展混合所有制经济提升到基本经济制度重要实现形式的高度，这一提法首次出现在中央文件中，是经济制度理论的重要突破。

党的十八届三中全会以来,经济体制改革成为全面深化改革的重中之重,并进一步明确了市场在资源配置中起决定性作用。对于混合所有制改革的定位和设计有了更深入的诠释。实践中,已经开始以完善企业产权结构、现代企业制度和激励机制等为主要内容的改革,混合所有制经济发展已进入黄金时期。

2017年,党的十九大报告进一步提出"深化国有企业改革,发展混合所有制经济,培育具有全球竞争力的世界一流企业"的重要目标。

由此可见,如何"混"是中国特色经济结构中的一个重要问题。大榭石化不断探索"合"的过程,不仅为企业自身的发展提供了有力支撑,也为中国混合所有制改革提供了新案例。

大榭石化在最开始,也要解决因投资比例、经营管理权、收益分配、投资决策等原因造成内耗等潜在问题。但是企业并没有落入管理陷阱,中国海油以高度的责任感和担当精神果断推进改革,发挥了主心骨的作用,利万石化则以其独特的优势提升了"混改"的效果。一是董事会职权落实到位。"混改"后的董事会兼具国企的稳健决策机制和民企的灵活市场判断力,改革实现了乘法效应,数次难题都能迎刃而解。二是"混改"后,中国海油经历了参股、相对控股和绝对控股的各个阶段,在企业投资决策、薪酬激励、工资总额管理、选人用人等关键事项上科学参照了中国海油的科学管理制度,同时也保留了民企的灵活性,让企业可以放开手脚闯市场。三是对"混改"企业的激励机制不断强化。在中国海油的支持下,大榭石化取得了较快发展,企业正持续探索员工持股、薪酬管理、国企管理层身份转换等激励机制,不断激活员工的积极性和创造性。

大榭石化大事记

2002年　大榭石化前身利万石化开工建设。

2003年　利万石化沥青项目机械完工验收通过,标志着工程施工结束,由单机试车逐渐进入联动试车阶段;50万吨/年高等级道路沥青项目投料开车试生产,实现了当年设计、当年施工、当年投产,创造了同类型、同规模工程建设的奇迹。

2004年　利万石化第一船产品顺利出厂;利万石化有限公司加盟中国海洋石油集团有限公司,由其下属全资子公司中海油气开发利用有限公司合资控股。

2005年　利万石化正式更名为"中海石油宁波大榭石化有限公司"。

2007年　中海石油宁波大榭石化有限公司二期扩建项目奠基仪式顺利举行,该扩建项目标志着大榭石化原油加工能力突破300万吨。

2008年　大榭石化二期主体装置竣工。

2009年　225万吨/年沥青装置试车成功,顺利进入试运行阶段,自此公司的生产能力和企业规模得到大幅提升。

2011年　大榭石化举行三期馏分油综合利用项目奠基,这将进一步拓宽大榭石化生产加工链条。

2012年　馏分油综合利用项目在大榭岛北岸全面开工,项目建成220万吨/年催化裂解(DCC装置)、100万吨/年气体分馏装置以及30万吨/年干气法制乙苯装置。

2015年　国内最大催化裂解装置反应器封头完成吊装,这标志着催化"两器"大件吊装工装已全部完成。

2016年　大榭石化馏分油综合利用项目30万吨/年乙苯装置一次投料成功。

2018年　浙江省扩大有效投资重大项目集中开工仪式(宁波分会场)

在大榭石化举行。

2019年　中海石油大榭石化炼化一体化五期项目启动会举行。

2020年　满载4500吨船用燃料油的"浙海油6"号油轮从舟山石化码头离泊,实现了浙江自贸试验区宁波片区首票燃料油出口业务,也成为中海油第一单、浙江第一单、国内第三单低硫燃料油一般贸易出口;大榭石化四期项目相继开工,其中投入生产的轻烃芳构化装置设备国产化率达99.5%,采用的技术、催化剂均属国内首创。

2021年　大榭石化第二管廊隧道全线贯通,标志着隧道工程项目取得阶段性胜利。

2022年　大榭石化炼化一体化项目主体工程开工仪式顺利举行。

2023年　大榭石化炼化一体化项目2×45万吨/年聚丙烯装置开工仪式在项目场地举行。

二、以高水平对外开放促进深层次改革

海天集团：闯海人，做时代弄潮儿

> 长忆观潮，满郭人争江上望。来疑沧海尽成空，万面鼓声中。
> 弄潮儿向涛头立，手把红旗旗不湿。别来几向梦中看，梦觉尚心寒。
> ——〔宋〕潘阆《酒泉子·长忆观潮》

宁波创业创新风云榜颁奖典礼已连办了19年。2024年，海天塑机集团首次派出第三代接班人张斌。谈起爷爷张静章，1986年出生的张斌坦言，其对自己的最大影响在于两方面——自律自控与人本思想。自律自控来自爷爷对工作的热爱和专注，人本思想则体现在其对员工的深切关爱上。张斌表示自己将传承好这份精神，继续带领海天人大步向前。

回望企业发展，海天集团就像一名闯海人，顺应着改革的浪潮，紧抓每次机遇，在浪尖处实现产业迭代。

企业制度的三次关键迭代

A股超过5000家上市公司，最年长的董事长是谁？是张静章。与张静章同为"30后"的企业家里，浙江还有横店集团的徐文荣，他依然活跃在商业舞台上；"改革风云人物"步鑫生和"国企常青树"冯根生，都生于1934

年，分别在 2015 年和 2017 年去世。

机会未必会均匀地分配给社会的每次变革，但每次变革必有机会，看到机会的人很多，真正把机会变成事业的人很少。这些从上个甲子年走来的企业家，他们的发展为后代的年轻企业家们树立了标杆，组成了中国改革开放以来经济增长的微观基础。张静章带领的海天，在过去近 60 年间，面对市场化和国际化交融，工业化、城市化、信息化"三化"叠加的复杂环境，从无比丰富的机会中选出了自己的道路。这其中，体制机制的三次更迭奠定了海天的基石。

1966 年，全国提出"在有条件的时候也要由集体办些小工厂"。

1968 年，棉花农机厂迁址到衙前村觉海寺，厂名改为"镇海县江南人民公社农机具修配厂"。1970 年 11 月，中共镇海县江南人民公社党委决定：任命张静章同志为江南公社农机修配厂党支部书记，兼厂革委会主任。

这时候的江南农机厂就像一艘"小舢板"，在浪涛中求生存。而在 1970 年的中国，其实已经孕育着不少机遇。全国经济发展不断向好，当年工农业总产值 3138 亿元，同比增长 25.7%。其中，工业总产值 2080 亿元，同比增长 30.7%；农业总产值 1058 亿元，同比增长 11.5%。那一年，重大基建和技术突破也让人印象深刻。4 月 24 日，中国成功发射了第一颗人造地球卫星；12 月 25 日，长江的第一个巨大水坝——葛洲坝水利枢纽工程被批准建设。

按照凯恩斯经济学理论，这种由政府主导的基建和创新投入，也将辐射带动起各相关行业的蓬勃发展，并带来订单和就业。

趁着机遇，1978 年，江南农机厂改名为相对贴切的"镇海县江南人民公社农机塑料机械厂"，总产值首次突破百万大关，更为重要的是，在张静章的带领下，农机塑料机械厂拥有了一支属于自己的技术、生产骨干队伍，这些从基层干起来的骨干力量也成了海天后来的"财富"。

多年后回头来看，1978年就像一个春天的号角。党的十一届三中全会的召开，标志着万物苏醒、万象更新的时代到来。自此，"植物"破土而出，一切都变得完全不一样了。

1981年，原来的"镇海县江南人民公社农机塑料机械厂"改名为"镇海县江南塑料机械厂"。1982年，又改名为"镇海县塑料机械厂"。这是海天集团的第一次迭代，名字变化的背后，是"乡镇企业"的登场。

这些由农民创办的企业，具有相对固定的生产经营场所和单独核算的账目，也需要缴纳不菲的利税。但相比国营企业，它们不仅在技术上较为粗糙，设备落后，而且管理上主要依赖"厂长"的权威，而不是现代权责明确的管理体系。这种企业形式，就是乡镇企业。

乡镇企业在我国主要经历了三个阶段：第一个阶段是1978年到1984年，此时国家经济和社会发生了深刻变革，农村改变了"以粮为纲"的单一经济结构，社办企业和队办企业开始兴起，这是乡镇企业的萌发阶段；第二个阶段是1984年到1991年，这是乡镇企业的高速发展阶段；第三个阶段是1991年到1997年，邓小平南方谈话后，乡镇企业进入了一个辉煌时期。其后，曾作为中国经济"火车头"的乡镇企业进入青春期，但机制、人才、管理、技术四大瓶颈制约着乡镇企业迈上新的平台。此后，乡镇企业开始了改制的进程。

很显然，海天集团的第一次改制走在全国前列。改制后的企业，让张静章有了一定的自主权，这种"自由"让他带领着员工们加快了研发各类注塑机的进程。塑料机械厂与同时代的各类企业一样，开始孕育起现代工业的雏形。

经过两年的运转，塑料机械厂员工的积极性得到了很大提高，但伴随产能的提升，慢慢地，弊端也开始显现。

企业生产在很大程度仍由计划决定，当时塑料机械厂的利润也不能真实反映企业的绩效。在企业之间，存在着大量的从计划体制里带出来的先天条件差异。在这样的情形下,塑料机械厂不可能一下子完全摆脱计划走进市场,也不可能立即摆脱对政府的依附而独立生存,它需要有一个过渡缓冲期,来适应市场经济和市场竞争。

于是,到了1984年,改革再一次摆在了眼前。为什么会是1984年?那是因为在当时,承包制已经开始起步。

实际上,许多企业改革都是试点在先,政策在后。政府在发现这些试点取得了较好的效益后,再进行深入分析和经验提炼,并最终形成相关政策条文,进行大面积推广。企业承包制的发展也是如此。

在20世纪80年代各地的企业改革试验中,承包制得到了广泛的发展。至1986年底,全国有近20%的企业实行了承包制;1987年,这一比例达到60%;1988年,则达到80%以上。

于是,承包制从1988年2月正式开始在全国推行,主要标志是国务院在此时间发布的《全民所有制工业企业承包经营责任制暂行条例》和同年5月发布的《全民所有制小型工业企业租赁经营暂行条例》。

在全国这股创新拓展的热潮下,塑料机械厂向主管单位江南乡工业公司提出了集体承包的要求。乡党委同意以厂长张静章为主要承包责任人,实行领导班子集体承包、厂长负责制。

由此可见,海天集团的这次变革再一次走在了全国前列,成为先行先试的一批。

通过承包,企业获得了部分自主权。对内,企业以改革为中心,以包指标为基础,根据厂内实际,推行生产定额管理制度,定额到人,超产归己不封顶;实施贡献大的奖励、违规违纪的批评教育直至处分的奖惩制度,由此职工的积极性得到较大调动。对外,企业开始通过优化生产细节来积极应对市场。企业逐步学会如何去进行市场竞争,如何通过提升竞争力来获得自身利益的最大化。这个学习过程贯串承包制全程,目的是让企业有限度地进行市场竞争,逐步摆脱对政府的依附。

1984年成为镇海县塑料机械厂的改革年,改革的成效立竿见影:这一年,镇海县塑料机械厂完成总产值262万元,同比增长54%,实现利润56万元,同比增长24.4%。4年承包期满后,镇海县塑料机械厂主动决定再延长3年承包期。1984年至1990年的7年承包期内,企业的年产值由262万元提升到2213万元,增长7.4倍;年利润由56万元提升到426万元,增长6.6倍。

当塑料机械厂上下欢欣鼓舞于企业的发展时,他们或许不知道,1984年也是一个足以被人铭记的年份。这一年,王石、张瑞敏等日后在中国市场经济中响当当的人物开始了创业,财经作家吴晓波称1984年为"中国现代公司的元年"。

北仑也就在那个时候诞生。1984年滨海区(后更名为"北仑区")成立后不久,北仑港工业区又经国务院批准成立,开始进行大规模的"六通一平"基础设施建设。

塑料机械厂的改革元年,对应上中国现代公司的元年和北仑的开发建设起步,这些都让企业发展有了更为浓厚的时代背景。机遇在企业改革中悄然而至,也赋予了海天更大的历史使命。

时间线慢慢来到了1992年。在中国的改革史上,邓小平南方谈话是一个重大事件,在某些时候,它甚至被认为是一个历史性的转折点。1978年,党的十一届三中全会提出"把全党的工作重点转移到社会主义现代化建设上来"。15年后,党的十四大确立了社会主义市场经济体制的目标。

1992年的春天,给中国人留下了深刻印象。

1992年1月18日至2月21日,邓小平先后到武昌、深圳、珠海、上海等地视察,并发表了一系列重要讲话。他的讲话针对人们思想中普遍存在的疑虑,重申了深化改革、加速发展的必要性和重要性,并从中国实际出发,站在时代的高度,深刻总结了改革发展的经验教训,在一系列重大的理论和实践问题上,提出了新观点,讲出了新思路,开创了新视野,有了重大新突破。1992年3月26日，长篇通讯《东方风来满眼春——邓小平同志在深圳纪实》发表，引起全国轰动。

这一系列重要讲话，不仅标志着继毛泽东思想之后，马克思主义与中国实际相结合的第二次伟大历史性飞跃的思想结晶——邓小平理论的最终成熟和形成，也标志着中国改革开放第二次浪潮的掀起。邓小平的南方谈话，对中国20世纪90年代的经济改革与社会进步起到了关键性的推动作用，对21世纪中国的改革与发展，仍将产生不可估量的推动作用。

但那一年，张静章却过得不顺利。

1992年9月18日，张静章带着同事一起参加了在泰国曼谷举行的国际塑料及橡胶机械展览会。展会上人来人往，他们的产品却无人问津。这也难怪，他们的机器在外形和质量上与当时"四大金刚"之一的宁波注塑机厂生产的产品相比，确实存在一定差距，而且一开动起来，噪音很响。

于是，张静章下定决心，一定要把质量搞上去！

从产品质量出发，张静章看到了背后的制度问题，认为产权问题会是未来阻碍企业进一步发展的关键。虽然承包制在一定程度上解放了生产力，但企业面临着巨大的不确定市场和确定承包指标之间的矛盾，这样"戴着镣铐跳舞"的两难困境，在企业不断壮大的过程中将变得愈加突出。同样，北仑区政府在对企业进行走访时，也希望不断发展壮大的企业能够全面进入市场，成为完全独立的法人实体，彻底解决承包制困境。

1993年，根据国家股份制试点的有关规定，已改名为"宁波市第一塑料机械厂"的镇海县塑料机械厂开始了改组设立宁波海天股份有限公司的进程。

1993年12月25日，为成立宁波海天股份有限公司，宁波市第一塑料机械厂牵头召开了首次发起人会议，小港镇工业总公司、宁波保税区南国贸易有限公司、小港镇资产经营管理公司、北仑区财政信用投资公司和宁波华能国际贸易公司法人代表参加,共同商定企业股份设置及各方出资比例等内容。1994年1月23日,宁波市体改委批复同意设立宁波海天股份有限公司。

通过改制,海天由一家乡镇企业向现代企业制度下的民营企业转变,广大职工持股极大地激发了员工的积极性和创造力,让连续几年高速发展的海天又上了新台阶。1994年,海天完成总产值1.68亿,同比增长41.7%,实现利润4037万元,同比增长34%,主要经济指标第一次位于全国同行之首,经济效益位于全国轻工机械100家最佳工业企业之首。

在决定实行股份制改造试点的过程中,为了使员工有主人翁般的企业归属感,充分调动员工的生产积极性,海天还做出了一个重大决定:将历年承包者所应得的奖金拿出来,作为宁波市第一塑料机械厂职工保障基金会的入股基金,内部制定相应规则,全体职工作为会员均可按一定的比例享受红利分配。2006年,在注塑机产业上市前,此项制度重新进行了确权和依法改组,成立了员工信托制度,确保员工能够分享企业发展的成果。

从组建乡镇企业,到实行承包制,再到转变为股份制,海天集团的一次次变革,让企业自主性变得更强,员工参与度变得更高,也让企业分享到了每次改革带来的巨大红利。

进击海外的三种重要选择

社会上很多人知道海天集团,但估计很少人知道张静章的名字。讲着一口地道宁波话的张静章极为低调,尽量避开媒体的闪光灯。但内心里,他极为坚定。

在海天总部大厅陈列着一支大笔,笔杆上是一副对联:

五十载（阔海胸襟）匠人精工书写辉煌铸就金碑
一万年（高天境界）兴家治业镌刻华彩塑造永恒

大堂正前方，是一面砚台模样的巨幕水帘。用这样的笔砚写什么？把海天产品"写"到全世界的版图上！在海天，无论大堂外、大堂内，还是张静章的办公桌旁，都能看到地球仪。张静章常对身边人说："我们要相信自己的产品，一个国家一个国家去占领市场。"

但海天要迈过的"高山"有很多。

注塑机是集成度很高的机电液一体化设备，其技术水平在很大程度上反映了一个国家的机械、电子、液压等基础工业水平。

19世纪末，注塑机的原型由美国人约翰·韦斯利·海厄特（John Wesley Hyatt）发明，这是最早的塑料注射成型机。但这些早期的机器，设计相对简单，操作烦琐且效率低下。20世纪初，随着工业化进程的加快，注塑机开始向自动化和机械化方向发展。20世纪20年代初期，柱塞式注塑装置实现机械化改进。1921年，德国工程师H·布赫霍尔茨（H. Buchholz）制造了首台可称为"注射成型机"的柱塞式装置（人力驱动），这标志着注塑技术的一个重要进步。

20世纪80年代，全球注塑机市场正处于发展阶段。德国和奥地利在塑料机械领域非常重视创新，全球45%以上的塑料机械专利由欧洲公司拥有，每年一半以上的出口额也来源于欧洲。以德国为代表的欧洲国家生产的精密注塑机、大型注塑机等产品，具有高技术含量和高附加值，利润率很高，几乎垄断高端市场。日本生产的电动注塑机在北美地区的市场占有率达到30%，在快速周期成型、高精度微型化注塑方面具有明显优势。

因此，要实现快速发展，唯有以开放的姿态，吸引一切资源为企业所用，这便是刻在海天创业基因里的理念。因此，第一种选择是与外商合资，这使海天有了走出国门、抓住机遇的能力，先发优势让海天的发展车轮就此启动。

海天与外商的合作合资，缘起于20世纪80年代中期，但最终成为现实已经是1989年。那时，工厂的所在地已属于北仑区。为促进外向型经济的发展，宁波市政府在香港注册了一家宁兴公司，该公司正在市内物色业绩较好的企业作为合资对象。经区长牵线，宁波市第一塑料机械厂与香港宁兴公司就合资事宜展开了一系列准备工作。

考虑到全厂职工对合资缺乏认识，甚至有不少顾虑和疑惑，张静章发动全厂职工为合资企业取名，最终决定用公司的商标"海天"来命名。

说起"海天"名称的来由，社会上有各种说法。但经过多方求证，来自企业认证的故事是这样：1984年正月初二，张静章到镇海亲戚家拜年后，登上招宝山远眺东方，看到海与天连成一线，在夕阳照耀下熠熠生辉，又注意到身边正好有一座清道光十五年（1835）立的"海天雄镇"石碑，灵感油然而生——"海天"象征着产品拓展像海一样辽阔，像天一样无垠。"海天"商标就此诞生。

1989年11月底，宁波市人民政府外资工作办公室正式批复同意宁波市第一塑料机械厂与香港宁兴开发有限公司共同签署的中外合资"宁波海天机械制造有限公司"的合同、章程及董事会名单，批准成立"宁波海天机械制造有限公司"。依据章程和出资比例，由张静章出任董事长兼总经理。

对于宁波市第一塑料机械厂来说，合资首先突破了体制束缚，企业的经营自主权得以扩大，增强了市场活力。同时，合资企业能享受"二免三减"的优惠政策，第一年就免征近200万元税款，使企业发展的后劲更足。更为重要的是，合资后企业有了外贸自主权，海天可以自主拓展国际市场，塑机的出口不必再由进出口公司代理，减少了经营环节，使利润有所增加，对市场的反应也更为敏捷。

突破了束缚后，由于西方国家有多年技术沉淀，海天还想要与国际同行业先进水平接轨，资本收购和海外联盟合资就成为企业借力攀高的另外两种捷径。

资本收购分为收购部分跨国企业或全部国外企业，尤其是针对品牌、技术等战略资产的收购。通过这种方式，企业能够获得与其已有知识库不相关的新知识。

随着注塑机产业的迅速发展，普通液压注塑机已经供大于求，同时随着电子信息、医疗器械等行业对塑料制品需求的兴起，注塑机开始向高精密度方向发展，全电动注塑机因其高精密、高效率等特点成为应用新一代注塑机技术的代表。

由于企业内部缺乏全电动技术积累和相关人才，海天决定采取跨国收购的方式进入全电动领域。2007年，海天收购了德国长飞亚塑料机械制造有限公司，并在德国建立研发中心，开始全电动技术的探索。与此同时，海天还邀请德马格原执行总裁Franz教授正式加入海天集团，担任集团执行副总裁和德国研发中心总裁，负责协调宁波研发总部与德国长飞亚研发中心合作开发全电动注塑机的事项。通过这次跨国收购，海天在全电动技术方面的知识得到了深化和拓宽。2007年10月，海天成功开发出长飞亚天锐VE系列注塑机，随后研发了一系列获得市场认可的全电动注塑机。

而联盟合资通常表现为跨国企业与合作伙伴建立合资企业等形式，因此既可部分地利用企业已有的技能与知识，又可有效地使用合作伙伴的互补性知识。

1993年，海天在美国、印尼设立国外销售点，产品成功打入南欧、中东、南亚的近10个国家。同年，海天与台湾琮伟机械厂有限公司合资，成立宁波琮天塑料机械制造有限公司，成功开发出双色注塑机，由宁波机械进出口公司销往国外。1994年5月，在美国芝加哥召开的世界注塑机展销会上，海天作为我国唯一参展商，首次在国际性大型专业展览会上推出了海天注塑机，第一次让五星红旗在世界塑机展会上高高飘扬。

1998年，海天与世界塑机巨头德国曼内斯曼德马格公司合资成立德马格海天塑料机械有限公司,投资总额500万德国马克,注册资本400万德国马克,中方宁波海天机械有限公司占40%,德方德马格有限公司占60%,主要经营高性能塑料机械成套设备、辅助设备及零部件的生产和销售,并提供相关售后服务。

德马格海天的成立,从真正意义上实现了"德国技术中国制造"。海天不仅从德国引进注塑机专家,对公司技术人员进行培训,同时又派员到德国参观学习。海天与德马格的强强联合,促进了海天塑机生产水平和管理水平的提高,更带动了中国塑机产业的进步。

2017年,海天与日本新潟成立合资企业时,海天已具备了一定的全电动技术基础和吸收能力,可以较好地利用合作伙伴更先进的技术知识与运营经验,同时又能充分发挥自己大规模低成本的制造能力,因此合资成为适宜的海外投资方式。

2026年将是海天集团成立60周年,从尼姑庵起步的小作坊到享誉全球的最大注塑机制造商,海天用一个甲子年讲述了一个波澜壮阔的故事。而下一个甲子年,海天的精彩故事还将继续。

全球化布局的三次有序跨越

2021年12月1日,一台搭载着特殊数字标签的海天MA注塑机从海天华远宁波保税区厂启航发往越南市场,这是海天国际2021年度第10000台出口海外的注塑机设备,也是海天拓展海外市场以来,全年出口量首次突破1万台。

布局海外,是企业突破舒适圈,在风浪中前行的举措。而海天集团就像一位下棋高手,每一步都稳扎稳打。

第一步是销售走出去。海天在海外成立销售公司,包括土耳其、巴西等。第二步是本土化走进去。海天收购德国长飞亚并在德国建立装配基地;

在越南、泰国和印尼开设子公司,使得装配、销售与服务更加本地化,扩大国际影响力。第三步是销售、制造和研发全面走上去,构建海外中心,提升全球资源配置能力。

纵观海天"走出去"的不断迭代,其实与国家总体布局息息相关。

2001年,中国加入世贸组织。如果说1978年12月的十一届三中全会是中国发展史上的一个里程碑,那么中国加入世贸组织的意义之重大,完全可以与之相提并论。时任联合国秘书长安南说,中国加入世贸组织对世界贸易体系是一个具有历史意义的事件。

中国就此搭上了经济全球化的顺风车。就在大家纷纷欢呼庆祝的时候,海天看到了出口市场的巨大潜力。为了破解交货期晚、售后服务困难等海外服务瓶颈,海天决定加快销售走出去步伐,这成了海天的第一步。土耳其一直以来是海天国际的重要出口市场。1996年,企业通过出口进入土耳其市场。2001年,海天在土耳其伊斯坦布尔成立了第一家海外公司,主要为客户提供销售及服务支持,这也是企业首个直接海外投资项目。海天土耳其的成立,使企业可通过专业的销售和服务队伍,针对当地客户的实际需求,为土耳其客户和代理商提供新产品的展示、试制以及丰富的技术培训和服务支持,并辐射到中东和欧洲市场。

有了在土耳其建立海外销售公司的成功经验,2004年海天在巴西圣保罗成立了第二家海外销售公司。海天巴西占地面积约12000平方米,同样建设了一支高效率的国际化团队,能够为客户提供高效的订单处理、全面可靠的销售支持等全方位的注塑技术服务,并覆盖到整个南美市场。

2013年9月和10月,中国国家主席习近平在出访中亚和东南亚国家期间,先后提出共建"新丝绸之路经济带"和"21世纪海上丝绸之路"的重大倡议,为海天推进全球化战略指引了前进的方向。公司紧跟"一带一路"倡议,布局"东西两线"并行发展。在"东线"的发展上,除已有的海天越南外,还先后增加了海天印度、海天印尼和海天泰国三家子公司,全面服务于

○ 海天注塑机装配现场

东南亚地区的广大客户。"西线"则以海天德国子公司为发展重点,主动对标行业领先水平,深耕欧洲市场,加大注塑机与应用设备和自动化方面的研发,持续为客户创造价值。此外,公司还立足巴西、墨西哥,辐射美洲,全面争取美洲市场份额。

为更快更好地满足欧洲客户的需求,2016年海天塑机在德国艾贝尔曼斯多夫基建成第二座工厂并投入生产,占地面积约25000平方米。这是海天的第二步。该工厂可以针对欧洲市场进行定制化生产,并提供不同的解决方案来满足各类行业需求,如对整个生产单元进行试制,生产出更大型号的产品,使机械整体库存有效增加,机械和配件的交货周期大大缩短。新厂的服务范围可辐射到德国周围的18个国家,成为海天在德国发展的又一个里程碑。

进入"十四五"时期,党中央创造性地提出了加快构建"以国内大循环为主体、国内国际双循环相互促进的新发展格局"的重大战略部署。面对内外环境的深刻变化，海天提出国内及海外市场份额各50%的"五五战略"，这成了企业发展的第三步。从由装配和贸易主导的海外工厂进一步拓展为集研发、生产、装配、应用、销售和服务于一体的区域中心，不仅提升了全球的生产与销售能力，而且进一步提高了新技术研发能力，在研发、制造和销售全价值链上实现了"走上去"的全球布局。

在此战略指引下，海天打造了"1-6-5-N"的海外发展布局，更好地贴近全球客户：以1个海外管理中心协同海外市场的运营与发展；以6大海外区域营管中心协同本区域内的市场营销与推广活动；以5大制造中心提升本土设备交付及定制化能力；以N个海外应用体验中心为当地客户提供产品体验、技术应用等全方位的服务与支持。

通过全新建设"海天机械"大平台，海天有效整合了销售、服务、应用等资源，同时，从组织架构、硬件设施、人才培养等多个维度，全面实现区域高效运营、本土化制造、全球化快速响应的新格局，从而进一步提升海天的全球市场份额，实现全新突破。

螺旋式生长去突破束缚

在风雨浪潮中，海天人能够一次次乘风破浪，在一片商海中闯出一片天，得益于三条曲线互相耦合形成的螺旋式发展。这其中，掌门人张静章先生功不可没。

曲线一是"扫地僧"式的经营理念。扫地僧武功深不可测，而又深藏不露，就像金庸武侠小说《天龙八部》中在少林寺里专门负责打扫藏经阁的无名老僧人。无论是在个人生活中还是在企业经营上，张静章先生都很低调。海天的成绩，是经过多年细水长流式的布局与耕耘才取得的。从一双塑料鞋起步的海天，逐步成长为行业第一，乃至世界第一，这背后是一步步的突破和全球市场的逐层攻占。海天通过逐层深入构建海外制造与服务网络,练就了全球资源配置能力。

曲线二是与时代同频的掌控力。海天三次企业产权变化,顺应了那个时代的需求;三次海外技术引入模式,显示了企业灵活开放的全球格局;三次海外布局步伐,拥抱了国家战略的变化风口。张静章先生强大的信息获取和判断能力,让海天踩准时代节拍持续创新。与时代合拍的价值创造模式及商业模式,不仅让企业在快车道上不偏航,还培养出了更多的"驾驶员"与"领航员"。

曲线三是善用一切资源去攀高。海天集团的基因里有个特质:在一个行业不做到第一,就一定不去涉足第二个行业;规模做到了第一还不行,品质也要做到第一。这需要企业勇于借助一切优质资源去重塑产业模式。无论是合资建厂,还是跨国收购,海天以一种"跨时代企业"的特质,勇敢走进陌生领域,为行业探路。

回顾半个多世纪的发展历程,解密海天集团何以取得如今的辉煌成就,正如张静章先生所说,"感谢党和政府,感谢改革开放,感谢海天员工,感谢海内外帮海天的朋友们"。"四个感谢"是一次对近60年征程的总结,映照的是现如今的海天,塑机、精工、驱动三大产业齐头并进,海天金属、海天智联、海天光机强势崛起。海天以塑机起步,现在"海天机械"的全新定位正在逐渐清晰,完整的机械产业生态链开启的将是海天波澜壮阔的百年历程。

海天集团大事记

1966年　海天前身江南农机厂成立。
1968年　厂名改为"镇海县江南人民公社农机具修配厂"。

1973 年　海天第一台注塑机问世。

1978 年　厂名改为"镇海县江南人民公社农机塑料机械厂"。

1981 年　厂名改为"镇海县江南塑料机械厂"。

1982 年　厂名改为"镇海县塑料机械厂"。

1985 年　注册"海天"商标。

1989 年　宁波海天机械制造有限公司成立；出口海天第一台注塑机。

1991 年　开始兴建海天江南路生产基地。

1994 年　综合经济指标首次位居全国同行第一。

1997 年　荣获"中国机械工业名牌产品"称号。

1998 年　与德商合资的德马格海天塑料机械有限公司成立。

1999 年　首创节能注塑机。

2000 年　第一代二板注塑机试制成功；海天塑料机械（广州）有限公司成立。

2001 年　海天土耳其子公司成立。

2002 年　宁波海天精工机械有限公司成立；海天制造了当时锁模力达到 36000 KN 的注塑机。

2003 年　当选中国塑机协会理事长单位；海天精工第一台 HT-850G 龙门加工中心通过鉴定。

2004 年　荣获"中国机械 500 强"称号；海天巴西子公司开业。

2005 年　宁波海天集团股份有限公司电机事业部成立，第一台 7.5 kW/1000 rpm 交流永磁伺服电动机试制完成，并成功应用于电预塑；海天北化科技有限公司成立；荣获"重点培育和发展的中国出口名牌"称号；被国家认定为"企业技术中心"；宁波海天华远机械有限公司成立。

2006 年　海天国际控股有限公司在香港成功上市；国家级博士后科研工作站成立。

2007 年　荣获"中国名牌产品"称号；收购德国长飞亚塑料机械制造

有限公司;无锡海天机械有限公司成立。

2008年　宁波海天电机有限公司成立,旗下宁波海住机械有限公司更名为"宁波安信数控技术有限公司",并正式营业;海天国际华东、华南技术中心开业;宁波长飞亚生产基地成立。

2009年　德国长飞亚制造车间落成;天剑品牌创立;海天路生产基地投入生产。

2010年　宁波海天电机有限公司更名为"宁波海天驱动有限公司";海天日本技术中心成立。

2011年　海天越南生产基地投入生产。

2012年　宁波海天精工股份有限公司成立;在全球范围内推出全新二代机器;荣获"中国机械工业百强企业"称号。

2013年　海天新总部大楼在宁波落成;JU66000 Ⅱ超大型纯两板机试制成功;海天慈善基金会成立。

2014年　海天印度子公司开业。

2015年　海天印尼子公司开业;海天墨西哥子公司开业;长飞亚春晓生产基地开业。

2016年　海天泰国子公司开业;海天通途路生产基地投入生产;海天国际德国有限公司新厂房开业;海天品牌荣登美国纽约时代广场;海天金属成型设备有限公司成立;宁波海天精工股份有限公司在上交所成功上市。

2017年　海天荣获延锋彼欧2017年度供应商十周年特别贡献奖;张剑鸣总裁当选中国塑机协会会长;通过OHSAS 18001认证,ISO 14001认证;海天中大型注塑机智能化生产基地落户无锡;海天MA系列累计销售量超20万台。

2018年　海天文体中心奠基仪式举行;荣获"重点高新技术企业"奖;海天印度新厂房投入生产;海天土耳其新厂房投入生产。

2019 年　推出全新第三代技术，包含了新技术提升、模块化理念、开放式集成。

2020 年　三代机全面推广；海天大学正式成立。

2021 年　海天金属保税区基地正式启用；海天智联科技有限公司正式成立；海天文体中心举行开馆交接仪式；数字体验中心正式开放；海天墨西哥新厂房投入生产。

2022 年　海天华远日本分公司名古屋新址业务开业；宁波海天激光机械制造有限公司成立。

2023 年　五代机全面推广；8800 T 超大型注塑机成功交机。

宁波台塑：一片"雨林"的孕育者

审度时宜，虑定而动，天下无不可为之事。

——〔明〕张居正

人们对于自己的出生、所处的国家及时代没有选择权，这些因素共同构成了个人的命运。生命之绚丽或平淡，在很大程度上取决于环境和个人性格的影响。虽然出生是无法选择的，但命运可以通过努力被改变，这正是生命的精彩之处。换而言之，在现代文明史上，无论是个人还是企业，如果脱离了时代背景和国家环境，其经历往往显得苍白无力。

这是一个双向破解发展"天花板"的故事，同时也是推动两岸关系的一个标志性经济案例，至今仍值得我们学习和思考。故事的一方是在台湾本土市场面临发展瓶颈的"世界500强"企业台塑集团，急需在大陆重振信心并拓展业务，另一方则是新近成立的沿海经开区，在经历了十多年的发展后，外资引进遇到瓶颈期，渴望能有龙头企业加入并起到引领示范作用。

但这同样是一个漫长而曲折的故事。在当时政策不完善、配套缺乏的情况下，招商人员边学边做，在夹缝中努力实现政策和产业落户之间的平衡。干部们秉持"一心为公，不为名利，不达目标誓不罢休"的信念，只为

○ 台塑夜景

抓住客户落户北仑,这份精神至今依旧让人感叹。

故事的结尾充满了无限遐想。就像土壤和雨水滋养着植物一样,北仑也逐渐发展成为一个以石化产业为主的"雨林"。其中最为枝繁叶茂的就是台湾塑胶集团(以下简称"台塑集团")项目,它至今仍是全省最大的外资项目之一。当时,全国重化工的兴起,像雨水给予了产业充分的支持,北仑地方政府持续提供的一流服务,则让这片"雨林"不断茁壮成长。

因此,在北仑开发建设40年长卷中,台塑项目是一个分隔符。台塑项目之前,自经开区成立以来直到2000年,累计引进的实际外资约为7亿美元,即使是在扩区之后,每年引进的合同外资也仅维持在数千万美元。那时的北仑仍是一个默默无名、处于起步阶段的新兴经开区。台塑项目的落户标志着一个时代的到来,自此北仑开始了临港重工业的发展进程。在项目引进中成长起来的招商队伍,树立了北仑干部招商专业、服务贴心的名声,北仑的招商服务金字招牌由台塑项目起步。

又一个"海沧计划"?

2000年4月中旬,宁波经开区的领导从经开区一家台资企业的总经理那里得知,台湾最大的化工工业集团——台塑,将于4月25日派代表来宁波进行投资考察。而此前两三年内,台塑已在中国的深圳、广州、厦门、常州和越南等国家的一些城市进行了投资考察。对于这件事,一开始很多人并不看好,因为20世纪90年代震动全国的"海沧计划"的失败,给两岸经济关系蒙上了阴影。

两岸的经贸往来起步在80年代末,根据相关资料,在改革开放历程中,台商投资大陆大致分为四个阶段:

第一阶段(1988~1991年),初步发展阶段:投资福建、广东地区。

20世纪80年代,由于在地缘上与台湾相近的区位优势,福建、广东率先承接了台商的第一波投资热潮。1987年11月,台湾当局有限度地开放台湾居民赴大陆探亲,并放宽了外汇管制。1988年,国务院通过《国务院关于鼓励台湾同胞投资的规定》,该规定鼓励台湾的企业和个人在大陆进行投资,为台湾对大陆进行直接投资提供了制度保障。据统计,1991年,台商对大陆的投资累计达到13.9亿美元,其中,福建累计吸引台资5.35亿美元,占约38.5%,广东累计吸引台资4.35亿美元,约占31.3%,这两个省份的台资数额占这个时期台商投资大陆总额的近70%。

第二阶段(1992~2001年),全面发展阶段:从珠三角向长三角地区推进。

1990年,随着浦东新区的成立,加上20世纪80年代建立的5个经济特区和1984年开放的14个沿海城市,中国形成了一个沿海经济开放带,为中国参与全球合作与竞争奠定了基础。这一时期,台商投资区域开始从集中于闽粤两地迅速向北扩散至长三角地区。以上海浦东新区为中心,苏州、昆山、宁波为代表的长三角地区,迅速成为台商投资的热点地区。据台湾"投审会"统计，1992~2001年，在核准对大陆的投资案件中，广东为8420件，投资总额68.55亿美元，居第一位；江苏为2891件，投资总额45.12亿美元，居第二位；上海为3007件，投资总额27.75亿美元，居第三位；福建为3077件，投资总额为17.34亿美元，退居第四位。

这一阶段，以广州、深圳为代表的珠三角地区由于紧邻港澳的区位优势，加上台商在该地区的产业配套需求，在整个90年代，都是台商投资的重点区域。以上海为代表的长三角地区，在投资总件数和投资总额上紧跟珠三角地区，呈快速发展态势。

第三阶段（2002~2009年），快速扩张阶段：长三角作为台商投资主要目的地的地位确立，台商投资呈现北移趋势。

在这一轮投资热潮中，由于大上海辐射能力进一步增强，长三角地区经济整合加快，确立了其作为台商投资主要目的地的地位。同时台商投资大陆的热潮呈北移趋势，1992年，台商投资环渤海经济区的总额仅为0.3亿美元，2009年，这一数值达到5.4亿美元。

第四阶段（2010年至今），新一轮增长阶段：台资西进，成渝成为新的投资热点。

进入2010年以来，台资企业所在的东部省份相继面临缺电、缺水、涨薪等方面的压力，而西部地区拥有成本低、资源丰富、市场潜力大等优势。因此，西部成为台商产业转移的理想承接地。2010年9月，国务院发布《国务院关于中西部地区承接产业转移的指导意见》。该意见指出，为引导产业转移，国家将在财税、金融、投资、土地等方面给予必要的政策支持。成都、重庆作为西部重要的中心城市，在资源、技术、人才等方面具有突出优势，因此也成为台商投资的理想之地。

而由台塑集团与大陆共同谋划的"海沧计划"就发生在台商投资的第一个阶段。

王永庆，台湾省台北市人，祖籍福建省安溪县，出生于台湾省台北市近郊的直潭（今属新北县新店区），是台湾著名企业家、台塑集团创办人，被誉为台湾的"经营之神"。台塑集团是中国台湾地区最大的工业集团、第二大民营集团，也是世界最大的石化企业之一，共有台塑、南亚、台化等百余家关系企业。

1989年年末的一天晚上，王永庆在美国新泽西州的别墅里召开了一次战略会议。会上，王永庆认真地听取了各方面的反馈意见，最后总结说："过去，国家的强弱取决于它的钢铁生产量，但是今天的情况不同了，现在的关键在于石化业，尤其是乙烯的产量，全世界都往这方面发展，因为它有带头作用。如果台塑在大陆的投资计划能够实施，那么整个集团的乙烯年产量可达154万吨，整体产能将增加150%，同时还可带动许许多多的下游产业一同前往投资设厂，推动台湾石化工业在整体上实现转型。"

1990年1月11日，王永庆在家人的陪同下来到大陆，受到了中央领导的热情接待。他的投资设想也得到了大陆方面的大力支持。

为了配合台塑集团的投资计划，经过协商，大陆方面提供了三个可供选择的建厂地点：福建海沧、湄洲湾和广东惠州。同时还提议双方先成立一个合资公司，并由大陆一方先拿出3亿美元作为该公司的运营资本金。最后，王永庆倾向于把海沧作为未来建厂厂址。

海沧位于福建省经济发展最具活力的闽南"金三角"地区的中心，对外交通便利，距厦门国际机场仅10千米。1989年5月，国务院批准设立了"海沧台商投资区"，规划开发面积为100平方千米，这是当时全国最大的国家级台商投资区。除优越的地理位置外，王永庆看重海沧的另一个重要原因是，这里曾是大陆"改革开放"以来台商最早进入的一块土地。台商中的大部分中下级管理人员都讲闽南话，从台湾直接派人到厦门一带的工厂进行各项管理极为方便，可以省下不少经营成本。

于是中央决定在海沧拨出10000亩土地，同时为方便起见，可以用成立特区的方式来推动台塑投资计划。若是将来还有需要，也可以在与海沧毗邻的漳州，随时再拨出5000亩土地作为配合。总之，大陆对于"海沧计划"将支持到底。

但这个将带动上下游产业链的石化项目引起了台湾当局的震动，他们以冻结资产为要挟，最终导致这个庞大的计划功败垂成，这也成了王永庆多年来心中的遗憾。

因此，十余年后，当台塑再次来到大陆考察时，社会上出现了一些顾虑：王永庆的"海沧计划"震动太大，结果台湾当局不准他来，虽然现在两岸关系已经有所缓和，但形势依旧不明朗，这次会不会出现类似的情况？

在一片迷雾中，甄别两岸真实情况以及王永庆的想法，统一团队意见成了首要问题。

风险承担是创业导向的关键维度。同样，在招商引资中，也需要招商团队敢于冒险，把握成长机会，调动和整合可利用的资源来发现和利用机会，从而快速抢占发展先机，这对区域永续经营和价值提升具有重要作用。

面对未知情况去分析可行性，这本身就是一个巨大的挑战。作为当时招商团队成员之一的杨世业对此深有体会。在他后来撰写的材料中，对此做了归纳总结。

从世界重要国家的工业化历程来看，人均GDP达到3000美元至5000美元左右时，工业结构通常会经历显著的变化。一种说法是，这个阶段的工业结构中心大多呈现由基础工业向重化工业转移的趋势，即进入工业化的扩张期。另一种说法是，产业结构逐步由劳动密集型转换到资本密集型，并进一步向知识密集型发展，科技进步对经济增长的贡献度逐步增大。2000年，宁波经开区的人均GDP已经突破3000美元，进入重化工产业发展阶段。

从国际重化工产业的布局变化来看，重化工业主要集中在沿海地区，如日本的重化工业主要分布在北九州等岛上，韩国浦项钢铁的主要生产基地位于浦项和光阳两个沿海地区，新加坡的重化工业集聚在裕廊化工岛上，美国的重化工业主要集中在休斯敦、费城和新泽西等沿海地区。国家发展和改革委员会先后提出了造船、炼油、大乙烯等重化工行业布点规划，2005年又颁布了《钢铁产业发展政策》，鼓励新建钢铁企业布局在沿海地区。这些充分说明重化工业适合布局在沿海地区。宁波经开区紧靠北仑港，自然具备这种产业发展的综合区位比较优势。

在杨世业看来，2005年台塑集团销售产值达到3800亿美元。由于受台湾本身市场较小的限制，公司主要产业逐渐向祖国大陆转移的意愿比较强烈。

同时，招商团队还从新华书店找到《王永庆传》，对王永庆的个人创业史、价值观以及台塑集团的组织文化和发展战略进行了深入研究，王永庆的"经营之神"的形象逐渐清晰起来。在敬佩之余，他们认为从逻辑上来讲，如果台塑是第一次来宁波经济技术开发区投资，可能会受到台湾当局的干扰，导致项目像之前的"海沧计划"那样功败垂成。然而，当时台塑既有投资大陆的强烈意愿，同时从"马斯洛需求"理论分析，王永庆也急需通过建立该项目来表达诚意，重获大陆的信任。因此，这是一个千载难逢的机会。

最终，宁波市主要领导拍板同意积极争取这一项目，于是一场与时间赛跑、与其他区域竞争的大作战开始了。

一个通宵赶出厚厚的答疑册

战略不仅仅是纸上谈兵，而是思想和行动的统一。在战略思想没有达到足够稳定时，战略行动往往是短期导向的，而当战略思想达到深思熟虑的高度时，战略行动就会有更多的确定性。正因如此，在经开区招引台塑项目过程中，战略也呈现出多种形态，并不存在一套系统化、文本化的"万能"战略规划。在不同发展阶段，经开区采取了不同的战略形态，根据环境变化动态配置资源，不断满足相关利益者的期望，构筑持续竞争优势。

第一个阶段是摸索寻找框架阶段。

在前期准备期间,2000年4月18日,时任经开区管委会主任的姚力召集当时的经开区经济发展局局长王纪拉,要求局里三天内拿出投资方案。台塑来考察前只询问了三个数字:用地面积、用水量和码头要求,甚至连计划投资的具体项目都没有透露。

于是,他们几个人分头查找资料。当时,通过下载速度每秒只有52 K的"猫"拨号上网,不像现在这么便捷,整个局里只有一间办公室可以上网。经过分析,团队根据台塑在台湾的项目建设情况以及国内的重化工步伐的加快,初步判断台塑看中大陆的消费市场,可能要在大陆投资石化项目。于是,他们加班加点,三天两晚拿出了120多页的项目方案。2000年4月21日,这个方案被精简成60多页在市政府专题会议上讨论。4月25日,双方进行了首次接洽。当台塑考察人员看到面前厚厚一本装订精美的建议书时,他们都感到很诧异。这也给他们留下了深刻的第一印象。

第二阶段是主动出击阶段。

6月上旬,当年的"浙洽会"期间,台塑派出了第二批人员到宁波考察,与宁波方面谈了一天。当天晚上,等候在宁波东港大酒店的经开区方从利华羊毛董事长应仲艺处打听到消息,台塑已计划选址太仓,只是到宁波走访看看,在当天与宁波经开区谈判后,将立即被太仓政府接到太仓继续商谈。据说,台塑考察人员当晚会回酒店整理行李,然后出发去太仓,不再与经开区继续洽谈。

人一走,这个机会就没了。在酒店,经开区干部们焦急地等待台塑方回来,同时也商量着对策。凌晨一两点,干部们终于在酒店等到台塑方,恳请再给宁波一次机会,同时商量提出宁波方应及时改变谈判口径,突出宁波港口优势,目的是打造宁波经开区的比较优势。

宁波的诚意让台塑有了进一步了解的意愿。而真正让台塑看到宁波干部专业精神的故事发生在王永庆的胞弟王永在到宁波考察后。这个故事至今仍旧是北仑招商团队的经典案例。

王永在回到台湾接受媒体采访时说,他在宁波时,晚上与宁波市领导吃饭时,大家就投资问题进行讨论,针对土地价格、设厂条件等提出疑问,市领导当即拿出小笔记本开始记录,第二天一大早,当他们把厚厚一摞的问题解答册放到他的早餐桌上时,他感到十分惊讶。其实,这个解答册的背后,是宁波经开区经发局团队奋战通宵的结果。

差异化招商最终赢得胜利

最后一个阶段是复合能力寻求突破阶段。在整个招商过程中,这是一个最关键的阶段,即能够运用复合战略来帮助构建核心竞争力。

"复合基础观"指通过对自身拥有或外部可获取的资源与能力进行创新、整合地运用,提供具有复合功能特征的产品或服务,用复合竞争的手段获取、创造出独特的竞争优势或发展路径。它揭示了当时看似普通或仅具备一定基础的经开区怎样通过结合、复合、整合的手段,将普通资源转化为卓越绩效。传统战略理论强调的是建立一种难以模仿、无法替代、稀缺又无法转移的资源和核心能力,而复合战略则侧重于拥有普通资源的区域如何通过开放整合内外部可利用资源的"组合式"逻辑来获取成长、创造竞争优势。

当时的宁波经开区与太仓相比,并不占优势,因为台塑前期已经与太仓有过接触,经开区在时机上已经处于劣势。相对于宁波经开区,太仓的主要优势在于:一是市场因素,台塑的产品主要销往江苏;二是生活环境,台湾高级管理人员喜欢住在上海,而太仓紧邻上海;三是供水保证率及水价,企业可以利用长江水作为工业原水,并且水价为每吨6分,较为便宜;四是物流成本,拥有更好的铁路运输条件。

然而,太仓的不利因素也比较明显:一是环境因素,离上海太近,万一发生安全事故对上海的环境污染较大；二是特殊限制，长江禁止运输如丙烯腈类的剧毒危化原料；三是优惠政策，太仓的所得税税率为24%，增值税的地方留存部分为8%，争取更多优惠的余地很小；四是配套因素，自建热电厂的余电不能并网。

在谈判过程中，为了获得竞争优势，经开区干部们展现了开拓精神，能够对现有能力和资源进行创新、升级，在有限的条件和相对短促的时间内，使其得到增值性开发。而在他们不断动态调整、应对挑战、持续开拓的背后则是整个团队凝心聚力的创新精神、管理思想、管理技能和价值观等的支持。

经开区也从实际出发，挖掘自身优势。首先是区位优势，经开区具备26万吨级码头条件，更适合建设炼油和大乙烯工程，同时，靠近全国最大的宁波余姚塑料批发市场，交通便捷；其次是优惠政策，可以根据15%的所得税税率，享受"五免五减半"的优惠政策和相当于企业所交增值税额10%的地方财政补助；再次是人力资源因素，浙江大学化工系是全国最好的化工系之一，可以供应大量高素质的化工类人力资源；最后是资源因素，自备电厂余电可以并网，并且保证上网售电价格不低于0.3元/千瓦时。

如果说"东风"成就了"赤壁之战"，那么"西北风"成了王永庆的顾虑，也让北仑有了与太仓实现差异化竞争的基础：太仓离上海近，秋冬季的主导风向是西北风，万一该化工项目在秋冬发生重大安全事故，势必会影响上海地区，产生不可估量的负外部性。

这是客观差异化，而两军相遇要胜出，将领在主观能动性方面的作用至关重要。如果领导者作风不改变，那么招商团队的转型就无从谈起。能否源源不断地引入新项目、优质项目是区域实现产业迭代的重要基础，领导者必须亲力亲为，时刻倾听来自前线的声音。仰赖他人提供一些现成的解决方案再让下面的人去执行，自己当甩手掌柜是绝对行不通的。

任正非讲过一句"让听得见炮声的人来呼唤炮火"，很多人理解为让一线员工做决策,但其实是管理者必须到前线去,去倾听炮声,然后去呼唤炮火、配置资源。"将军必须掌握一线军情,否则无法指挥千军万马。"

在台塑落户的故事中,史卫国的名字被反复提起,这位令台塑人都敬佩的专家型领导是不少人心中的权威,考虑周全、服务专业是他留给很多人的印象。在项目建设中,史卫国以其专业能力,保证了各项进度稳步推进,同时在与台塑集团谈判中,不放过一处细节,在前端就保证了项目可以如期完成。我见到史卫国,是在他的老家——宁波东钱湖利民村,一个闻名全市的网红村。入屋坐定,史卫国淡淡地说:"水早烧好了,100摄氏度的水泡不出味道,算好了你来的时间,现在七八十度正好。"桌上洗净的三个杯子,是我在电话里没说几个人,他怕来的人多,就多准备了几个。

细节把控与做事专业在他的生活中悄然显现。于是,在湖畔小院里,这位后来走上经开区领导岗位的专家型干部慢慢讲述那段波澜壮阔的建设往事。

在台塑董事会最终选址投票中,北仑与太仓的竞争异常激烈,难分伯仲,最后关键一票由王永庆投给了北仑。王永庆在董事会上解释说:"我认为我们这样的项目不适合放在大城市边上。"

此外,史卫国还讲述了一个故事,在他看来,就是这件事让王永庆深感宁波的诚意。

2002年4月,时任宁波市委常委、常务副市长邵占维带队拜访王永庆,商谈项目落户事宜。在实地走访交流过程中,王永庆颇为惊讶地发现,邵市长不时掏出一本小笔记本,把他的想法一一记录下来,这是他在大陆走访了这么多地方后,首次感到如此被重视。而在座谈中,邵市长的发言再一次让王永庆感受到了经开区务实的作风。

史卫国回忆说,当时邵市长除了介绍经开区的优势,还详细谈了目前的短板,比如基础设施不完善,港口码头建设还在推进中,承认尽管政府正在快马加鞭迎头赶上，但如果台塑项目落户，客观上还需一定时间才能满足企业相关配套要求。

听惯了各种资源推介的王永庆第一次遇到招商团队领导"自曝家丑"的情况，但他也看到了政府不避讳短板的勇气，以及迎难而上的冲劲。这份诚意让他感到经开区是一个值得落户的选择。因此邵市长的出访也成了王永庆最终下定决心的重要一步。

台塑项目的意义远非项目本身

台塑项目的落户决定为经开区的发展带来了"第二春"，其溢出效益直到今天仍旧发挥着作用。

从2000年4月有初步意向到2002年签订投资协议，这期间，台塑先后派出200多名专家前来考察，与宁波方面进行了19次集中谈判。每次谈判通常持续一个星期左右。

这期间，只要他们提出各类问题，经开区方就立即查找资料，给各个部门打电话咨询和求证，尽量给出让对方满意的回答。

台塑准备到宁波北仑投资的消息被台湾媒体报道了几年，北仑在台湾的知名度大大提升。因为台塑效应，2000年后，来北仑考察投资的台商络绎不绝，经开区招商部门几乎每两天就要接待一批客商，而这些项目的档次普遍较高，成功率也很可观。有台商表示，就连以成本控制精细化著称的"经营之神"王永庆都选择了宁波北仑，他们还犹豫什么呢？

从2002年至2008年，台塑在建设工厂期间投资了约150亿元人民币，随后，在2011年至2016年间，随着新项目的启动及原有项目的扩建，又追加投资约120亿元。从2019年至今，新建项目及扩建项目投资约100亿元。目前，台塑宁波已经成为其在大陆投资的最大石化厂区，历年收益全部用作了项目再投资。

投资热土蕴含的双元机制

从全国经开区的发展历程来看，当时宁波经开区在招商引资时面临三个方面的复杂矛盾关系。

首先是制度环境的问题。20世纪八九十年代，中国经历了一个由计划经济向市场经济转变的"渐进式改革"过程。即便是在批准建立经开区之后，甚至是更长的一段时间里，各个经开区仍然处于一种"戴着镣铐跳舞"的状态。相关政策尚处于争议、讨论和变革之中，各地始终需要格外关注制度变化的新动向。

其次是市场环境带来的挑战。随着重化工业的发展，国内集中上马了一系列大型项目，形成了多元竞争的局面。特别是2000年前后，尤其是在中国加入世贸组织后，国际上主要的重化工跨国公司纷纷进入中国进行产业布局，导致各地之间的竞争异常激烈。重化工业快速经历了从短缺到过剩再到转向升级的巨大变革，经开区一直在处理跟随发展与创新引领之间的矛盾。

最后是组织内部的压力。当时的经开区不少干部来自其他区域的岗位，而如何推动一个组织实现自我转变，适应当时经开区的环境，最重要的是管理者。以往的传统做法是管理者制定战略，团队执行战略，这种相对稳定的组织管理结构和治理模式，在很长一段时间内让团队能够标准化、高品质地开展服务。但是，经开区面临的全新变化，让组织不得不面对高效执行与破坏性创新的两难处境。

早在20世纪70年代，学者们就发现组织在发展过程中存在诸多两难。比如，企业在追求效率的同时，难免会让流程更加标准化，而高标准化会降低组织柔性，反之，过分强调柔性又会使标准化程度降低。为了解决这类矛盾，学者们提出，组织应该同时具备两种不同的能力，即双元能力，就像人的双手一样灵巧。

纵观整个台塑项目的落户过程,对于那个时候正在摸索阶段的经开区而言,面对复杂多变的环境,需要解决政策和实践之间的平衡问题。在这种情况下,双元理念和实践显得十分重要。

在以往的招商工作中,经开区干部们具备利用式学习的能力。这是一种基于经验的学习方式,通过对现有经验的再度开发和利用,在环境没有发生重大变化时,能够帮助经开区提高运作效率,比如,依据现有政策,获取优质项目。但是,基于经验的利用式学习往往会让招商出现"短视",陷入"能力陷阱",即过度聚焦当下的成功来开展工作,对未来缺乏足够的思考和探索。

台塑项目的体量和配套要求,在一定程度上超越了当时全区干部们对项目的认知,这实际上是一次知识的再学习过程。此时,经开区就必须具备另外一种能力 —— 探索式学习,即主动学习新知识、新技术,积极探索未来的成长机会。但是,如果过度投入这种面向未来的学习,不断拓展边界,也会给当前经开区的开发带来风险。不能站稳当下,也就无法谈及未来。

对经开区的领导来说,双元不仅是一种思维模式和行为准则,也是一种平衡的领导艺术。当时的经开区领导干部们具备了很强的辩证和矛盾思维能力,他们首先认可矛盾的存在,并能够采取相应的行动。这实际上意味着他们拥有一个处理矛盾的超强大脑,能够解决现实环境中的冲突问题。对于团队而言,具有双元能力的组织往往需要干部们具备独特的思维结构。组织通过信任、支持、绩效管理、激励等手段,培养员工的双元思维能力,允许干部们自行判断在哪种环境变化中采取哪种思维方式,以实现组织在适应性和匹配性上的双元。

因此,在台塑项目上,经开区先通过短期高效行动迅速拉近与台塑的情感距离,然后通过长期探索解决了企业落户后的政策边界问题;经开区的干部们不仅发挥了各自的单项专长,还展现了复合能力,成功地将经验式学习与探索式学习相结合,形成了一支"一专多能"的团队;通过管理上的高度集权,确保关键时刻省市领导冲在前,同时用自由民主的方式弥补了单一管理方式的不足,让整个团队充分发挥主观能动性。

经开区依托台塑开启了临港重工业时代,这得益于能够同时掌握利用式学习和探索式学习的招商团队。经开区的招商团队,也是双元理念的成功实践者。

台塑项目落户大事记（节选）

2001年2月4~6日　台塑公司再次来宁波经开区考察洽谈。

2001年2月15日　台塑集团来宁波经开区考察。双方就建设化工项目的有关问题进行了深入探讨,并初步达成共识,客人考察了原规划北仑钢厂地块及大榭岛25万吨原油码头。

2001年2月27日~3月2日　台化公司来宁波经开区考察,现场勘察了芦江变、小山变,了解了有关区域供电情况,并考察水库及姚江取水口环境,走访北仑水厂。

2001年2月　台湾记者来宁波经开区考察,在国内外有关报纸、电台报道了宁波经开区的投资环境。

2001年3月12~20日　宁波市相关领导赴台塑关系企业考察,最后台塑公司、台化公司高层经过讨论,基本决定放弃太仓,确定在宁波进行投资。

2001年4月2日　宁波召开了台塑石化项目工作会议。会议统一了对建设台塑项目的意义和认识,部署了下步工作。

2001年4月12日　市政府发文,成立宁波市临港大工业项目领导小组。

2001年4月16~18日　南亚塑胶工业股份有限公司来宁波经开区考察、洽谈。双方就市自来水管网改造工程有关事宜进行了商讨，台方客人还听取了经开区PVC管材投资环境介绍。

2001年4月22~27日　台化公司来宁波考察。双方就项目涉及的问题进行广泛的探讨和洽谈。

2001年11月7日　宁波与台塑集团签署了国有土地预出让协议、公用码头装卸协议和供水协议。

2001年11月15日　台化塑胶（宁波）有限公司注册成立。

2001年12月4日　宁波北仑开发建设委员会发文"甬仑开〔2001〕6号"批准成立宁波市台塑项目配套工程指挥部。

2001年12月13日　宁波市环保局批复同意台化聚苯乙烯（宁波）有限公司年产12万吨改性高强度聚苯乙烯工程环境影响评价工作大纲。

三、
勇当改革开放的排头兵

浙江吉利:轻舟已过万重山

> 高瞻远瞩的公司能够奋勇前进,根本因素在于指引、激励公司上下的核心理念,亦即核心价值和超越利润的目的感。
>
> ——[美]吉姆·柯林斯、杰里·波勒斯《基业长青》

在众多企业家中,李书福是个特殊的存在。1963年出生的他,曾被冠以"汽车疯子"的称号,"做汽车有什么了不起,不就是四个轮子,两个沙发,再加一个铁壳子。""请国家允许民营企业家做轿车梦,如果失败,就请给我一次失败的机会吧。"这样的经典话语,直到现在,仍旧让人心潮澎湃。

1999年,吉利落户北仑,自此,吉利与宁波展开了长达25年的合作,吉利向上之根始终扎在北仑,关键印记更是几乎都能在北仑找到。因此,从北仑,人们见证了一名企业家的执着和艰辛。

一家神秘的"稻香村"企业

1984年10月18日,国务院在关于宁波市进一步对外开放规划的批复中,正式批准建立宁波经开区,成为继大连、秦皇岛之后,全国第三个国家级经开区。20世纪90年代前后宁波经开区刚从小港搬到新碶,全区一年的财政收入并不多,而且大部分来自贸易型企业。但是贸易型企业的税基并不稳定,而且经营的产品可能不是在区内生产。所以即使是只有一个人的贸易公司,如果做得好的话,一年也有可能做到几千万元的生意,但这是个"酒肉穿肠过"的"过路生意",无法形成稳定的人流、物流。

所以区域要发展,必须依靠实体产业。因此,1996年年中,宁波经开区管委会明确提出了"实业立区"战略,强调要着力引进有品牌、有规模、有影响力的大型工业企业。汽配、钢铁、纸业、造船、石化产业等"四梁八柱"型临港大工业由此诞生。

20世纪90年代的北仑,经济基础薄弱,以渔业、林业为主导产业,但有个很大的优势——港口优势。正是港口带来了资金、技术和人才的聚集,从而推动了北仑区的飞速发展。

1984年,北仑区还是大片滩涂渔村,但到了2023年,地区生产总值已经达到了当初的800多倍。

后来的历史证明,临港大工业的定位非常精准,北仑区几乎所有重工业都是依托港口发展起来的。确立了充分利用优越港口条件、发展临港大工业的发展思路后,面积近600平方千米的北仑区相继设立了宁波经开区、宁波保税区、宁波出口加工区、大榭开发区、宁波保税物流园区、宁波梅山保税港区6个国家级开发区,为发展临港工业提供了载体,金光粮油、正大粮油、埃索石化等世界知名企业纷纷入驻。

1996年秋,宁波经开区第一次个私经济工作会议召开。会上回顾总结了一年来经开区私营企业发展的情况,讨论怎么把个私经济做大做强,也邀请了一些规模较大的民营企业参会。会前,管委会发现有家叫"稻香村"的企业在税收贡献方面表现突出,是纳税最多的几家企业之一,但查阅资料,只显示是家贸易企业。令人感到很奇怪的是,这家企业的名字听起来像是食品企业,怎么会有这么多税收。

当时,宁波经开区推出一系列优惠政策,吸引了不少区外企业来注册,尤其是贸易型企业。然而，这种做法的弊端也很明显，优惠政策通常是有年限的，一旦政策到期，像"稻香村"这样的贸易型企业就可能随时撤走，所以大伙儿心里都很着急，希望找到办法把这些企业留住。

会议后，管委会专程去拜访了"稻香村"这家企业。大家这才发现，原来这家企业的背后是一家规模很大、实力很强的集团公司，名叫"吉利"，这个名字也是第一次出现在北仑区领导的视线里。经过了解，这家企业专业生产摩托车，生产基地在台州临海路桥。受宁波经开区的辐射影响，吉利把"稻香村"工贸公司作为先头部队派到宁波经开区，以便更好地感受经开区的投资环境、政策以及各方面的配套服务。

这世界上会造汽车的人很多，但能被称为"汽车疯子"的可能只有两个。一个是日本的丰田喜一郎。丰田喜一郎有句名言："贫穷的日本需要更为廉价的汽车。生产廉价汽车是我的责任。"另一个就是李书福。李书福说过这样一句掷地有声的话："要让中国汽车跑遍全世界，而不是让世界的汽车跑遍全中国。"

而后来，李书福决定在北仑建立汽车企业的理由很简单：首先，宁波经开区投资环境好，有港口优势，有利于货物大吞大吐；其次，宁波经开区对民营企业的支持力度大，政策特别好；最后，土地成本低也是一个重要因素。

李书福豪言："十个月到一年时间，建成10万平方米厂房，第一辆汽车下线。"

面对没有汽车生产证的吉利，北仑区相关领导起初还是有点怀疑。吉利是一家民营企业，没有任何汽车生产经验，投资10亿元能不能生产出汽车是一个疑问，因为当时投资一个汽车项目一般要上百亿元。

然而，在参观了吉利在台州的生产基地并亲眼见证李书福及其团队紧锣密鼓的准备工作后，北仑区的领导深刻感受到这位企业家的魄力和实力，最终决定给予支持。

当时，北仑有一家日资企业的 600 多亩空地一直闲置着，可能会被政府收回。李书福非常希望能在宁波开辟吉利汽车的"第二战场"。这一强烈的愿望，曲折地传到宁波市领导那儿，经过好心的前辈企业家引荐，在一系列安排下，李书福有机会向市领导陈述自己造车的梦想和请求。开明的领导伸出援手，帮助李书福下了日后对吉利具有深远影响的这步棋。

吉利希望宁波经开区能帮助解决土地问题，因为对于民营企业来说，这个项目投入还是比较大的，所以在周边工业用地出让价已经达到每亩 20 万元的情况下，吉利想降低土地成本，但当时宁波经开区没有这个先例。于是宁波经开区认真研究了李书福提出的几个问题，并同时向市领导汇报了市里需要解决的问题，得到了市主要领导和分管领导的支持。宁波经开区也尽全力支持吉利的落户。但是经开区对吉利也有要求，就是它要在短期内形成生产规模，产生效益。

经过种种努力，李书福终于分两期从日本人手里买下这块地。为了落实生产权，李书福就去找"门路"，发现早已关门的宁波拖拉机汽车制造总厂还在"六字头"（小型客车编号）的国家汽车生产企业及产品目录里，可以生产小型客车。市里领导也不太清楚汽车行业生产权的情况，就把李书福介绍给拖拉机厂领导。这个厂也在找出路，这样就"信息对称"了，一经衔接就共同建立了"浙江吉利汽车制造有限公司"。有了这个合作基础，吉利后来又在北仑拿到了一些土地，加起来有 1000 亩。

1999 年，吉利在宁波建立了工厂，这就是位于新碶街道的北仑基地。从那时候开始，吉利才算比较规范地进入汽车制造行业。但吉利还是不能生产轿车，只能生产客车。2000 年，在北仑基地，吉利的第二款轿车车型——"美日"问世。美日有一句很动听的广告语，叫作"美好的日子，从美日开始"。

如果说福特的崛起，是把汽车送给了由于美国的崛起而富裕起来的美国制造业工人的话，那么李书福的美日，就是在中国商品经济迅速发展之时，送给中国广大乡镇中先富起来的那些小业主、商贩和小管理人员的礼物。而当吉利开始满足这些草根力量的交通需求的时候，它本身也充满了力量……而这一切的诞生地就是北仑。

这个可以载入 MBA 教程的政府与企业合作案例，是一次政府"看得见的手"和企业顺应市场"看不见的手"的成功融合。正如同改革开放的进程中，邓小平在南方谈话中提道："改革开放胆子要大一些，敢于试验，不能像小脚女人一样。看准了的，就大胆地试，大胆地闯。"[1] 这些都有其历史逻辑和现实指归。

吉利具有里程碑意义的"宁波宣言"

21 世纪的头 10 年，两件大事彻底改变了宁波汽车工业，也造就了宁波今天的产业格局。

第一件大事是中国加入世贸组织，汽车全球供应链开始大规模向中国转移，合资整车企业越来越多，民营造车开始萌芽，民用车市场逐渐崛起，这些变化让宁波的汽车从业者更加坚定地投身这股浪潮；第二件大事是中国经济掀起新一轮民营工业重型化浪潮。

于是，一场轰轰烈烈的"民企造车运动"开始蔓延。

2003 年前后，宁波华翔通过受让股份，持有河北中兴汽车制造公司 60% 的股份；家电巨头奥克斯收购了沈阳双马汽车 95% 的股权，进军汽车产业；"手机中的战斗机"波导也在这时加入战圈，宣布将投资 40 亿元建设轿车生产基地……

那场民企造车运动，犹如一场颇具浪漫主义气息的蒙眼狂奔，最终留下了许多堂吉诃德式的传说。

---

[1] 邓小平：《邓小平文选（第三卷）》，人民出版社，1993，第 372 页。

国家政策向好，又有了"准生证"，豪情、美日和优利欧（即"老三样"）的销量也不错，吉利便趁势在 2002 年提出了中长期计划。2004 年，李书福顺势提出了市场升级规划，强调要"造老百姓买得起的'好'车"。更大的改变发生在 2005 年之后。两年时间内，吉利在北仑集中推出了自由舰、金刚、远景三大新款轿车（即"新三样"）。

事实证明，"新三样"的问世顺应了市场发展趋势。2007 年，中国市场的经济型轿车经历了历年来最艰难的时刻，面临周期性需求下降的困局，多家汽车生产商为争夺市场而连续多次降价，造成了行业内巨大的价格压力。据统计，发动机容量不超过 1.3 升的经济型轿车销售量比 2006 年下跌近 25%。在这一年，吉利迫于市场压力，将大部分车型的零售价下调了 5%~10%。而在此时，李书福做出了新的转型决策。

2007 年 5 月的一天，大家在位于北仑基地的公司食堂一起用中餐。高管们正在议论着如何提振士气，把"远景"的销售推上去时，李书福突然进来。他不急于吃饭，而是既神秘又兴奋地对在场的人说："以集团新闻发言人的名义，我自己起草了一个声明文件，你们看看怎么样？"

李书福亲手起草新闻发言稿，肯定是有什么重大事项要发布了。李书福用他狂放的笔迹写出了一份也许是空前绝后的"新闻发言人声明"。这份声明笔迹连贯，两页纸写得密不透风，结尾甚至转到了最后一页的背面。看得出来，这是一气呵成的作品，也许就是在大伙儿吃饭而他没有下楼的这段时间里完成的。2007 年 5 月 17 日，吉利汽车新闻发言人在吉利远景全球上市前夕，正式向外界宣布：

吉利汽车已进入战略转型期。一直以来凭低价策略取得竞争优势的吉利汽车公司，开始转变发展战略。在已取得的 CVVT 发动机、自动变速箱和 EPS 等一系列丰硕科技成果基础上，围绕着安全、节能、环保、智能等方面的目标，吉利将在发动机、变速器、制动器、转向器、电子电器控制系统以及前后桥、车身设计等领域寻求重大技术突破与重大科学发现。

○ 吉利远景汽车经销商签署《宁波宣言》时合影

这是当时全国第一家宣布转入转型期的车企，也预示着一个全新时代的到来。

第二天，新浪、搜狐、网易、腾讯等10来家主流门户网站和全国40余家专业网站，一起发布了吉利新闻发言人宣布吉利汽车进入战略转型期的消息，一时引起行业热议。

2007年5月18日，经过8个月试销的吉利远景，经全球最严格标准的顶级汽车试验试制改装公司麦格纳斯太尔公司调校测试后，在吉利宁波基地全球同步上市。

5月初的一天，李书福和吉利几位高管商谈"远景"上市活动的相关事宜。这次远景上市活动举办之前，有人提议开一个非常规的经销商会议，因为前期"远景"的销售碰到了问题，需要好好总结。

李书福有一个习惯，在一些重要场合，独自想得很多，并且书写不停，大概是想把思路完整记录下来，也为了缜密和连贯，不留遗憾。就在全球上市仪式之前，他又把几位集团高管叫到一边，大家才知道这就是需要在经销商大会上通过并共同签署的《宁波宣言》。

会场上，面对着来自全国的100多位经销商，李书福发表了让很多高管至今记忆犹新的一次讲话,这也成为吉利发展史上具有里程碑意义的一次活动。

从新闻传播的角度来看,这无疑是一次精准传播的"行为艺术"。它准确、艺术地传递给用户吉利产品的优质形象,又让大家了解到吉利改变自身、突破自我的雄心壮志,显示的是吉利从"低价战略"向"技术领先、质量可靠、服务满意、全面领先"战略转型。

前期"远景"销售的不温不火,让经销商们有了于心不甘的感受。而今,在宁波北仑基地实际体验了"远景"如此优异的质量管控之后,他们心里自然燃起了熊熊烈火。经销商们读毕《宁波宣言》,很激动。显然,这是一种很好的内心宣泄。经销商们亲历当天的"远景"全球上市仪式后,或被这个宏大的场面感染,或被媒体态度的转变打动,或因厂家破釜沉舟的举动而备感鼓舞,还有好多经销商为李书福个人的创新意识折服,一时群情激昂,直至摩拳擦掌,跃跃欲试。

李书福在他的讲话中贯穿了技术元素、品质要素和品牌意识,详细讲解了发动机、油耗和其他技术参数,甚至还解释了扭矩、升功率和发动机的可变气门正时概念,以及各种系统的匹配情况。他如数家珍,讲得清晰无比,显示出他对汽车前沿技术的熟稔。李书福的确自信,自信得使外人听了都为他捏一把汗。

个人自信带来的感染力,似乎是坚不可摧的。会议结束后,走出会议室那会儿,人们简直不相信自己的眼睛:一大群供应商起先围住李书福,表示要"决一死战",后来干脆簇拥着他大步流星地走出会议厅,犹如一股旋风。

在这一次决策中,李书福毅然决定将"老三样"(豪情、美日、优利欧)停产,用"新三样"完全替代。这就意味着,大量的模具、夹具会报废,生产线的损失也不小。比如,浙江临海基地受此影响停产一年多,所有落后的生产线和厂房全部淘汰重建,全体员工在停产期间参加培训,直到2008年下半年才重启生产。2007年上半年，吉利低档轿车的销售量大幅下滑，导致总销售量减少了3%。与上亿元的经济损失相比，来自内外部的压力更让人为难。李书福刚提出淘汰"老三样"时，内部就有反对声，认为这是背离吉利现实条件在搞"质量跃进"。最终，在管理层成员投票后，该决议才得以施行。

在企业外部，有不少经销商认为，吉利如果不再销售5万元以下的车型，未来就没有出路。于是，有的经销商直接退出，有的则选择暂时停止提车，在旁边观望。刚开始转型时，吉利的销量的确受到了严重影响。更何况，当时已经在香港上市的吉利，还承受着来自股东的质疑和压力。但李书福始终坚持不再造4万元以下的汽车，颇有一种壮士断腕的悲壮。

这一战略转型背后的核心逻辑在于构建企业的核心竞争力。为了支持这一转变，吉利创建并成功运行了一系列科研机构，包括吉利汽车研究院、浙江汽车工程学院以及吉利大学等，并且搭建了新技术应用平台。这些举措为吉利的战略转型奠定了坚实的基础。同时，通过培养一大批技术骨干、科技研究的领军人物，吉利已经形成了一套完整的人才培养体系，并积累了较为完整的原始技术数据。

随后，从国外考察回来的李书福提出了更高的战略转型目标。在李书福看来，全球汽车行业经历了几次兼并浪潮，就连沃尔沃这么好的品牌也被福特兼并了，吉利如果只在经济型轿车领域发展，很难形成规模化效应，所以轿车的级别要全，要有A0级、A级、B级、C级车，车种要全，不仅要有轿车，还要有SUV、MPV。高档轿车和经济型轿车的技术不一样，SUV与轿车的技术也不一样，所以吉利的战略转型，要从"低价战略"向"技术先进、质量可靠、服务满意、全面领先"的战略转型；企业的使命从"造老百姓买得起的好车"向"造最安全、最环保、最节能的好车，让吉利汽车走遍全世界"转型。于是，吉利成功进行了战略转型，彻底抛弃了"低价策略"，打技术战、品质战、品牌战、服务战、企业道德战，坚决不打价格战。

坚守了初心，抵住了怀疑，吉利"拨云见日"取得了转型成功。2007年，"新三样"产品占吉利联营公司销量的63%，较2006年的不足40%有大幅增长。据吉利控股2007年年度业绩报告，2007年下半年联营公司的销售增长抵消了上半年销量不足带来的问题，全年总销售量上升10%，纯利润增长45%。增长原因主要是联营公司的战略性转型，增加了销售高价值产品的比例，而且市场对过去两年内推出的三款较高档轿车——自由舰经济型轿车、金刚家庭轿车、远景中档轿车反应良好。到2008年，吉利每台车的纯利润上升30%，达到5204元，其原因除了成本控制、售价稳定，也与中高端汽车利润更高有关系。

2008年底，吉利正式宣布停产豪情、美日、优利欧三种型号的汽车。

一封万言信背后的"蓝色计划"

中国民族汽车工业的路走得颇为崎岖。1931年9月12日，在上海法租界举办的全国路市展览会上展出的由张学良主导制造的第一辆"民生牌"汽车，被视为中国民族汽车工业的第一道曙光。6天后，九一八事变，东北沦陷。在同一片土地上，1953年，苏联援助建设的长春一汽工厂开始动工。但5年后中苏关系破裂，中国进入"闭门造车"时代。1978年改革开放后，中国汽车工业迎来了新的机遇。1984年，中国第一家合资汽车企业——北京吉普成立，开启了"市场换技术"的合资浪潮。尽管这历程持续了很多年，但要在传统燃油车领域全面追赶国外品牌，民族汽车仍然需要更多时间。而随着技术创新引领的新时代到来，新的赛道为中国汽车企业提供了弯道超车的机会。

如今，汽车已不再是"四个轮子加两个沙发"，而是演变为"四个轮子、一块电池（绿色环保的动力来源）和一部电脑（智能技术）"。这是李书福对于汽车制造业的认知转变。可以说，在智能物联时代，随着5G技术的

◦ 吉利极氪工厂

普及,汽车将迎来百年来最快、最大的一场变革。

在变革情境下做战略决策的核心法则只有三条:聚焦客户价值、厘清战略逻辑和承受战略风险。在这点上,吉利早就开始了布局,帝豪EV、博瑞GE、领克等车型都预示着吉利在新能源车开发上不断尝试各种可能性。

而极氪成为吉利布局新能源车领域的集大成者。

北京时间2024年5月10日晚,极氪在美国纽约证券交易所正式挂牌上市,股票代码"ZK"。极氪也由此成为最快实现IPO的新能源车企,从品牌发布到海外上市仅用了三年。

极氪品牌的诞生可以追溯到2021年2月20日吉利内部举办的分享交流会。会上,李书福发布了万字分享信。

在李书福看来,"汽车产业革命已经开始'暴动',从理论到实践、从传闻到现实、从小规模到大规模、从局部到全局、从边缘到中央,这是一部正在发生的汽车产业革命剧,这是一场充满机遇与挑战的百年汽车变革剧,很精彩"。

在万言信中，李书福针对传统汽车公司的未来发展表示："传统汽车公司可以不屑一顾，顽强抵抗，坚持到底，也可以自我颠覆，出奇制胜，化腐朽为神奇。可以被动参加革命，也可以主动发起革命，可以单独闹革命，也可以联合闹革命，可以在坚守老根据地的同时，开拓新的疆域，大家都可以有自己的独立判断，毕竟行业变革才刚刚开始。"

据其介绍，吉利汽车已经制定了"两个蓝色吉利行动计划方案"。蓝色吉利行动计划一主攻节能与新能源汽车，包括混合动力、插电混合动力、增程式插电混合动力，以及小排量节能汽车。其中90%是新能源混合动力汽车，10%左右是传统节能小排量汽车。蓝色吉利行动计划二则主攻纯电动智能汽车。通过组建全新的纯电动汽车公司，吉利将正面参与智能纯电动汽车市场的竞争。

而极氪正是蓝色计划二中提到的公司，浙江吉利位于北仑的生产基地将成为极氪的主要生产基地。

李书福的棋局究竟有多大？他在2019年新年致辞中讲得很清楚：要在变化的世界中找到更大的发展空间。

这个发展空间经历了四次迭代，每一次几乎都与北仑有关，这也造就了浙江吉利的非线性成长。

从1998年首辆吉利汽车下线，到2008年中国品牌汽车开始进入爆发阶段，是吉利汽车的1.0时代。吉利在这一时期喊出的口号是："造老百姓买得起的好车。"这个时期，在北仑基地诞生了吉利的"老三样"。

2008年，随着社会消费升级加速，吉利汽车迈入了2.0时代，宣告要"造最安全、最环保、最节能的车"。为了抢占细分市场，吉利推出了全球鹰、帝豪、英伦三大品牌。同样是在北仑基地，"新三样"诞生。2014年底，吉利发布全新品牌标识，三大品牌回归"一个吉利"。

2015年，新车型博瑞上市，紧接着吉利博越、帝豪GS、帝豪GL等吉利第三代精品车型相继发布和上市，宣告了吉利汽车正式迈进"3.0精品车时代"。此时,春晓基地逐渐进入人们的视野。

春晓基地位于距离宁波市区约 35 千米的北仑区滨海新城工业园区。该工厂于 2011 年 9 月开始动工,2014 年初完成一期工厂建造,待产能完全释放后,生产节拍最快可达到 50 UPH(即每小时生产 50 台车)。

2020 年 6 月 8 日,吉利控股集团总裁,吉利汽车集团 CEO、总裁安聪慧宣布:"科技吉利 4.0 时代开启,吉利迈入全面架构造车时代。"这标志着吉利汽车正式从"3.0 精品车时代"迈入"4.0 全面架构造车时代",成为首个宣称进入代表智能制造的 4.0 时代的自主品牌。

4.0 时代,是吉利 CMA 架构(紧凑型模块化架构)开启的全新发展之路的历史延续。2022 年 9 月 20 日,博越 L 首台量产车在吉利宁波春晓 CMA 超级智能工厂正式下线。随着全新博越 L 量产下线,吉利春晓基地完成了从"3.0 现代化工厂"到"4.0 全球标杆智能工厂"的全新革新。

如今,这个生产传统车型的基地也将再次实现迭代。从人员技术培养到产线工装升级,春晓基地也在 2024 年迎来升级换代,成为极氪品牌的生产基地。

与此同时,极氪梅山智慧工厂已经是最新款车极氪 007 的生产基地。该工厂的焊装车间拥有 657 台机器人,可实现整车所有焊点 100% 的自动焊接,并支持 6 种车型共线生产,采用黑灯工厂模式。总装车间则配备了行业最大的风挡玻璃自动安装线及轮胎自动安装线。

随着北仑基地的关停,春晓基地转型生产极氪车型,浙江吉利在北仑的所有基地都将转变为极氪的生产基地,伴随极氪的快速成长而实现大步跨越。

做时代的企业

为什么是吉利?为什么是一家资源相对匮乏的民营企业能够在资本

密集、技术密集的汽车工业里成为领头羊？

"没有成功的企业，只有时代的企业。"浙江吉利的快速成长是吉利整个集团发展的缩影，也是一家草根企业如何借势而上的故事。浙江吉利这种非线性的、跨越式的发展，正是研究吉利如何努力成为时代企业的成功样板。

第一阶段：信息就是价值。

吉利汽车产业的第一轮大发展，得益于宁波经开区的大力支持和企业对汽车产业的坚定信心。在这个阶段，信息就是价值，体现在政策优惠和企业技术沉淀上。时间成为取得竞争优势的关键因素，李书福比别人更早洞察到了行业的发展趋势，因此在1997年，他提出了"造老百姓买得起的好车"。然而，随着民营汽车制造企业的增多以及开发区数量的增加，企业价值壁垒的差异性逐渐缩小，其他企业很容易就能追赶上来。随着企业的发展，李书福意识到需要找到新的价值创造路径。

第二阶段：不断迭代实现技术领先。

进入21世纪，虽然吉利仍然在国内业界拥有一定的市场份额，但李书福清楚地感知到，要想继续保持竞争优势，就必须对先进技术进行追赶，企业需要尽快开展创新才能继续向前走，这也意味着要舍弃老路，以一种新的姿态亮相市场。

由此，吉利进入改进型创新的进程中，走上更高阶段的创新道路。通过技术钻研，吉利逐渐让自己的产品开始追赶国外品牌。不难看出，在这个过程中，企业的研究与开发能力是二次创新得以实现的核心要素。可以说，改进型创新是二次创新真正的意义所在。它标志着对引进技术消化吸收的成功，也表明吉利已经摆脱对引进技术的依赖，具备了自我发展的能力。当然，二次创新的实践与社会环境息息相关。一方面，随着本土"造车运动"蓬勃兴起，国内产业链逐渐完善。另一方面，随着中国经济的崛起，国内汽车消费需求不断攀升，这让吉利看到了向上发展的机遇。在这样的外部环境下，吉利的二次创新进程变得更加顺利。因此，吉利在2007年提出了"造最安全、最环保、最节能的好车"。

第三阶段：以用户为中心的价值创造。

管理学大师彼得·德鲁克提出，企业目标唯一有效的定义就是"创造顾客"，顾客决定了企业是什么，只有当顾客愿意付钱购买商品或服务时，才能把经济资源转变为财富，把物品转变为商品。创造顾客意味着企业管理要有效利用各种资源，时刻把顾客利益放在首位，才能谋求企业长期稳定发展。

2014年，吉利汽车仅完成了41.8万辆的销量，销量下滑严重；与此同时，吉利汽车新产品和技术出现断档；吉利旗下的自主品牌矩阵成员多且杂，亟待梳理整合。基于此，2015年，吉利开始实行变革，坚持以用户为中心、技术领先和越级对标，实施流程再造和降本增效，提出"造每个人的精品车"这一品牌使命。同时，吉利发布了"蓝色吉利行动"新能源战略，并对品牌架构进行了全面调整，将帝豪、全球鹰、英伦三个品牌整合为一个统一的吉利品牌，使自主品牌产品架构更为明晰。由此，一个全新的吉利诞生了，开启了新时代。李书福提出的"造每个人的精品车"，奠定了中国品牌的标杆地位。

第四阶段：跨入引领型创新时代。

作为行业的佼佼者，吉利汽车一直在科技创新上走在前列。迈入科技吉利4.0时代，吉利正带领行业超越单纯的市场份额竞争，转而聚焦于产品升级、经济性和环境可持续发展，共同构建良性的行业竞争生态。面对新能源汽车，特别是电动车在续航、安全及基础设施方面的挑战，李书福不仅洞察到了其中的危机，更看到了其中蕴含的创新与机遇，因此对于未来，他提出：打造科技引领型全球汽车企业，成为最具竞争力和受人尊敬的中国汽车品牌。未来的吉利将以技术创新满足消费者需求，共同开创电动车安全高效的新篇章。

回头看，吉利人乘轻舟已过万重山；向前看，吉利车长路漫漫亦灿灿。

浙江吉利大事记

1999年　吉利北仑基地成立,诞生了吉利的"老三样",开启了吉利的"造老百姓买得起的好车"的1.0时代。

2001年　吉利汽车获得轿车生产资格,成为中国首家获得该资格的民营企业。

2003年　浙江吉利控股集团有限公司成立。

2007年　发布《宁波宣言》,宣布战略转型。

2008年　吉利停产豪情。美日、优利欧三种型号的车,进入"造最安全、最环保、最节能的车"的2.0时代。

2014年　全球鹰、帝豪、英伦三品牌合一。

2015年　吉利迈入3.0精品车时代。

2020年　吉利进入4.0全面架构造车时代。

2024年　极氪在美国纽交所挂牌上市。

东方电缆：向东是大海

人生就像滚雪球，最重要之事是发现厚雪和长长的山坡。

——［美］巴菲特

2024年7月，我沿着东海海岸线来到宁波北仑郭巨峙南联合塘区域，这里屹立着国内最大的海缆智能化生产基地——浙江省首批未来工厂之一的东方电缆东部（北仑）基地·数字化未来工厂。透过这座"未来工厂"的办公窗向东眺望，映入眼帘的是一片浩瀚的大海。在这深不见底的大海深处，埋藏着一家民营企业为国家海洋事业贡献力量的梦想。

从民用电缆到海底电缆，东方电缆以令人难以置信的毅力冲破欧美国家的技术封锁，累计有10余项技术成为全国首创，综合实力位于全国海缆行业头部阵列。承载着"科技报国"的梦想，东方电缆用自己的实际行动回应了转型中受到的质疑。

2005年，对于东方电缆来说是个"分水岭"。这之前，在创始人夏崇耀先生的带领下，企业已经依靠科技创新发展成为行业规模企业，拥有年产数据电缆200万箱、通信电缆100万对公里、光缆20万芯公里、低压电线电缆5万公里的生产规模。

尽管公司在原有赛道上积极拓展新领域，取得进入核电市场通行证、中标北京奥运会地铁电线电缆项目等成就，但随着行业竞争的日趋激烈，企业发展也遇到了"瓶颈期"。市场占有率、利润率徘徊不前，摆在企业面前的是一个重大选择：是躺在原有业务上平稳度日，成为"温水煮青蛙"的又一例子，还是跳出舒适圈，刀刃向内主动转型。

"海洋强国梦"带来的历史机遇

历史的车轮滚滚向前，企业的命运唯有与国家战略紧密相连，才能乘势而上，实现产业迭代。正当东方电缆苦心谋划转向哪个赛道时，国家的新战略引起了企业的注意。

2003年，国务院发布《全国海洋经济发展规划纲要》，正式明确"建设海洋强国"的国家战略目标。自此，中国政府不断发出建设海洋强国、发展海洋事业的倡议，如"构建和谐海洋""坚持陆海统筹，加快建设海洋强国"，海洋政策和海洋主张已经在国内形成广泛共识。在此基础上，中国相继提出构建"21世纪海上丝绸之路"以及"海洋命运共同体"的构想。

而被誉为陆地与海洋互联"脉搏"的海底电缆，在促进海洋经济发展中有着举足轻重的地位。

但这个"卡脖子"项目却是个世界级难题。

世界上第一条海底电缆成功铺设至今已近170年，但目前全球能够独立生产海底电缆的国家仍然为数不多，主要集中在欧美少数国家。我国早在1888年就已经成功铺设了第一条海底电缆，但海底电缆的研发和制造技术长期掌握在国外企业手中。

因此，在2003年前后，国家开始高度重视对海缆产业的扶持，不少企业也开始了攻坚研发。而在市场经济中，海底电缆主要用于重大工程项目，客户在评估潜在供应商时会将品牌声誉及历史业绩作为重要参考指标。因此，海缆行业呈现较为明显的"马太效应"，往往是"赢家通吃"。很明显,起步早、发展快、技术新是决定企业今后长久发展的基石。

然而,进入海缆领域需要投入巨额资金,技术门槛非常高。虽然这有助于后期建立技术"护城河",但初期的风险也是不得不考虑的问题。

在人类历史上,每一家后来被称为伟大的企业,在其漫长发展历史中,总有几个关键节点需要企业家做出抉择,在每一次伴随风险和机遇的选择中,企业实现了跨越发展。

尽管伴随不确定性,但企业管理层也看到了发展海缆业务具有的五大潜力:

一是沿海城市及岛屿市场。中国是一个海洋大国,拥有1.8万公里长的海岸线,6000多个大小岛屿散布在海岸的外缘,而海底电缆是沿海岛屿与城市之间电力与通信的重要传输手段。

二是海上石油平台用海底电缆市场。根据中国石油发展规划,中国海洋石油开发将迎来一个高速发展期。

三是海上风力发电及输电用海底电缆。建设海上风电场是目前国际新能源发展的重要方向,也是中国风电产业发展的"方向中的方向"。中国已有近百家陆上风电场,但海上风力发电场建设才刚刚起步。

四是河流湖泊等水下电缆市场。由于改造江河、湖泊以及水库大坝的需要,水下电缆应用得越来越广泛,主要分布在长江、黄河、怒江、钱塘江、珠江等。

五是东南亚等国际市场。东南亚各国目前还不具备海底电缆的生产能力,不少本地区域性海底电缆工程从西欧引进光电复合海底电缆,耗费巨大。而我们的海底电缆生产企业具有成本和地域的优势。

"民用电缆竞争日趋激烈,而高压海缆尚处于蓝海领域,机遇稍纵即逝。"虽然需要投入巨资转型,但东方电缆管理层意见高度一致。

于是,2005年成为东方电缆海缆业务开拓元年。自此,东方电缆开始了攻克一项项难题的艰难之旅。

从宁波城区驱车，沿着江南路，乘车经过小港装备产业园，很远就能看见东方电缆标志性的立塔建筑，这座高157米的大楼是公司当年为生产海底电缆而量身打造的立塔生产线。

从低压到高压，再到超高压，东方电缆知道，起步早、起点高，还要有持续加速度。因此，企业以时不我待的紧迫感，不断刷新着自己的记录。2006年，东方电缆主动出击，高标准打造高压海缆产业基地，成为当时全国最大的海缆产业基地之一。

在距小港50公里的郭巨，2021年，目前国内唯一具备户外海洋模拟试验场的高端海洋能源装备系统智能化"未来工厂"正式投产，开启硬核智造新模式。

2023年8月17日凌晨1点53分，全球首根500千伏交流三芯海缆在阳江海域通过耐压测试，标志着全国首批近海深水区海上风电项目——粤电阳江青洲一、二海上风电场成功搭建通电关键"桥梁"，具备送电投运条件。

作为全球首根500千伏交流三芯海缆，粤电阳江青洲一、二海上风电场敷设的海缆为单回路输送路由60公里，每公里重量更是达到了100多吨，是目前全球尺寸最大、电压等级最高、单米重量最重的海底电缆，传输容量达1000兆瓦。该条海缆由东方电缆自主研发，其成功敷设是我国海上大容量、长距离输电科技的一大创举，打破了国内外超高压海底电缆采用单芯海缆传输的局面，有效降低了海上风电施工成本。

前瞻性决策才能快人一步

但转型从来都不是顺利的。如何才能在复杂、动荡与不确定的市场生态中，完成企业生存与发展的关键一跃呢？在现代管理学之父德鲁克看来，清晰组织的使命是经营的原点，经营者应该要不断问自己三个问题：

我们的业务是什么？我们能贡献什么？如何改变人们的生活？这种追问会让管理者在管理的实践中逐渐明确自己在经营中的使命，寻找到业务、贡献、改变的领域，为长远发展奠定坚实的基础。

在不断追问自己中，2009年东方电缆开始了开发脐带缆的进程。这是东方电缆为国家安全战略担使命的又一次尝试。

这确实是一个既大胆又极具战略眼光的提议。1961年，壳牌公司在墨西哥湾应用了世界第一条全液压软管的脐带缆，此后脐带缆历经多次变革：70年代，动力电缆以及数据传输线路加入脐带缆；90年代，铠装技术以及光纤应用于脐带缆；2005年，耐克森公司为英国石油公司研发和生产了世界上首个含高压电缆的脐带缆，长度达26公里；同年，世界上单根最长的脐带缆应用于挪威Snøhvit油田，长达143公里；2009年前后，为墨西哥湾Tiger油田铺设的钢管脐带缆成为应用水深最深的脐带缆，深度达到2743米。

由此可见，脐带缆的技术一直牢牢掌握在少数外国企业中，当时的中国在这一领域受制于人的境遇非常明显。在中海油荔枝湾某项目中，仅一根长度70公里的脐带缆进口就需要5亿元，如果损坏修复至少需要3个月。而最关键的是，由于脐带缆是连接陆地与海上平台的纽带，对于海域情况、地形地貌、油气储备都需要做前期勘察，这就给国家能源战略安全带来了隐患。

正是看到了这一点，东方电缆有着不一样的考虑：脐带缆国产化既是国家战略的需要，也是企业寻求突围的新赛道。

2009年，企业正式开始脐带缆研发。从一张白纸开始，从研发到生产线再到测试平台都是空白，但东方电缆要对抗的是拥有多年技术的国外企业。所幸，东方电缆不是自己在战斗，其身后有整个国家的支持。研发团队回忆，当年开展脐带缆项目时，"十一五"国家863计划递来了橄榄枝，并送来一批批高校、研究院的专家教授参与项目。这不仅给予了公司实实

○ 东方电缆生产车间

在在的技术支持,更给了东方电缆跋山涉水的勇气。

试验,失败,再试验,再失败,再试验。东方电缆的研发团队以一种近乎苛刻的标准逐项攻关。

2016年底,带着一个自主研发生产的脐带缆样品,东方电缆向中国南海西部的南海文昌气田群项目投了竞标书。这是国产脐带缆的第一次竞技,局面远比之前想象的要激烈。对手是3家外企,这些外企已做过类似地理环境的项目,无须再做模拟测试样品,只有东方电缆仍是白纸一张,摆在他们面前的是异常严格而苛刻的测试。面对测试,东方电缆胸有成竹,一一提供产品的对比数据。最终,凭借过硬的品质,企业拿下了这个项目。

那一夜,整个团队无眠。

创新永无止境,东方电缆的研发团队的喜悦还未褪去,他们又重新踏上了攻克难关的道路。如今,海上风电建设的专业化趋势让开发商倾向于将海缆制造、敷设打包招标,以明确海缆系统的质量责任。因此,海缆的制造与安装敷设总包已逐渐成为趋势。

于是,东方电缆再一次紧抓自身优势,成立东方海工院,培育专业的工程服务技术团队,积极探索从单一制造走向"制造+服务"的转型升级。2018年,公司打造了一艘3500吨级的专业敷缆船"东方海工01",这是国内首条带动力及DP2定位系统的敷缆船。2023年,公司又打造了中国首套深远海动态模拟一体化试验平台"东方海工07"。目前,公司拥有"东方海工01""东方海工02""东方海工07"3条国内先进的海洋缆工程船,并已成功建立了集设计研发、生产制造、施工运维于一体的海陆工程服务体系,彻底实现从单一产品制造商向系统解决方案供应商的转型升级发展。

近年来,东方电缆顺利完成渤海海域首个岸电项目220千伏海缆敷设工作,有序推进三峡新能源阳江、粤电阳江沙扒等多个海上风电总包项目。

在保持国内稳步增长的同时,东方电缆也在积极稳妥地"走出去",千方百计壮大国际业务。2022年,公司在荷兰设立全资欧洲公司,进一步加强国际科研和供应链产业链合作。通过这一举措,东方电缆突破了公司首个欧洲海上风电超高压海缆项目和首个国际脐带缆项目,实现了宁波制造从填补国内空白走向获得国际高端市场认可的目标。

同时,公司以高标准建设全省首批数字化未来工厂为契机,加紧提速数字化转型战略,打造了东方客户共享平台(OTC)。该平台的建立实现了未来工厂各项数据的实时共享互通,拉近了企业与国际、国内客户的距离,为企业走出去参与国际市场竞争,成功获取公司首个国际超高压海上风电项目提供了重要支撑,为国内高端海洋装备企业走出去提供了"东方"解决方案。

基于国家新能源发展战略和全球可持续发展趋势,东方电缆积极践行ESG(环境、社会和治理)发展理念,2024年开始使用100%绿电,并加入国际SBTi(科学碳目标倡议),共同致力于减少温室气体的排放,积极打造"零碳"工厂,通过在能源利用、交通和物流、生产制造等环节不断改造和创新,在减少碳排放的同时,提高原材料的使用效率。同时,以数字化、智能化和低碳化发展为中心,在绿色技术研发和清洁能源应用领域持续投入,为绿色可持续发展提供新的行业范例,推动产业和经济创新转型,助力"减碳增绿"。

随着双碳及清洁能源的大力普及,预计未来数年,东方电缆在海洋缆研发、生产和工程业务领域将持续保持行业领先优势,带动公司业绩持续增长。

善于发现"厚雪长坡"的赛道

巴菲特有句名言:"人生就像滚雪球,最重要之事是发现厚雪和长长的山坡。""厚雪",指的是企业要有足够强的盈利能力,而"长坡"指的是公司所处的赛道要有足够高的天花板,可以支撑企业长期增长。显然,东方电缆以及所处的海缆赛道满足上述两点。但这并非易事,数十年来,企业团队对潜在的市场机会、盈利机会高度敏感,让海缆业务向一切可能的方向探索,最终构建起了行业领先地位。这背后是敢闯敢试的企业家精神,支撑企业一路走来。东方电缆的掌舵人和众多浙商一样,越是艰险越要拼,越是困难越要闯,为我们带来了信心和温暖。

▎东方电缆大事记

1998 年　宁波东方电缆有限公司成立。
2004 年　数据电缆生产基地落成。

2005年　开始研发海底电缆。

2006年　海缆生产制造基地建成。

2007年　股改并发起设立宁波东方电缆股份有限公司；国内首条110千伏光电复合海底电缆应用在东海海域。

2009年　进军海洋脐带缆领域；成立宁波海缆研究院工程有限公司。

2011年　第一根脐带缆——中国首根动力脐带缆服务印尼。

2014年　IPO主板上市，企业发展史重要里程碑。

2018年　首根国产大长度海洋脐带缆投运；国际首根500千伏交联海缆（含软接头）投运；海工01号、02号下水，开启海工工程业务板块。

2020年　圆满完成圭亚那海缆抢修任务，实现从单一产品制造商向系统解决方案供应商的转型升级。

2021年　东部未来工厂（宁波）投产，开启硬核智造新模式。

2022年　欧洲（荷兰）公司设立运行；中标中国首根国产化超深水（1500米）脐带缆项目。

2023年　世界首个500千伏三芯海缆项目投运。

2024年　首个欧洲海上风电超高压海缆项目交付；中标首个英国海上风电超高压海缆项目；南部未来工厂（阳江）竣工投产。

四、
因地制宜发展新质生产力

申洲集团：红海之中自有大鱼盘踞

长风破浪会有时，直挂云帆济沧海

——〔唐〕李白

2024年3月29日，宁波北仑华邑酒店入口处，"致敬企业家"的大幅画板引人注目。

北仑作为全中国最早一批沿海开放区域之一，正以一场经济高质量发展大会为企业家鼓劲加油。

在众多活动安排中，有个会后细节被湮没了。申洲集团主动为媒体安排了一次集中采访活动，董事长马建荣罕见地接受了媒体的提问。在整场活动中，这可能是一次普通的采访，但对企业来说，却意义重大。

在申洲集团创建历史上，只组织了三次媒体集中采访活动，第一次是2005年企业在香港上市，第二次是面对疫情向外界公布员工被感染相关信息，前两次可以说都是出于资本市场和政府的要求而进行的"被动安排"，而这一次是企业首次主动向媒体"敞开胸怀"。会后的一周，企业更是极为重视地组织了企业高层接待媒体采访活动，并让媒体参观了信息中心、智能化工厂等平时不会对外开放的核心区域。

这是为了回应坊间关于企业可能搬离北仑的谣言。申洲集团明确表示会扎根北仑,继续在当地发展。

平日里,申洲集团对外保持低调,与它在全球服装界的"明星"地位形成鲜明对比。这种形象反差,加上公众对企业的认知模糊,使得此类传言反复出现。这一次,企业选择了主动出击,澄清事实。

通过这次活动,申洲集团揭开了其神秘面纱,展示了其作为全球最大的纵向一体化服装制造商之一的实力。公司35年来坚守主业,并与耐克、优衣库、阿迪达斯、彪马、李宁、安踏、拉夫劳伦、露露乐蒙、特步、新百伦、法国鳄鱼等客户建立了长期稳定的合作关系。

以一场"风波"宣告企业品质第一的决心

申洲集团诞生于20世纪90年代。由于服装加工是一个劳动密集型产业,企业的创办初衷只是为了解决北仑当地的就业问题。为此,北仑区

○ 申洲集团俯瞰全景

政府和澳大利亚侨胞、上海针织二十厂等合资筹建宁波申洲织造有限公司,也就是申洲集团的前身。公司名字中,"申"代表上海针织二十厂,"洲"意味未来业务要扩展到全球五大洲,没想到,这在当时几乎不可能的梦想如今已变为现实。

申洲集团诞生在一个纺织业蓬勃发展的年代,也正处在全球纺织产业发展的时间拐点。回望历史,全球纺织业历经百年发展,已经经历了多次迁移。

第一次工业革命爆发时,纺织工业从英国起步。1851年,英国60%的棉纺织品出口到全球,占国内总出口额的40%。1890年,英国棉纱产量达到了4240万锭。然而,随着第一次世界大战的爆发,英国的出口陷入低迷,加上劳动力成本上升和原料相对匮乏,棉纺工业逐渐向劳动力充足和资源丰富的美国转移。到了19世纪20年代,美国棉纱产量占到全球50%以上。

19世纪末,日本开始大力发展纺织业。到1920年,日本的棉纱产量达到3814万锭。20世纪20年代末,随着科学管理模式的应用和纺织设备的升级,日本棉纱业的劳动生产效率超过了英美。1910~1930年,日本凭借低廉劳动力成本从西方国家承接了大量纺织制造业。1925年,日本纺织业出口占国内总出口额的68.5%。进入20世纪50年代,日本低廉的劳动力成本使全球工业开始部分向日本转移。

然而,到了60年代末,日本劳动力成本显著上升,这使得具备廉价劳动力和充分生产条件的韩国与中国台湾逐步承担起纺织业的分工角色,主要出口天然纤维和成衣产品。此时,日元升值加速了日本纺织业的萎缩,促使日本企业向高端纤维和面料研发转型升级。

80年代末,韩国成衣出口份额达到峰值,随后由于劳动力成本上升,成衣环节陆续迁移到中国。90年代末,随着人口红利消退,韩国与中国台湾的成衣、纺织品出口先后式微。中国台湾开始发展资本密集型的上游石化原料,而韩国则学习日本的发展路径,加强高端纤维和面料的研发、先进设备的投入和服装设计能力的提升,往高附加值环节转型发展。随着80年代开始的中国改革开放,中国大陆凭借绝对的人口红利优势和丰富的原料资源,在90年代初迅速承担起全球纺织业和成衣制造的出口角色。

有时候,历史的洪流推动着企业不断向前,只是当时,企业还未曾意识到,自己已经成为这股洪流中的一员,并会在未来成为群星中的一颗闪亮之星。

20世纪80年代,中国纺织工业规模跃居世界第一。1986年的数据显示,全国县以上服装生产企业有7800多家,职工106万人,年生产能力达到12亿件;乡镇服装生产企业则有25000多家,职工130万人,年生产能力达到5亿件。在外贸出口方面,中国的纺织和服装出口额由1979年的37.7亿美元,居世界第十位,发展到1985年的67.1亿美元(含丝绸),居世界第五位。这样的成绩,看起来非常可喜,但其背后存在的问题却极其严峻。

1987年,中国服装出口额和其他纺织品出口额之间的比例仅为1:2,而工业发达国家为2:3,亚太地区发展中国家和地区则为3:2。这样的数据表明,中国在纺织品出口中,仍以原料和半制成品为主,服装出口则以中低档大路货为主,呈现出数量多、质量差、售价低、创汇少的尴尬局面。

因而申洲集团放眼长远,明确了公司定位:不做太低端太便宜的产品,因为这会影响到公司未来发展,一旦定位低端市场,公司就很难再寻求突破。

在这个过程中遇到的一个问题,成了申洲集团发展的第一个转折点。

马建荣至今依旧清晰地记得,1992年3月,他去日本拜访客户,在吸烟室喝茶时,这个公司的一个部长走了进来,礼貌地询问为什么申洲集团的这批产品一经水冲,颜色就会褪下来。他当时就蒙了,一心想着如何回去解决这个问题。

回去后,经过调查发现,这是因为有员工为节约成本,在染色剂中少加了一种染料。当时申洲集团的资产规模只有近200万元,而这笔订单的价值却高达300万元,如果进行赔偿就意味着企业面临倒闭的风险。这个时候,企业内部出现了分歧。有些人主张赔偿;有些人则认为,这批产品是甲方亲手过目的,他们没有发现问题,那自然怪不得别人。

然而,马建荣做出了果断的决定。他联系客户,让他们把产品退回了国内。然后,他当着全厂工人的面将这批货物付之一炬。

"说不心疼是假的,毕竟这是几百万元的生意,但我们不得不这么做。"每忆及此,马建荣都对当时的决定感到既庆幸,又惋惜。

从某种意义上说,在烧掉这批衣服的同时,马建荣也让申洲集团告别了一个旧时代,开启了一个新时代。

如果从单个事件来看,这或许只是企业的一个行为,但如果把申洲的这件事放在更大的历史时期中,或许会让人更觉得意义非凡。

在同时代,也发生了三大轰动性的新闻事件。在20世纪90年代前后,商品短缺时期的第一代企业家用这样的方式,实现了最初的自我蜕变,激发了质量意识的觉醒。

在中国国家博物馆里,编号为"国博收藏092号"的是一把大锤,这就是来自青岛海尔集团的企业故事的"主角"之一,也是业界一直奉为经典商业案例的"张瑞敏怒砸冰箱"事件。这一砸砸出了一个全国知名品牌。

1984年3月,35岁的张瑞敏成为青岛冰箱总厂(海尔的前身)的总经理,他上任后的第一个决策,就是引进技术。

1985年5月,厂里生产出了第一台四星级电冰箱。新产品迅速打开了销路,当年不仅还完了所有负债,还实现了107万元的盈利。

但快速奔跑之路并不是一帆风顺。不久,他收到用户来信,信中反映厂里生产的冰箱存在质量问题。于是,张瑞敏第一时间组织相关的管理人员对仓库里的冰箱进行了检查,发现其中76台冰箱确实存在不合格的问题。

当时,他们生产的这种冰箱的售价是800元左右,而工人的平均月薪大概是40元,也就是说,普通工人想要买下这样一台冰箱差不多要攒下两

四、因地制宜发展新质生产力

年的收入。

对于这些不合格的产品,有人提出可以将其作为福利,以较为便宜的价格销售给企业员工,因为这些冰箱不合格的原因大多数是不会对使用造成影响的外观划伤问题。但是,张瑞敏直接否决了这一提议,并做出了将这些不合格产品全部砸掉的决定。

他将全厂员工召集到一起。76台存在缺陷的冰箱被当众砸毁,而他本人挥起了第一锤。在那一天,一锤一锤的敲打声响彻厂区,员工们在惋惜和惊讶之余,也深刻意识到质量的重要性。

"张瑞敏砸冰箱"成为这家日后中国最大的家电公司的第一个传奇。而5年前,1980年,在杭州,万向集团也曾经上演过类似的故事。

当时,鲁冠球接到一封从安徽芜湖寄来的退货信,说"收到的万向节出现了裂缝"。他立刻连夜赶去道歉,送上合格产品,换回次品。

担心类似的情况再次发生,鲁冠球组织了一个30多人的团队走访各地的用户,承诺"不管什么原因造成的损坏,全都换成合格产品,把次品全都背回来"!

这一背,背回来3万多套次品,鲁冠球直接以每斤6分钱的价格卖给了废品站。只此一举,公司损失了43万元,员工工资欠发6个月。43万元,对当时的很多国内企业来说都是不小的数字,而对于1978年整个产值才400万元的万向集团而言,更是天文数字。

回望万向集团的发展历程,"次品当废品卖"的故事是其走向成功的重要转折点之一。

而在浙江,那时的李书福正带着吉利制造其第一款量产轿车——豪情两厢。由于缺乏专业技术及人才,吉利造车团队还是走边拆解边研究的老路子。这一次,他们的研究对象是市场最流行的经济型轿车夏利。在拆卸几辆夏利后,团队技术人员对该车的零部件配套系统构造已了解得十分清楚,并想办法采购到了所需的零部件。零部件采买得差不多以后,作为重头戏的汽车组装工作就开始了。画图、制作模具、手工敲打、研究机器设备、试车、改进车辆……由于造车技术、设备等条件的限制，豪情两厢的制造过程很艰辛。那个时候，不管出现什么问题，吉利造车团队都只能事无巨细地亲自想办法解决。单为解决一个座位安装不上去的问题，吉利的技术工人就要反复尝试几百次。

由于是手工打造，豪情两厢组装下线后仍然存在驾驶室进水、进灰等质量问题。因此，吉利即便给出低于 5 万元的售价，也没有一位销售商敢贸然下单。面对这批质量不过关的豪情两厢，李书福痛定思痛，叫来压土机当场把 100 辆车全部压碎。他的这一举动，虽直接导致了集团几百万元的损失，但也刺激吉利团队下定决心提高技术研发能力。

理解了那个时代，其实也就理解了申洲集团刻在文化里的基因。在那个摸着石头过河的时代，在一些企业砸重金重营销蒙眼狂奔的年代，这些企业家用看似过激的行为，宣告了企业的品牌意识的觉醒，也成为企业的发展拐点。1990 年，张瑞敏从北京领回了"国家质量管理奖"，万向集团生产的万向节占到全国 50% 的市场份额，吉利则在若干年后成为民族品牌的代名词。而在这场风波后的同年，申洲集团实现了盈利，1995 年已小有名气。

柳井正描绘的未来，马建荣看到了

在申洲集团上千种面料里，有一种面料持续销售近 30 年，被企业内部津津乐道，这就是与优衣库合作开发的摇粒绒。

这款面料也是优衣库的拳头产品，在优衣库创始人柳井正自传《一胜九败》里，专门有一篇《摇粒绒面料》详细叙述了其开发过程。在柳井正看来，那也是颇为自豪的一件事。

在 2022 年的中国进博会上，优衣库把摇粒绒产品摆放在了展台最中心的位置,工作人员向观众详细讲解了这款畅销28年的产品的变化:现在,优衣库承诺全部采用100%再生面料制作摇粒绒产品。

申洲集团是优衣库摇粒绒产品的中国供应商,再生材料本身就具有技术挑战性,优衣库和申洲集团进行了无数次技术参数的调整实验,使得再生聚酯纤维的柔软度得到进一步提升,最终研发出了满意的再生面料产品。

从企业发展脉络来看,优衣库是申洲集团走向标准化现代管理的"启蒙老师",现如今,两家企业已实现了深度融合,而双方的最初合作,却是一次惊心动魄的历程。

1997年,对于申洲集团而言,是代际传承的一年,马建荣从父亲手中接棒,开启了新征程。

1997年,香港回归,这是重塑民族自信的关键一年,人们永远不会忘记在维多利亚港升起的五星红旗,百年民族复兴让很多人热泪盈眶。而在申洲集团的发展历史上,这一年同样至关重要。

与此同时,在大洋彼岸的日本,"失去的二十年"间,"断舍离"成为消费行业的主旋律,服装业首当其冲,大量商场服装店关闭,但优衣库逆势增长。在日本大型商店服装零售增长数据降至最低点时,优衣库的同店销售数据却达到了历史最好水平。

1990年,优衣库入华设立采购办事处,创始人柳井正频繁来中国寻找合适的供应商。与其他企业家不同,柳井正喜欢跟潜在合作伙伴谈人生聊梦想,并不多谈商业的话题,只在暗中观察对方的生产工艺。他的顾问田中信彦曾回忆说,当时100个人中有99个都不想理他。

马建荣是100个人里唯一的例外。

也许是惺惺相惜,也许是所见略同,在看似天马行空的聊天中,马建荣看到了柳井正以及优衣库背后的快时尚玩法。对代工企业来说,这将带来天翻地覆的改变。而7年后,这两位后来名字响彻全球服装界的人在

1997年有了第一次联动。

当年8月,马建荣在上海码头候船准备返回宁波的时候,接到了公司业务部部长的电话,得知有一张大订单需要他决策——一个月内交付30万件绒衫、5万套睡衣以及3万件短袖,质量要求不低。

数量巨大、时间紧迫,马建荣决定先与客户见面。赶到宁波已是傍晚,他匆匆来到客户下榻的中信国际大酒店拜访。原来,那张大订单的背后,正是全球名声渐起的服装品牌优衣库。

马建荣预感到这是申洲集团难得的机遇,于是果断邀请客户去北仑的工厂实地看一看。

次日凌晨五点,天刚蒙蒙亮,马建荣就已等候在了酒店外。经过一个半小时的车程,他载着客人抵达了申洲集团。于是双方有了进一步的沟通。马建荣判断,从数量上看,那笔订单是当时申洲集团两个月的产能;从质量要求上看,申洲集团部分设备离达到产品要求还有30年的技术差距。

另一个不得不面对的事实是,1997年,亚洲金融危机爆发,东南亚各国都遭受了不同程度的打击,主做日本业务的申洲集团也受到波及。这一笔大订单是盘活公司的希望,可一旦无法按时按量完工,巨额违约金可能会成为压垮公司的最后一根稻草。

这样的经历,也许现在马建荣想起来已是云淡风轻,但那个时候,向死而生,他带领的申洲集团就像很多世界级的伟大企业一样,经历着一场生死考验。

"没有退路就是胜利之路",这是华为创始人、总裁任正非在2023年的一场大会上所做讲话的主题,来源于美军上将马丁·邓普西的一句名言。这句话不仅是华为在近年来面对挑战和压力时的决心和态度,也揭示了这家全球领先的科技公司的商业哲学。

生死存亡之际,很难想象,在多少个夜晚,马建荣如何进行抉择,但最终马建荣毅然地接下了这个"烫手山芋"。

凭借对发展的渴望，申洲集团在28天内按质量要求完成了这个任务。

这张订单成为"敲门砖"，不久之后，优衣库再次联系马建荣，这一次，他们要下的是长期供应合同。不过，喜悦还没来得及消化，优衣库负责审核的技术团队就给马建荣泼了一盆冷水。考查的第一天，审核人员列出了整整100条整改意见。这些意见不仅仅针对申洲集团现有的纺织技术工艺、设备、材料，甚至还涉及员工宿舍、洗手间等员工关怀的软环境。一张清单，让马建荣更加深刻地意识到当下的申洲集团与世界一线企业之间的差距。他本以为，能让濒临绝境的申洲集团走出困境已经是硕果累累，可拿起放大镜看才知道，要想成为真正顶尖的企业，任重而道远。

与品牌共成长，这条长坡厚雪的赛道，奠定了申洲集团35年发展的基石。

回忆当年的整改过程，马建荣仍心潮澎湃："我非常感激能遇到优衣库，是他们为我们带来了更具国际化的视野，驱使我们赶上中国加速开放的浪潮，为直面全球市场竞争做了充分准备。"优衣库不仅为申洲集团带来了订单，更带来了国际最新的企业管理和质量管理体系。

在之后的10余年间，马建荣陆续拿下了多个国际知名品牌的代工订单，申洲集团一度被称为"服装界富士康"，其在服装界的地位几乎可以跟富士康在手机代工领域的地位媲美。

从"富士康"再变为"台积电"

去过申洲集团学习的同行不少，企业都是敞开大门欢迎交流，但很多企业参观结束后，纷纷感叹：学到了不少，但参照不了，因为申洲集团在投入上太舍得花钱了，这种日积月累形成的技术壁垒是无法轻易模仿的。

确实，罗马不是一日建成的。1997年开始，马建荣带领申洲集团走上了"花钱"道路。

与优衣库合作的喜悦还没散去,1997年掌管企业的马建荣又面临更棘手的任务:需要说服整个董事会做两件大事。

第一,他主张在1998年不分红,要把公司所有利润都用来购买新设备。第二,他要打通国际渠道,让申洲集团的主力市场,从国内市场转向国外市场。

然而,在这两点上,大家迟迟不能达成统一。不少人认为,此时正遭遇金融危机,最应该做的是减少消耗,帮助公司平稳度过这场危机,这种意见占董事会的绝大多数。但马建荣并不这么认为。他认为,遭受这场金融危机的主要是东南亚各国,与我国关系不大。国内一些倒闭的,大多是外贸比例比较大的企业、工厂,而申洲集团此前一直主打浙江本地市场,受此影响较小。

在马建荣看来,此时收缩产业,反而会错过这个扩张的最好机会。现在这些拥有外贸渠道的工厂纷纷倒闭,买下这些外贸工厂,不但能够扩张产业,还能够顺势获得对方的外贸渠道。

最终,马建荣买下了多条国际先进生产线以及外贸渠道。结果机器引进后,由于客户对申洲集团生产的新型面料信心不足,没有人下订单,导致企业陷入财务危机,一度面临倒闭。

从1997年开始,便陆续有股东宣布撤资退出。到了2004年,随着几个大股东都把股份卖给马建荣,"申洲织造"几乎成为马建荣一家的家族企业。从此之后,再也没有人能够阻止马建荣的决定。

正所谓"柳暗花明又一村",苦熬两年之后,新型面料逐渐成为公司最大的主打产品。由于设备先进,申洲集团的印染准确度能达到99%,同行最高只能达到70%,仅减少次品这一项,每年就能节省六千万元。2005年,在马建荣的主持下,"申洲织造"与耐克、阿迪达斯等国际品牌接轨,承接这些大品牌的衣服制造。外贸比重一度占到"申洲织造"总产量的80%以上。

但如果仅仅满足于代工，或许现在的申洲集团是另外一副模样。很显然，马建荣看得更远：企业一定要从OEM（原始设备制造商，即代工企业）转型为ODM（原始设计制造商）。但这仅仅是方法。

赛道的选择更为关键，也是"选择大于努力"的再次证明。

服装行业有3个主要市场：快时尚、奢侈品和运动鞋服。对于背后的代工厂而言，这是3套截然不同的工艺流派发展逻辑。

第一种快时尚，拼的是款式多、更新快、高周转，核心在于工厂的短期交付能力，反而不追求生产的质量与单个品类的生产规模。

第二种奢侈品，依靠的是工艺的繁复和供给的稀缺。路易威登至今仍以传承1854年以来的传统手工艺为豪。爱马仕"平平无奇"的皮革表带要比苹果手表贵得多。也许SHEIN（希音）的员工一天能缝制几百件衣物，而古驰的工匠只能缝一条袖子。大规模标准化制造反而是奢侈品的天敌。

第三种运动鞋服，则是靠功能性获取溢价，同时拉长产品的生命周期，因此代工厂的核心价值在于高水平的研发和大规模的生产。

由此可见，对于代工厂来说，制造工艺、快速周转、订单规模组成了一个"不可能三角"，选择在哪个市场做代工，往往决定了一家企业的命运。

快时尚高周转的特点，导致代工厂单一款式的订单规模很小，很难实现大规模的标准化生产，也就难以实现技术沉淀。

而给奢侈品代工的企业，同样命运坎坷。产品稀缺性的要求导致生产规模的天花板非常低；而工艺复杂性的要求，让标准化生产成为天方夜谭。

和快时尚与奢侈品相比，运动鞋服代工的优势就非常明显。一方面，运动鞋服侧重功能性，产品生命周期长，所以单品订单规模大，代工厂有足够的空间摊薄研发成本；另一方面，运动品牌的市场格局稳定，代工厂不用担心客户突然倒闭。

所以，快时尚赚的是高周转的钱，奢侈品赚的是稀缺性的钱，运动鞋服赚的是功能性的钱。而只有运动品牌，能给代工厂留下足够多的"高附加值空间",但这需要企业敢于投钱,时刻保持技术领先。

赛道的正确选择,还不足以完全解释申洲集团数十年的平稳发展。在选定的赛道上快速前进的核心引擎是面料。相比快时尚和奢侈品,运动品牌产品差异化的关键往往在于面料的功能性,对设计和剪裁工艺反倒不那么强调。而申洲集团从一开始,就聚焦在了面料上。这也是申洲集团从以代加工为主的"富士康"型企业变为协同设计类代表的"台积电"型企业的秘诀。

2005年,申洲集团在香港上市,一夜之间融到了9亿港币,全部用于设备升级改造。其中,四分之一的资金用于升级运动服装面料的研发技术,并扩建了一所6000平方米的面料实验室。

马建荣给公司立下了一条规矩:每年净利润的一半要用来技术改造。这在许多技术密集型企业中也是少见的。"如果我们现在就选择停止,不出三年,申洲集团这个企业就会被同行赶上,被时代抛弃。所以我们的目

▷ 申洲集团自动化流水线

四、因地制宜发展新质生产力

标就是天天创新,永不止步。"借助先进的技术、出色的管理能力以及打通全产业链的能力,申洲集团的人均效率远高于其他国家的制衣龙头企业。通过一体化生产,申洲集团可以将最短的交期压缩到 15 天内,而在其他制衣厂,完成同样的流程最少需要 2 个月。

自此,更具高附加值、深度嵌入产业链的"台积电"型模式成为现实。

海外设厂再造一个申洲集团

习近平总书记在浙江工作期间,形象地提出了"地瓜经济"的比喻:地瓜的藤蔓伸向四面八方,但它的根茎还是在这块土壤上,藤蔓的延伸扩张,最终为的是根茎能长得更加粗壮硕大。[1]

2023 年是"八八战略"实施 20 周年。"新春第一会"上,浙江提出实施"地瓜经济"提能升级"一号开放工程",坚持高水平走出去闯天下与高质量引进来强浙江有机统一,加快打造高能级开放之省。

2005 年上市时,申洲集团就开始布局海外工厂。从全球价值链的角度出发,产业转移是为了寻找最具性价比的地区,将利润最大化。

但在当年,中国服装出口企业布局海外的重要原因,是因为面临着一个棘手难题 —— 纺织品出口配额。

1973 年,世界贸易组织的前身 —— 关贸总协定,主持了一场涉及 40 余个国家的贸易谈判,最终达成《多种纤维协定》。核心内容是发达国家要求限制发展中国家纺织品出口到该国的类别及数量,第二年开始生效,为期四年。此后,该协定多次延期。

1995 年,各国达成新协议,分阶段放宽纺织品配额,并计划在 2005 年取消这一制度。中国加入世贸组织的 2001 年,欧盟开始对柬埔寨等极不

---

[1] 习近平:《在更大的空间内实现更大发展》,《之江新语》,浙江人民出版社,2007,第 72 页。

发达国家实施贸易优惠政策。除武器外的商品进入欧盟，享受免关税、免配额优惠。此外，美国也放宽了对这类国家的配额限制。中国不在其列。

等到2005年全球纺织品配额制度取消之际，欧盟却延长了对中国纺织品进口配额限制的期限。为了规避这个制度的影响，申洲集团将目光放到了柬埔寨，因为后者是东盟中最不发达的经济体，出口到欧美国家既没有关税也没有配额限制。于是，申洲集团在距离柬埔寨首都的金边机场约5公里的安达工业区，建了自己的第一个海外成衣工厂，这也为后来申洲集团的海外产能扩张提供了宝贵的基础和经验。不过在当时，资本市场眼里的申洲集团仍然是一家附加值低的外贸代工企业，投资人也只给出了5~10倍左右的定价。直到2014年，申洲集团开始在越南布局工厂，其估值水平才逐渐水涨船高。

为什么申洲集团要在这个时候去越南呢？首先，当时中国经济在经历了"4万亿元"的刺激后，面临着经济结构转型和环境治理的困扰。纺织业不仅要面对纱线等原材料和工业用地价格的上涨，还要应对适龄劳动人口下降以及环保制度下的限产压力。其次，在外部环境上，美国提出重返亚洲，跨太平洋伙伴关系协定（TPP）甚嚣尘上。

TPP协议对纺织业有一个新的规定：如果产品要享受免关税优惠，就得"从纱线开始"，全程在TPP成员国境内进行生产。但柬埔寨和中国都不是TPP成员国，在新的规定下享受不了免关税优惠。因此，作为TPP成员国的越南，引起了申洲集团的注意。越南为了促进纺织业的发展，提供了优惠的税收政策，而且基础设施也很完善。

所以，2014年，在距离柬埔寨成衣工厂仅6个小时车程的越南福东工业区，一个面积达84万平方米的工厂拔地而起。在这里，申洲集团复制了一整套和国内基地相同的从面料到成衣的纵向一体化生产流程。在随后的6年里，申洲集团不仅扩建了柬埔寨的成衣工厂，还在距离金边机场约18公里的经济特区建设了一个新的成衣工厂。此外，在距离越南面料工厂约45公里的地方，一座新的成衣工厂也拔地而起。如今，申洲集团在柬埔寨和越南的海外工厂能够为集团提供50%的面料产能和40%的成衣产能。

简单来说，申洲集团用6年多的时间在海外再造了一个申洲集团。

其实，成功的海外产能布局绝非易事，主要原因有三个：第一，东南亚国家产业链不健全，不适合布局中高端产能；第二，目前东南亚国家已经开始重视环保问题，因此工厂的运营成本并不低；第三，东南亚国家的生产效率低下。

对于前两点，申洲集团的解决方法是和上游的纱线企业抱团，去基建较为成熟的工业园区设厂，同时还将国内生产基地较为成熟的环保措施和设备一同复制到东南亚的各个生产基地。

但第三个难点，解决起来比较困难。尽管东南亚人工成本较低，但由于员工素质、文化习俗等原因，他们的产出效率低于国内。作为劳动密集型的纺织企业，如何让当地员工发挥更高的效率，成了申洲集团面临的重要挑战。

首先，申洲集团将生产流程标准化、模块化。这样不仅大幅提高了生产效率，还将员工培训时间从1个月缩短到了7天。原本1名员工1天只能缝制20个口袋，现在可以缝制200个口袋。其次，申洲集团给厂房配备了中央空调，让员工可以舒适地工作。最后，申洲集团提供比较有竞争力的薪资。例如，申洲集团柬埔寨工厂算上加班费后的工资是当地最低工资标准的2倍左右，同时，申洲集团还给员工提供免费午餐、免费体检等。

这些政策成功吸引了东南亚的劳动力，使申洲集团海外员工的月流失率仅为4%。海外的一系列顺利布局和扩产，不仅让申洲集团与耐克、阿迪达斯等客户合作得更加密切，还让资本市场对申洲集团刮目相看。

灰度创新让中国制造崛起

自从 20 世纪 80 年代托夫勒的《第三次浪潮》一书出版以来，产业界一直持有这样的观点：制造是一个低端环节，其中被称为"夕阳产业"的传统产业更是如此。对于服装产业来说，传统意义上，服装代工一般放在低成本、低工资的发展中国家进行大规模生产，才可能产生有限的利润。

但申洲集团以其发展历程显示，代工制造过程中的创新同样重要，并非只有"源头创新""设计创新"才能获得足额的利润。申洲集团以"服装制造"为切入点，联合研究院所、用户等共同对未来流行趋势进行同步创新。这种对不清晰的未来形成的包容合作创新，可以被称为"灰度创新"。

灰度创新的理论表明，申洲集团围绕服装制造产生的大量创新价值在重要性上并不比"源头创新"低，所投入的人力与财力资源更是源头创新的数十倍甚至上百倍。

灰度创新不仅发生在制造与上游环节的结合，也体现在与用户的协同中。申洲集团的创新领域，主要是三个方面：

一是面料研发。面料的高附加值性能主要来自原材料配方（特殊功能纤维）设计、面料的结构设计以及染整环节，因此面料研发具有更高的价值和壁垒。拥有专业研发团队的面料研发中心是申洲集团的核心部门之一。该中心具备专门用于开发优质面料的设备，与外部科研机构建立了广泛的合作关系，在提升面料传统质量指标的基础上，一直致力于突出面料的科技含量，开发出在功能性、环保性等方面具有差异化优势的新颖面料。通过在面料研发上的持续投入，申洲集团具备了高于同业的面料研发能力，每年都申请相关专利。截至 2023 年，申洲集团的新材料面料类专利数量已达 731 项。

二是一体化模式快速响应。国外设计师提供样品后，申洲集团能够完成从设计稿到最后成衣制作的整个过程，这就是申洲集团的高效一体化。这背后是申洲集团配备的强有力研发团队的支持，以及单一款式足够规模化的订单作为支撑。同时，上游严把面料产能环保准入条件，结合强大的研发能力、大额资本开支，以及下游成衣生产多环节细致繁杂的生产管理多年积累，共同构成了市场行业的重重壁垒。

三是技术和管理支撑的高制衣效率。打破传统代工企业范式结构，申洲集团对劳动密集的制衣工序提出了"三化"改进：高效化、去技能化、舒适化。这进一步减轻了基层员工的劳动强度，减少了培训周期，让普通员工也能迅速上手。2023年，企业制衣产量同比提升了35%左右。从2024年开始，截至目前，申洲集团北仑总部已经新增3800名员工，计划再招2000名左右，全年企业员工流失率不到0.3%。

2023年，在北仑区经济高质量发展大会上，马建荣以"走遍世界，北仑最好"赢得全场热烈鼓掌。2024年，他又以"今后40年，北仑更好"激起大家的共鸣。两次发言情真意切，"根"在北仑，未来申洲集团将继续"枝繁叶茂"，走向世界。

申洲集团大事记

1990年3月28日　申洲公司举行开业典礼。

2000年　通过ISO 9001质量体系认证。

2003年　成为"浙江50强"。

2004年　为优衣库设立专用工厂；获得ISO 14001环境管理认证；成为中国最大的针织服装出口企业、浙江省百强企业、中国制造业500强。

2005年　申洲（柬埔寨）有限公司成立；申洲国际香港主板上市。

2006年　申洲国际为耐克设立专用工厂。

2008年　申洲国际阿迪达斯专用工厂开业；申洲针织（安徽）工厂开工建设。

2010 年　企业纳入恒生综合指数、恒生综合行业指数（消费类别）及恒生综合中型指数成分股。

2011 年　申洲彪马专用工厂成立；进入"中国民企制造业 500 强"。

2012 年　申洲公司华耀工厂成立。

2014 年　首次进入福布斯"中国企业 500 强"。

2015 年　越南德利工厂开业。

2017 年　越南世通工厂开业。

2018 年　先后被纳入恒生国企指数和恒生指数，是国内唯一一家进入大蓝筹股的纺织企业；荣获《福布斯亚洲》评选的"2018 年度亚洲最佳上市公司 50 强"。

2020 年　柬埔寨金边市新成衣工厂顺利完工并正式投产。

2024 年　积极响应"强化企业科技创新为主体地位"的政策，全面推进数字化建设。

能之光：寻找光的方向

> 别在树下徘徊，别在雨中沉思，别在黑暗中落泪。向前看，不要回头，只要你勇于面对，抬起头来，就会发现，此刻的阴霾不过是短暂的雨季。向前看，还有一片明亮的天，不会使人感到彷徨。
>
> ——［英］莎士比亚

人的一生寥寥数笔，许多人都希望在自己的人生画卷上，画上浓墨重彩的一笔。有的人抓住了机会，获得了巨大的成功；而有的人却在成功后不久再遇人生低谷，能在如此情况下再次成功的人可谓是少之又少。

张发饶，一个说话不紧不慢、身上有着浙商特有的儒商气质的企业家，怀着一颗科技报国之心，从日本学成回来，围绕着功能高分子领域，坚持守住"一米宽"，深耕"百米深"。目前，他创办的宁波能之光新材料科技股份有限公司（以下简称"能之光"）已经成为国内高分子改性助剂的领航标杆，在该细分市场中的市场占有率连续三年全球排名第三、国内排名第一。

怀揣着报国梦的海归博士

1996年，张发饶在中科院北京工程研究所获得工学博士学位，随后留学日本进行博士后研究,开始似乎与高分子材料并无瓜葛,直到后来的一次契机转变了他的事业方向。

1997年,日本新能源产业综合开发机构聘请张发饶为研究人员,负责微细藻类天然高分子材料的研发。他与高分子的不解之缘便由此开始。2002年,他又在加拿大阿尔伯特大学做了多年的研究工作。此后他又陆续涉猎环境友好高分子材料、高分子合金等领域,围绕着高分子这个复杂领域,逐渐成为行业专家。

2001年9月,张发饶回国在宁波北仑创办了能之光,以期把他关于塑料添加剂的技术产业化。同时,他也希望通过公司的成立,将相容剂、增韧剂等细分产品大范围应用于复合材料生产加工。

现在看来,60年代出生的张发饶在当时放弃国外高薪,面对还不健全的国内产业链,选择回国创业,应该是需要下很大的决心。但实际上不然。

"60后"企业家是中国商界的重要力量。这批企业家很多从90年代开始白手起家,有的是受到1992年邓小平南方谈话的鼓舞,下海创业,也就是后来被人反复提起的"92派"。他们面对资金和资源匮乏的重重挑战,凭借坚韧的企业家精神和无畏的拼搏精神,推动企业发展和全球化。这些

○ 能之光外景

企业家大多在中国制造业领域奋斗，如李书福致力于改变吉利的企业基因，使其转变为更互联网化的汽车企业；方洪波领导美的集团从家电企业转型为全球化的科技集团。他们的成功不仅体现在企业的壮大上，还体现在实业兴国的责任担当上，这批企业家紧跟时代步伐，不断求新求变。

张发饶的归国，正是出于骨子里的爱国情怀。他决心利用自己在国外积累的技术经验，打破国外在高端材料领域的垄断。经过前期的试运行和生产线的添置等工作，2004年，能之光推出国内首家用于低烟无卤阻燃电缆料的相容剂，并同时开发出其他类别的塑料合金相容剂产品。在此之前，国内电缆行业普遍使用的材料是PVC（聚氯乙烯）。PVC在火灾中不仅会释放大量烟雾，还会产生有毒的氯化氢气体，而使用了低烟无卤阻燃电缆料后，这些环保和安全问题都得到了解决。

然而，公司在首款产品的市场推广上遇到了瓶颈。面对跨国公司成熟产品的竞争，客户不仅看重产品的性能，还特别关注品质保障。

幸亏张发饶的海归身份起到了"敲门砖"作用。位于上海的美国普立万公司的一个从事低烟无卤阻燃材料研究的项目组负责人，在得知张发饶是海归博士后，因文化背景的相似性，决定给能之光一次机会。双方在充分沟通了半年时间后，能之光依靠过硬的技术和更具性价比的价格，成为普立万的供应商，从而推动了国内低烟无卤阻燃电缆料行业的发展。

当时，杜邦的产品售价一公斤50元，而能之光的产品只要28元。最重要的是，关键材料成本的降低推动了行业发展，低烟无卤阻燃电缆料国内市场规模从2004年的2万吨迅速扩大到目前的200万吨。

遭遇太阳能光伏产业"滑铁卢"

人生的经历总是起伏波折的，个人的抉择也与时代脉搏紧密相连。有些顺应时代的选择最后被证明是正确的，而有些则成了一次人生考验。当张发饶正带领能之光节节攀高的时候,他的一次看似顺势而为的选择却让企业跌到了谷底。

在中国,光伏产业是一个大起大落的产业。它在短短几年内造就了多位首富,又在短短几年间让首富们一一坠落。国家发展和改革委员会原副主任、国家能源局原局长张国宝在其著作《筚路蓝缕——世纪工程决策建设记述》中评价道:"在如此短的时间内,从一个弱小的产业崛起成为全球行业领头羊,堪称中国近代工业史的一个奇迹。"其中,推动中国跑步进入光伏时代并启蒙了后来者的是一个叫施正荣的男人,业内给他的评价是:将中国光伏与世界水平的差距缩短了15年。

2001年,澳洲留学归来的施正荣和杨怀进共同创办了无锡尚德太阳能电力有限公司(以下简称"无锡尚德"),专注于太阳能电池片及组件的研发与生产,正式踏入光伏业。第二年,无锡尚德的第一条生产线宣布投产,产能15兆瓦/年,这放到现在根本不值一提,但当时却相当于中国光伏电池此前4年的产量总和。

创业前几年,施正荣和他的无锡尚德并不顺利,甚至连发工资都成问题,基本靠政府的扶持活着。

转机发生在2004年。这一年,欧洲开始加大光伏补贴力度,全球光伏市场规模陡增,光伏企业看到了无限商机。借着产业爆发的东风,2005年,成立才4年的无锡尚德便登陆纽交所,成为中国第一家在美国主板上市的光伏公司。施正荣也因此一举跻身中国首富行列,被誉为"光伏教父"。作为无锡尚德的董事长兼首席执行官,他的身价随着公司市值的攀升而水涨船高,最终以155亿的身家登上胡润百富榜。

"首富效应"带动了一批光伏产业链上的追随者,这是中国光伏产业的第一轮大扩军、大爆炸,也是早期光伏企业家们最辉煌的阶段,他们在无锡尚德之后的联袂登场,成了资本市场的一道亮丽风景线。这其中也有能之光的身影。

2006年，张发饶看到太阳能市场蕴藏着巨大商机，开始涉足太阳能电池高分子封装胶膜的研发与生产。

2010年11月29日，宁波能之光——威克丽特春晓基地启动和太阳能电池EVA（乙烯-醋酸乙烯共聚物）胶膜项目投产仪式在春晓工业园区举行。

宁波威克丽特功能塑料有限公司是宁波能之光新材料科技有限公司的子公司，以生产新能源材料为主，2007年落户春晓园区。2009年8月，"太阳能电池EVA胶膜"被列入2009年新增中央投资重点产业振兴和技术改造项目，项目总投资5000万元，并得到国家发改委的支持。该项目的投产，将使威克丽特公司形成年产1万吨EVA母粒、2千吨EVA胶膜的生产能力。

在张发饶看来，太阳能电池EVA胶膜是太阳能电池组件生产的关键材料，其性能直接影响到太阳能电池的发电效率和使用寿命。随着太阳能光伏行业的高速发展，与之配套的EVA胶膜呈现良好的市场前景。因此，张发饶在高层会议上曾乐观地指出，该项目的投产，将为太阳能电池组件生产厂家提供高性价比的EVA胶膜产品，并逐步替代进口。

但危机悄悄逼近。当时中国光伏属于"三头在外"，即原材料在外、市场在外、主要设备在外。

2008年，金融危机阴霾笼罩全球，西方国家光伏补贴政策退坡。一时间，激进扩张的中国光伏企业跌入产能严重过剩的地狱，许多企业纷纷倒闭。据统计，仅在金融危机期间，国内就有超过300家光伏组件企业倒闭。

一波未平，一波又起。

2011年至2012年，欧美国家先后掀起对中国光伏的"双反"（反倾销、反补贴）调查，这成为压倒中国光伏产业的最后一根稻草。数据显示，2011年，中国光伏产品对外出口额为225亿美元，但到了2012年就骤降至127亿美元。这波冲击也使能之光陷入低谷——订单锐减，企业净亏2000万元。张发饶用"毁灭性的打击"来形容企业当时的困境。这场危机让张发饶深刻认识到,专精于自己擅长的领域才是企业实现持续发展的基础。自此,他决定只围绕功能高分子材料领域,不断寻求技术迭代和平台搭建。在经历了高光时刻的戛然而止后,能之光在低谷中涅槃重生,一个全新的能之光从此诞生。

转换思维模式

能之光行政办公楼的楼梯拐角处挂着它的远景规划:"每年成长30%,持续成长30年,成为世界一流的新材料企业。"

现如今的能之光,是一个技术驱动型企业,张发饶在其擅长的高分子材料领域不断寻求新的机遇。伴随汽车轻量化和新能源汽车的普及,应用型汽车新材料正越来越受到关注。张发饶带领的团队发现,玻纤增强聚丙烯材料,尤其是长玻纤增强改性聚丙烯复合材料,由于其密度低、力学性能好,在汽车领域的应用将越来越广泛。对应的VOC(挥发性有机化合物)相容剂未来也将有越来越广阔的市场。与此同时,随着国际供应链的变化,高端改性塑料、多层功能复合膜和高性能复合材料需要的改性助剂也迎来了进口替代的机会。

因此,张发饶提出了化学改性高分子新材料、低VOC新材料、粘合树脂新材料三类产品在五年内实现替代进口,并最终成为全球规模排名前三的新材料企业战略目标。

如果故事到这里结束,那么张发饶还只是一位普通的企业家。然而,科技报国的初心一直萦绕在张发饶的心中,即使是在企业最困难的时候,也未曾熄灭,这也是支撑他一路走来的最大动力。

面对国内新材料行业与发达国家之间的差距,张发饶凭借其深厚的实验室研发背景和产业化经营经验,有着独到的理解:新材料企业涉及的是

○ 能之光制造车间

一个系统性工程,不是单一方面,因此要善于集成技术、设备和工艺。

但现实问题是,对于一些关键性材料,下游客户往往不会透露其具体用途和使用场景;生产过程中,企业现有的设备与国外相比还有差距,并不能完全达到产品设计要求;而最缺乏的是人才储备,整个生产管理和控制的各个环节需要经验丰富的技术人员。拓荒者的路注定艰难,但如果没有人去走,中国就永远受制于人。近年来,对于研发投入,能之光几乎倾尽全力。目前,公司已拥有几千平方米的实验分析室和中试车间,配备了完整的检测分析仪器和试验设备;而在人才引进上,能之光搭建了行业内领先的引才平台,先后建立起国家级博士后工作站、省级高新技术企业研究开发中心、省级企业研究院、宁波市院士工作站等。依托这些平台,能之光与国内研究院所和知名高校建立起了产学研合作关系。对于未来战略布局,张发饶透露得很少,注重实际行动而非过多言辞是他的个人风格。概括来说,能之光的战略是用从高分子接枝改性材料、粘合树脂到新能源材料以及由此延伸出的各类创新来满足细分市场的需求。

从成为细分领域里的领先企业,到孵化各细分领域的平台型企业,能之光正逐步成为那束可以照亮前行之路的光。

企业家的使命

回望过去一个多世纪,120多年前,民族工商业先驱之一的张謇在《代鄂督条陈立国自强疏》中这样阐述工业化对一个民族的意义:"世人皆言外洋以商务立国,此皮毛之论也,不知外洋富民强国之本,实在于工,讲格致,通化学,用机器,精制造,化粗为精,化少为多,化贱为贵……此则养民之大经,富国之妙术,不仅为御侮计,而御侮自在其中矣。"

但中国工业化真正实现历史性跨越、压缩式成长,还是在改革开放之后。1978年,中国制造业增加值不及美国的六分之一、日本的三分之一、德国的二分之一。中国制造业增加值于2000年超过德国,2006年超过日本,2011年超过美国,成为世界第一制造业大国。按照国际标准工业分类,在22个大类中,中国在7个大类中名列第一,有220种工业品产量居世界第一位。

这是因为,在我们国家经济中,已经有一批效率极高、具备世界级水平和竞争力的企业,它们为无比丰富的终端产品提供原材料。但公众往往不太了解这些企业,它们的掌门人远没有马云、马化腾、李彦宏有名。

就像张发饶带领的能之光,利用生物技术,将原先平平无奇的材料通过化学键的"嫁接",形成满足市场需求的新材料。新产品的研发速度成为企业生存的命脉,从最初的一年几个新产品到现在一年可以同时推进50余个新产品。在红旗下出生的张发饶,从最初面对市场诸多空白时采取"跑马圈地"式的迅速扩张策略带领企业成长,到现在在细分领域"见缝插针"式突围,通过学习和持续试错,发现新知识,寻找更好的行为方式,以适应环境变化,并将资源引导到能够产生更大价值的方向上。

支撑张发饶一路走来的,是不变的企业家信念。

中国经济正处在结构调整、产业升级和创新驱动的特殊时期。国际贸易摩擦频发,地缘局势紧张,一个充满不确定性的时代正在到来。能之光的历程证明，如果企业家能够真切地回应这个时代的真正需求，无论是跨国企业还是细分领域的龙头企业，都将开辟新的历史篇章，为中国经济转型建立坚实的、以创新为导向的微观基础，最终在全球树立高价值的形象。

更艰巨的路在前面，更大的辉煌也在前面。

能之光大事记

2001 年　宁波能之光新材料科技有限公司正式成立。

2004 年　公司将低烟无卤阻燃电缆料推向市场，实现进口替代、填补国内空白。

2005 年　公司塑料合金相容剂产品被列入国家重点新产品。

2006 年　子公司宁波威克丽特功能塑料有限公司成立；纳米层状硅酸盐改性乙烯－乙酸乙烯共聚物被列入国家重点新产品。

2008 年　被评为国家高新技术企业；公司市级研发工程中心成立。

2010 年　公司省级研发中心成立，并于 11 月 29 日举行国家发改委项目——光伏 EVA 胶膜的开工仪式。

2012 年　公司将 FH 系列低 VOC 接枝 PP 产品推向市场，成为国内第一家该类产品生产商。

2015 年　引入海邦人才基金作为股东；设立省级博士后工作站，公司步入快速发展的轨道。

2016 年　公司销售收入突破 1 亿元；院士工作站成立。

2017 年　公司销售收入突破 2 亿元；公司与赣州经开区管委会签约能之光新材料项目。

2018年　公司业务扩张进入粘合树脂、汽车轻量化材料等业务新领域；赣州能之光新材料有限公司成立。

2019年　公司成为细分行业的宁波市单项冠军示范企业；产品荣获"浙江制造精品"；获评浙江省企业技术中心。

2020年　公司荣获工信部第二批"专精特新"小巨人企业、浙江省"隐形冠军"企业；获评浙江省企业研究院。

2021年　营业收入突破5亿元大关。

2022年　获评国家级博士后科研工作站、国家知识产权优势企业；新三板挂牌。

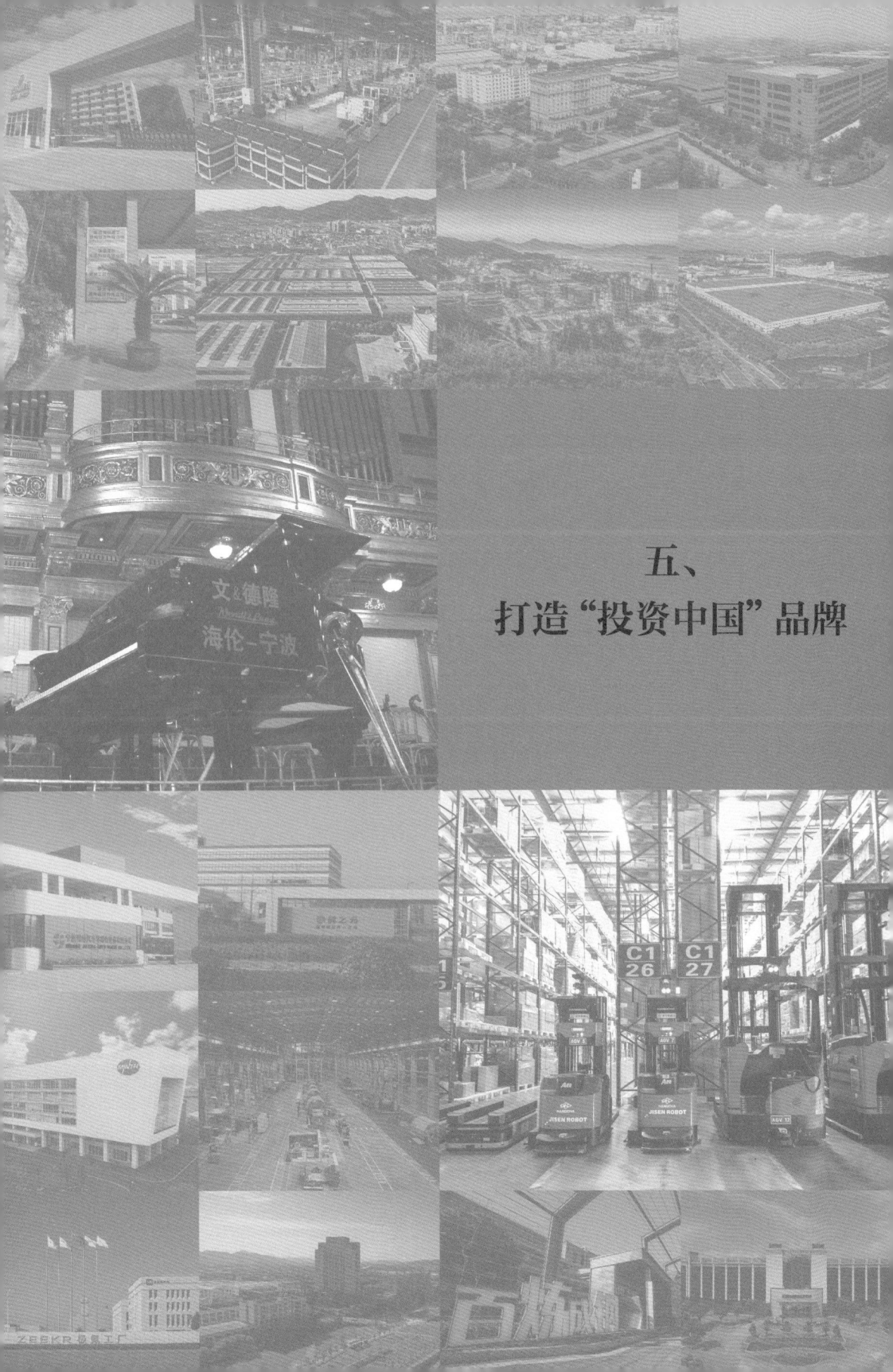

五、打造"投资中国"品牌

海伦钢琴：民族的，才是世界的

> 凡事涉及威尼斯就是不平凡。她的容貌像一个梦，她的历史像一段传奇。
>
> ——［英］拜伦

在音乐界，有个让人心驰神往的地方，那就是奥地利维也纳金色大厅。

在那里，有个来自中国的"客人"长住。那是一架宁波制的海伦HG178钢琴。它与有百余年制造历史的"施坦威""贝森朵夫"等钢琴一道，获得维也纳金色大厅永驻权，也是第一架进入维也纳金色大厅的亚洲钢琴。

"中国琴、中国心"，在中国钢琴之乡，陈海伦以这样的民族心扛起了对抗欧洲百年钢琴制造的大旗。

有些人说，海伦钢琴股份有限公司（以下简称"海伦钢琴"）的发展是一个不可复制的故事。企业制作钢琴的初衷是振兴民族工业，从一开始就采用了"海外引智+巨额投入"的高水平策略，"洋专家+洋设备"的组合使得成功似乎顺理成章。

但企业的成功故事从来不是靠激情就可写就。陈海伦自认自己不是一个激进的人，一路走来，在商海里的沉浮让他学会了"十个手指头弹钢琴"，应对各种挑战和机遇。人生起承转合，他的故事里不仅有企业家的抱负,也有一路走来的辛酸,更有他作为浙商的精神和魂魄。

法兰克福之耻

如果陈海伦的创业人生是一首曲子,那么发生在1999年法兰克福国际乐器展上的那一段对话,那一次刺激和受辱,就是全曲转向旋律高潮前的关键转折点。

德国,是一个诞生了很多音乐家的国家,贝多芬、巴赫、莫扎特、舒曼、施特劳斯等等就像璀璨的星星闪耀在人类音乐史上。而法兰克福,则是一座熔铸历史、文化和现代潮流的城市,宛如一颗多面的宝石。它既有古老历史的厚重,又有现代都市的活力。大教堂诉说着千年故事;美因河犹如一条蓝色丝带蕴含着柔情;古老的铁桥见证着历史的变迁;歌德故居散发着文学的芬芳;法兰克福学派是西方马克思主义思潮中持续时间最久、成果最丰、影响最大的一个学术派别;欧元塔是现代标志性建筑,登上塔顶,整个城市的美景尽收眼底,仿佛置身于云端。

1999年的一天,陈海伦走出法兰克福机场航站楼,深吸了一口气。这是他第一次来到这个音乐、文学、哲学交融的城市,参加全球最大规模、行业内最成功的乐器、音乐硬软件、乐谱及附件展览会——法兰克福国际乐器展,在这里,全球大部分著名乐器厂商都展出了自己的全线专业产品。

而当时,陈海伦带领的海伦钢琴可谓春风得意。

从1986年开始,用了10余年的时间,陈海伦把小小的钢琴配件做到业内最佳。1994年企业转制,陈海伦买下工厂,成为真正为自己打工的老板。他的名字,渐渐在钢琴配件领域为人所知。来自同行的认可,让陈海伦坐上了中国乐器协会材料分会会长的位置,并获得了"配件大王"的美誉。因此,他希望借此次参展,开拓视野,获取机会。

1999年是新中国成立50周年。美国《财富》杂志把一年一度的《财富》年会放在中国上海举办,时间是国庆大典前的9月底。这是国际知名传媒机构第一次把全球性年会选在中国举办。它的主题非常契合当时的背景——"让世界认识中国,让中国认识世界"。11月15日,中国与美国正式达成协议,后者表示支持中国进入世界贸易组织,中国终于获得了参与世界贸易的入场券。

民族自豪感和企业家的自信心,让陈海伦站在法兰克福国际乐器展的大厅里时,感到既新鲜又激动。丰富的展品和国际化的交流盛况,琳琅满目的异域文化和外国商人的处事方式,都给了陈海伦耳目一新的感觉。

可故事总是以一种令人猝不及防的方式开始。陈海伦在一家美国厂家的展台前驻足观看对方制造的钢琴配件。当他礼貌地递过去名片,试图和这位外国同行交流业务时,没想到对方却露出了一脸不屑:"在钢琴的生产上,欧美已经有300多年历史,而中国只是个小弟弟。"

确实,钢琴起源于欧美。1709年,意大利人克里斯多弗·贝克斯在佛罗伦萨制造出第一架钢琴,它被称为"福音书"钢琴。1730年,德国制造商弗朗茨·沙夫制造出了一种被称为"拨弦钢琴"的新型钢琴,使得演奏者可以用更轻的力量轻松弹奏音符。1770年,意大利人巴托洛梅奥·卡瓦利制造了独立踏板。1811年,英国钢琴制造商约翰·布罗德伍德制造出了第一批可重复使用的踏板,这意味着演奏者可以在不影响乐曲演奏的情况下连续按住踏板。

因此,自认"纯正血统"的欧洲人对于中国的钢琴产品一直抱有偏见。20世纪80年代,后来与海伦钢琴一起成为上市钢琴企业的广州珠江钢琴集团股份有限公司首次参加德国法兰克福国际乐器展览会时,租了一个不足10平方米的展厅,信心满满地摆上了自己的展品。然而,展会开幕后,展位却门可罗雀,国产钢琴在欧美高档钢琴面前像一只"丑小鸭",客户走到摊位前弹几下就走开了,没有人停下来订货。

十年后,外国客商的看法依旧没有变,依旧先入为主地说:"China,

no！（中国，不！）"这句话如此简单，又如此沉重，即便不擅长英语，陈海伦也完全听懂了。

"No"这样简单的英语词汇，传达的却是对中国人生产的产品的不信任和轻视。这让一直充满民族自豪感的陈海伦受到了打击，这种屈辱深深烙印在他的心中。

在后来接受媒体采访时，陈海伦总会提及这一幕。尽管多年过去，他谈起时的语气已经更加平稳，心态也更为放松，但当时的经历依然历历在目。因为国别而受到的拒绝，让他的法兰克福之旅蒙上了一层灰色的阴影。

那是不是只是因为自己的企业名气不够呢？离开国外展台，陈海伦还不甘心地去逛了逛其他国内企业的展台，发现情况同样不容乐观。国有大型钢琴生产基地生产的钢琴也"遇冷"。当时国产钢琴每台售价人民币1万元，但欧洲钢琴单价高达人民币10万元。在与众多客商交流中，陈海伦惊讶地发现几乎所有厂商都默认：贴上"中国制造"的标志，无论质量怎么样，价格就归为低档。

尤其让陈海伦震惊的是，自己作为"配件大王"颇为得意的小零件，在国内售价每个0.4元，但在欧洲市场上相同质量的产品却能售出10倍的价格。陈海伦意识到，国内企业做配件虽然也非常重视产品品质，但还是以价格便宜取胜，关键是没有建立起自己的品牌影响力。

不惑之年打造"中国芯"

零配件差价这么大，那就要差异化竞争，陈海伦回到北仑，看着车间里自己引以为豪的零件，心中有了底气："配件大王"要成为行业标杆，不仅要有规模，而且要做核心产品，那就是研发钢琴的关键配件。

钢琴的结构由码克、击弦机、键盘、踏脚系统及琴壳五大部分组成。其中，"码克"又称共鸣盘，是钢琴最核心的部件，作为钢琴的音源，它在很大程度上决定了钢琴音质的好坏。这相当于汽车的发动机，也是技术含量最高的部位。业内有这样一种说法：能够制造码克的工厂叫钢琴厂，不能生产码克的工厂叫组装厂。换句话说，会生产码克的工厂也具备了生产整架钢琴的能力。

然而，当时在国内几乎没有同行可以借鉴，要掌握核心技术只能靠自己，那就需要引进核心人才。通过多方面的努力，陈海伦将目光投向了北京星海钢琴集团有限公司（以下简称"星海钢琴"）。星海钢琴的前身是人民艺术服务社，始建于1949年6月1日。星海牌钢琴、西管乐器、民族乐器、提琴、手风琴以及各种打击乐器等产品，在全国同行业和消费者中享有较好的声誉。星海钢琴曾是新中国第一架钢琴的诞生地，后来又生产了全世界最大的钢琴，可以说星海钢琴是当时行业内生产钢琴的标杆。

国际同行的不屑没有打倒陈海伦，反而激发了他的决心。通过多方面的努力，陈海伦北上星海钢琴，与具有多年钢琴制作经验的曾兴华见面，请他担任公司的技术开发总工程师。

曾兴华现已年过五旬，每当说起这段往事，嘴角不自觉就会上扬。作为国内钢琴界最重要的技术专家之一，他对中国钢琴制造工业的发展发挥了重要作用。1988年，时任星海钢琴技术改造部副主任的曾兴华带着团队开始了第一次技术改造。在国外钢琴厂核心技术不开放的情况下，他们只能用土办法：拆开设备做分析，用传统作坊式钢琴生产方式进行工艺分解与再组合。通过不懈努力，到1992年，团队成功建立了中国历史上第一条钢琴生产流水作业线。这也助推星海钢琴的年产量从不到1万台跃升到4万台，后来珠江、上海、营口等几大钢琴厂也纷纷来学习，并建起了自己的流水线。由此中国钢琴制造工业经历了一次质的飞跃。

于是，在北京，没有浪漫细胞的曾兴华和没有艺术背景的陈海伦相遇，却在钢琴制造这个话题上找到了共同语言。面对行业专家，陈海伦坦言自己慕名已久。而对于"配件大王"陈海伦，曾兴华也早有耳闻。但是南下北仑,对常年在北方钢琴重镇生活工作的曾兴华来说,无疑是一种挑战。为了说服曾兴华,陈海伦多次上门拜访,最终他的真诚和对民族振兴的抱负打动了曾兴华。

于是,2001年,海伦乐器配件有限公司(海伦钢琴前身)成立,曾兴华坐着飞机,提着行李,怀着激情南下。2001年,也成为海伦钢琴转型的关键一年。

2001年,国内发生了一系列标志性事件:申奥成功、男足出线、加入世贸组织,这一连串大喜事让2001年成了"中国年"。同年11月9日,日后在北仑大展拳脚的吉利集团董事长李书福意外拿到了第一张民营企业造车许可证,国家经贸委发布的第六批《车辆生产企业及产品公告》中,"吉利JL6360"榜上有名,自此,吉利开始腾飞。

此时的北仑,已经是一片创业创新的热土。北仑的经济产业真正腾飞是从2000年以后开始的。至今仍占据北仑半壁江山的临港重化工业,在那个时期逐渐崛起成为"主角"。临港重化工业作为典型的资本密集型产业,在北仑发展早期一直"不声不响",直到2002年之后,随着宁波钢铁、逸盛石化和台塑等大企业的落地,才开始占据主导地位。

当时,北仑区和宁波经开区的管理机构归并合署,实现管理模式一体化运作,开发开放范围进一步拓展至北仑全域,北仑的发展定位明确为"东北亚国际航运中心的重要组成部分、华东地区制造业的重要基地、区域性物流中心、现代化滨海新城区"。招商引资战略进一步调整为"招大、选强、择优",着重引进了一批支柱性的临港重大工业项目。

在宁波"十五"重点工程中,十大百亿项目有七项落户北仑,足见北仑那个时候的辉煌。随着台塑台化、宁波钢铁、逸盛石化、北电三期、亚浆三期等项目相继建成投产,"十一五"时期北仑工业经济依托这些大项目的产能释放,获得了跨越式发展,夯实了北仑的工业实力。在工业经济内部结构上,初步形成了石化、能源、钢铁、汽车、造纸、修造船六大临港产业和汽配、注塑机、模具等优势产业协调发展的产业大格局,纺织服装、文体用品等传统劳动密集型产业在工业经济中所占的比重逐渐减少,北仑工业经济的产业结构快速实现了从劳动密集型向资本密集型为主、技术密集型为辅的整体跃迁。

就在那个时期,陈海伦也做出了一个"惊人之举"。经过长时间的筹备,码克的研发和生产正式拉开序幕。在曾兴华的带领下,团队经过1000多个日夜的努力,终于拿出了码克的技术图纸。

有了技术图纸,又一个难题摆在陈海伦面前:码克作为高精度产品,对生产线要求高,海伦钢琴现有的生产线不足以支撑生产需求。

后来陈海伦在接受《清华管理评论》采访时说:"从我下决心做码克的那天起,我就对我们的产品定位非常高,当时国内生产码克的技术最多就是三轴联动,后来我到了日本,发现了日本用来加工飞机螺旋桨的五轴联动,于是我就在2001年初去订购了这个设备来加工码克。"

2002年,陈海伦在一次公司会议上,向大家说明了投资4000万元的决心,计划引进日本高科技钢琴专用设备和数字控制生产线,以改变传统的手工制造方式。这笔资金的分配如下:一部分用来引进日本五轴联动CMC加工中心等专用设备,一部分用来聘请欧洲各国、美国以及日本的钢琴设计大师,还有一部分投资于公司自己的钢琴制造工程技术中心。

很多人不理解,已经四十不惑的董事长为何还要"冒险"?这样重资产的投入会不会让企业陷入危机?原先平稳的发展难道不好吗?

事实上,4000万元即使在现在也是笔不小的技改支出,而在2000年左右,可以说是笔巨额投入。

后来陈海伦在向撰写《从"跑龙套"到"唱主角":海伦奏响美妙琴音》一文的作者彭新敏和史慧敏回忆这段历史时,重述了当时说服企业内部员工的言辞:"其实这个计划我已经考虑很久了,并不是心血来潮做出的决定,关于其中的一些重要问题,我和工程技术中心的主要负责人都详细谈过,我们有信心可以一试。"陈海伦和技术负责人根据企业当时的情况以及国内外钢琴制造业的形势,对这项投资计划进行了详细的阐释说明。经过多次商讨,大家最终同意了这项计划。

如果说一般企业的技改投资是循序渐进型,视实际效果再考虑追加投资,那么陈海伦走的则是几乎"一步到位"的路线,直接对标世界先进技术,从而起步点已经成了别人眼中的高峰。陈海伦率先在国内全面使用CAD、CAM、3D动漫、数字模拟、数字比对优化等先进手段,将原本长达两三年的产品研发周期缩短至两三个月,让每个关键生产环节都达到极高的精准性。这就好比同行还在用笔写字的时候,海伦钢琴引进了电脑设备用于打字,效率已经不在一个量级上,那么海伦钢琴生产的码克能脱颖而出也就很符合情理了。

在引进曾兴华的同时,陈海伦加速推进"人才国际化"战略,先后聘请了来自维也纳的彼得·维莱茨基、美国的乔治·弗兰克·爱姆森、奥地利的兹拉科维奇·斯宾、日本的江间茂等钢琴制作、设计、调音方面的专家来公司长期指导。这些尖端人才的加入,使海伦钢琴的产品质量得到了大幅度提升。

2003年,海伦公司的码克一经推出,就得到了业内的肯定。曾经对中国制造持怀疑态度的欧洲市场,最早给予了海伦认可,大批欧洲顶尖钢琴企业向海伦递来了合作的橄榄枝。

当初陈海伦力排众议投入的4000万元,成了企业赢得转型一战的关键。但敢投入不是乱冒险,陈海伦长远的眼光、对行业和市场的准确预见再一次得到证实。发展到后来,年产三万台的码克除了满足自用以及国内厂家的订单,还有一部分销往欧美和日本。

陈海伦知道,企业已经开始游向了更深的蓝海。

反向吸纳欧洲百年品牌

回溯百年历史,企业的发展一直与当地的文化息息相关,海伦钢琴为何诞生在宁波,从北仑起步,或许在众多偶然中有着必然。

宁波商帮文化浓厚,"宁波帮"享誉海内外,钢琴起源于欧洲,传入中国后,宁波的钢琴文化已经成为中国钢琴文化最重要的组成部分,钢琴界的"宁波帮"逐渐形成。

这里诞生了多个"首个"。新中国成立前后,以毛文正为首的百余名宁波人,是中国最早从事钢琴行业的先驱者之一。毛文正被誉为中国钢琴行业的"祖师爷",他正是来自宁波北仑。中国第一架钢琴的制造者林炳炎是宁波北仑大碶高塘人,他自行设计、制造了这架具有历史意义的钢琴。宁波人朱象文在20世纪50年代成功造出国内第一架用国产材料生产的七尺大型三角琴。王来安,作为北京钢琴厂(即后来的星海钢琴集团)的创始人之一,筹建了新中国第一家琴厂,他同样来自宁波。

而中国第一代钢琴家、第一位在国际比赛中获奖的钢琴家、第一代钢琴高级工程师、中国第一家琴行的创办人……这些人更是像巴赫、贝多芬之于欧洲钢琴,与中国钢琴产业的发展相辅相成。

在文化的交融下,产业链的延伸显得顺理成章,而从生产钢琴配件到品牌转型,国内同行珠江钢琴也给陈海伦提供了可借鉴的经验。

里特米勒钢琴于1795年在德国的哥廷根市由歌特里伯·威廉·里特米勒创立,是世界上最早的知名钢琴品牌之一,迄今已有220多年历史。在世界各个国家中,这一老牌钢琴都因其优美的音色而备受关注,也是欧洲最具"文化号召力"的十大钢琴品牌之一。20世纪90年代,里特米勒融入珠江钢琴集团,成为珠江钢琴品牌战略的一部分,引领了国内钢琴业引进德国技术的风潮。

命运的轮回总是惊人相似。在法兰克福之行中,傲慢的欧洲制造商刺痛了陈海伦,给予了他再出发的动力。也正是这些欧洲人中的慧眼识珠者,尤其是来自千里之外的奥地利"文德隆"(Wendl & Lung)钢琴品牌的负责人——年轻的彼得,鼓励陈海伦从制造钢琴配件转向生产整琴。

以前,陈海伦一直为上海钢琴公司提供五金小零件,因此常常往返沪甬两地。当时,上海钢琴公司与奥地利的文德隆品牌合作,为其组装钢琴,而一些钢琴零部件就来自陈海伦的工厂。由于业务往来,陈海伦与文德隆负责人彼得也彼此认识。

一次偶然的机会,彼得和陈海伦谈到了中国钢琴制造技术方面的问题。彼得坦率地指出,中国钢琴制造水平距国际一流水准还存在不小差距。同时他也从专业角度建议,海伦钢琴已经能生产最核心的码克,那整架钢琴为何不试一试呢?

从零配件到核心部件再到品牌商,这是不少企业走过的路,其中艰难唯有企业自己知道,但这也是利润不断呈几何级数上升的发展路径。

不甘心一直为他人作嫁衣的陈海伦决定:自己生产整琴。

但投入巨资更新设备和引进人才的海伦钢琴,想启动该项目谈何容易。没想到,热情的彼得立即"雪中送炭":"不用担心,没有人才,我们来帮忙!"

很快,来自文德隆的技术人员就飞到了北仑。面对奥地利伙伴的无限

○ 海伦钢琴制造车间

信赖,陈海伦也发出掷地有声的宣言:"我用信誉来担保产品的质量,我的名字是企业的名字,也是产品的名字。我的产品做得不好,人家肯定会骂我,陈海伦人品不好,产品质量这么差,偷工减料,欺骗消费者。这个产品有我自己的信誉在里面。"

于是一场双向奔赴的合作故事就此开始。

而彼得能这么相信,海伦钢琴能行,除了欣赏陈海伦敢闯敢干、精益求精的品格,文德隆自身的实力更是其自信的基础。

奥地利"文德隆"钢琴品牌始创于1910年,传承四代家族制琴技术,历经了两次世界大战的洗礼和多次行业萧条与复兴的磨炼。

早在1890年,奥地利的Stefan Lung在Brüder Mikula钢琴工厂学习钢琴制造,之后又在奥地利维也纳制琴厂深造。在熟练地掌握当时所有钢琴制造技术之后,年轻的Stefan Lung便于1910年建立了自己的钢琴工厂,开始在维也纳第六区生产琴壳和音源(码克)。同年,工厂迁至同一区的Aegidigasse 6号,在那里生产出第一架钢琴。他与Johann Wendl合作,正式注册成立了文德隆公司。

文德隆钢琴在整个欧洲和近中东地区销售。文德隆数款三角钢琴因为其丰满和富有感染力的声音成为当时的畅销产品。1926年,文德隆钢琴的产量超过1000架,公司迁址于Mariahilfer大街101号作为总部,直至2004年。

文德隆的第二代传承者是Stefan Lung的孩子Stefanie。在那个时代,职业妇女的成就还不被重视,但她通过自己的努力,获得了钢琴制作专家的名衔,成为奥地利钢琴制造史上获得此名衔的第二位女性。当时的欧洲,正处于二战时期,虽然世界格局的混乱影响了许多生产业的发展,但是钢琴制造业依旧在它自己的轨道上持续发展。一方面,二战后的钢琴销售占据了乐器行业的主导地位,并逐步显现出价格走低的趋势,更有人预言自动钢琴会取代传统钢琴。但另一方面,工艺精湛的钢琴也在这期间脱颖而出，价格和销售量丝毫未受到冲击：奥地利的贝森朵夫、德国的斯坦威，还有维也纳的文德隆，都依旧位于当时名琴销售榜的前列。遗憾的是，Stefanie 的丈夫 Anton Veletzky 没能从二战中生还。Stefanie 一人带着儿子 Alexander 和 Anton，从 1954 年她父亲去世到 1959 年，一直坚持"文德隆"品牌的造琴精神。

文德隆的第三代传承者，Alexander Veletzky，生于 1933 年，1959 年接手管理文德隆工厂，其特长是维修与鉴定古钢琴，是受到奥地利政府认定的钢琴鉴定家，多次获得国家授勋。退休前他一直担任奥地利钢琴制造协会主席。由于他在钢琴界的权威地位，"文德隆"品质的专业度和信任度在业界有口皆碑。文德隆的第四代传承者，Peter Veletzky，也就是上文提到的彼得，从小在祖母与父亲的熏陶下，22 岁就成为当时最年轻的钢琴制造专家，1994 年开始接手琴行，1999 年开始受中国钢琴制造商的邀请来中国担任技术指导。

在欧洲，有 280 余家琴行代售文德隆钢琴，维也纳音乐学院、巴黎音乐学院等著名音乐学府纷纷购买文德隆钢琴作为授课钢琴。诸多钢琴人在使用过文德隆钢琴后都发出"音律准确、优美、均匀，手感极好，达到了先进的钢琴水准"的赞叹。

2004 年，彼得决定让文德隆钢琴与中国·海伦钢琴股份有限公司合作生产"文德隆"牌钢琴，销往欧洲各国及美国、日本市场。当年，海伦钢琴销售收入超过 8000 万元，产品 70% 以上出口欧美国家和日本。

在这样的合作基础上，文德隆钢琴的技术研发人员大胆突破，开发出 W 系列钢琴以及后来的 Z 系列钢琴。

在得知文德隆品牌没有接班人的消息后，陈海伦开始酝酿以品牌转让的形式，让文德隆这个百年欧洲品牌成为完全的中国制造。根据协议，当老板彼得年满 65 岁时，文德隆品牌将全部转让给海伦。届时，文德隆将正式成为海伦的子品牌。

鸡汤里留下国际人才

一碗鸡汤能有多大作用?

陈海伦用这碗鸡汤留下了国际顶尖的钢琴制造大师,更以这个故事建立起了国际化人才队伍,也使海伦钢琴成为当时全国钢琴行业唯一一家高新技术企业。

2004 年,一家采用海伦钢琴零配件的美国钢琴公司,派出他们公司的高级技师爱姆森到宁波北仑验厂。爱姆森从 1989 年至 1997 年一直效力于美国 Baldwin(铂恩)钢琴,1997 至 2005 年初效力于世界名琴 Mason & Hamlin(美森·翰林)。本来只是一次常规的出差,打算在宁波只逗留几周的爱姆森在北仑没有熟人,想干完活就回美国老家。谁知,在宁波期间,爱姆森突发阑尾炎。像所有出差在外的人那样,爱姆森的第一反应是要立刻坐飞机回美国治疗,回到家人身边。

此时陈海伦来了。看到爱姆森疼痛难忍的模样,陈海伦明白,倘若放任他坐长途飞机,说不定他会在返程的途中病情恶化,且身边根本没人照顾。

看着爱姆森神情紧张又焦虑不安的样子,陈海伦请来自己的表妹和侄子,因为表妹和侄子都是大学生,能用英语和爱姆森沟通。他们两人诚恳解释,说服了爱姆森在宁波接受治疗。

好在阑尾炎并不是疑难杂症,因为医治及时,爱姆森的手术很成功。他从麻醉中醒来的时候,就看到陈海伦夫妇和陈海伦表妹与侄子站在他的病床旁,一张张写满关心的脸映入眼帘。即便不懂中文,爱姆森也读懂了陈海伦脸上的担忧,他的眼眶湿润了。

陈海伦让表妹和侄子悉心照料爱姆森,妻子金海芬则每天换着花样送去不同的饭菜和水果,嘘寒问暖,添衣问药。一碗碗滚烫的、散发着北仑香味的滋补鸡汤,让爱姆森很快恢复了健康。

可能是这份来自北仑人的热情和关怀,让习惯了美国社会各管各的爱姆森感受到与在美国企业时不一样的人情温暖和信任。等到身体康复后,爱姆森向陈海伦表达出,希望到陈海伦的公司看一看的想法。

相比于之前的验厂,这次爱姆森对企业有了更深的印象,而这几天的相处,也让陈海伦非常敬佩爱姆森高超的技术。作为企业家,陈海伦想,如果有这样的国际人才加盟,那该有多好。但倘若聘用爱姆森,无疑是挖合作的美国企业的墙脚,肯定会失去与爱姆森原本所在的美国企业合作的机会。为了一个人,失去和一家海外企业合作的机会,值得吗?

思虑再三后,陈海伦果断拍板,决定重金聘请爱姆森加盟。一场疾病,成了一段美妙缘分的契机,让这个匆匆来到北仑的旅人,决定把北仑作为人生下半程的第二故乡。爱姆森成为企业核心技术人员后,陈海伦给爱姆森开出的年薪超过120万元,即便换算成美元,也算得上高薪。留在北仑的爱姆森有了赏识他的老板,又有了丰厚的报酬,从此潜心于海伦品牌钢琴的设计制造,一直到2012年海伦钢琴上市,他才退休回国。

陈海伦重金聘用爱姆森的消息传出,使得业界许多人才愿意前来加盟。到了2009年,走入海伦钢琴时,仿佛置身于一个"联合国",各种肤色和瞳孔颜色的大师们抬起头来和大家打招呼的场景,让人啧啧称奇。在这个不算一流大都市的地方,奥地利的钢琴整音调音权威大师斯宾、法国的钢琴设计大师史蒂芬、日本的钢琴整理检验大师江间茂等十多名钢琴制造业人才纷至沓来。每一个人都带来了自己多年积累的经验和技术,每一位人才的到来都牵动着既有著名品牌的积淀。

制作一架钢琴需数百道工序,装配9000多个零件。在几百年钢琴制造历史中,著名品牌不仅传承了卓越的文化和技术,更善于吸引和利用顶尖人才。重金聘请这些"洋专家",就等于站在巨人的肩膀上,与对手展开竞争。爱姆森加盟海伦钢琴后,主要从事适宜于剧院、体育馆等大型场合使用的三角钢琴HG277等产品的设计,每年在中国的工作时间不少于 92 天。

由爱姆森完成设计的大型三角钢琴在声学品质、弹奏性能、机械灵敏度等方面均达到世界水平。2007 年 1 月 18 日,HG277 在美国阿纳海姆国际乐器展览会上首次展出时,每架标价 30 万元,一下子就卖出了 6 架。

来自法国的史蒂芬在巴黎音乐学院任教超过 25 年,并创建了自己的工厂,从事钢琴 "Stephen Paulello" 的研发工作。过去,他每年只能生产 30 多架钢琴,与海伦钢琴公司签约后,史蒂芬除每年能获得设计费 40 万元外,还能得到销售提成。

史蒂芬为海伦首批设计的两款钢琴很快制作完成。其中一款单价超过 25 万元,一经推出就接到订单 200 架,每架提成 4000 元;另一款单价超过 60 万元,一下子就接到了 30 架的订单,每架提成 8000 元。这意味着,史蒂芬一年的报酬超过了 140 万元。

拥抱变化的力量

在改革开放早期,这是一个物资短缺的时代,在"卖方市场"里,中国有许多企业是误打误撞做大了市场,赚到了钱。经过 40 多年的锤炼,存活下来的企业在技术、销售、管理等方面一定有自己的特点和优势,而那些拒绝升级、不知变化的企业早已被市场淘汰。但是,对活到今天的企业来说,仅仅在原有路径上升级已经不够了,它们必须跳出舒适区,寻找新的生存道路。对于那些走到生死路口的企业经营者来说,困扰他们的问题往往不是"该不该转型",而是"到底往哪儿转,怎么转才能不死"。

在生存空间持续坍缩的产业领域存在着一种"转型悖论"。坚持不转型的经营者就像在温水里被烹煮的青蛙,明知道继续下去生存空间只会越来越小,也认为企业"应该做点什么来扭转困局",却不敢真的跳出温水、改变自己。毕竟,谁也不能保证跳出去的时机是不是正确,跳跃的高度是否合适。跳跃即转型,最终结果是生是死,殊难预料。一次转型,就是一次涅槃,企业面临的是一场身心考验,在这条路上,从不缺少神话,但也的确充满了悲剧。面对"不转型等死,转型是找死"的命运,企业每走一步都充满了风险,要么新生,要么死亡,这是一场九死一生的战役。

在转型大军中,不乏无头苍蝇式的企业,也有许多急功近利的组织,它们大多是被逼无奈从而选择转型,结果发现转型的路越走越艰难。只有那些看得清自己并且主动求变的企业,才有机会拿到"入场券",在新的竞技场上放手一搏。

与海伦钢琴一样,浙江的传化集团也是以其创始人徐传化的名字命名的,在集团中流传着"2000元买一勺盐"的故事,这在传化发展史上笔墨浓重,并产生了一系列"附加效应"。

20世纪80年代,在传化集团创业初期,液体皂的生产供不应求,但其配方掌握在外聘师傅手里。这位师傅一周就来一次,产量不固定,徐传化和徐冠巨只能在师傅配置液体皂时留心观察。时间长了,他们对原料比例、投放顺序,大致能做到心中有数。等师傅不在的时候,他们便试着调配成品,可怎么也做不出黏稠的液体皂来,父子俩百思不得其解。直到有一天,父子二人看到师傅趁着大伙儿一起吃饭的空当,拿出一包粉末倒进缸里,随后又清又稀的液体皂很快就浓稠起来。为了得到这个诀窍,徐氏父子花了2000元巨款买下这个商业机密,才发现这包粉末竟然是氯化钠,也就是我们常用的盐。通过这件事,传化集团树立了坚持核心技术投入的总体方向,这也成为企业基业长青的秘诀之一。

与传化人一样,也正因为认识到这点,陈海伦带领的海伦钢琴一直在强化拥抱变化的能力。海伦钢琴通过技术创新,踏准了时代的节拍,从零配件加工起步,一步步实现了业务的迭代。陈海伦相信,时代浪潮向前涌动,在不断发展变化之中,企业是可以永续经营的,但永续经营的前提一定是企业领航人把握住了时代发展的脉搏,准确地踩在浪头上。

但其实这对企业家的敏锐度和节奏感都提出了巨大的挑战,海伦钢琴的故事或许可以成为一种借鉴。

海伦钢琴大事记

1986 年　创始人陈海伦启程创业。

2001 年　海伦钢琴股份有限公司成立。

2003 年　品牌创立,开始钢琴整机研制。

2004 年　奥地利文德隆与海伦钢琴开始战略合作。

2007 年　海伦钢琴成为北京奥运会天安门广场演出用琴。

2008 年　海伦钢琴荣获金音叉奖欧洲钢琴家盲弹评测国际六星金奖。

2009 年　海伦钢琴参与修订的钢琴国家标准实施。

2010 年　海伦钢琴成为国家轻工业乐器质量检测中心参照样琴。

2011 年　被美国 *Piano Buyer*(《钢琴消费者》)杂志评为北美市场消费者使用钢琴高档级别。

2012 年　公司上市,并在当年以及 2013 年、2014 年、2017 年多次获得美国 MMR(《音乐视角》杂志)年度声学钢琴大奖。

2015 年　荣获美国 MMR 终身成就奖,入列 MMR"名琴堂"。

2016 年　创始人夫妻荣获奥地利创新大奖"尚彼德奖",央视、新华社予以报道。

2018 年　新中国第一代钢琴家巫漪丽先生在央视 1 套《经典咏流传》上用海伦钢琴进行精彩演奏。

2019 年　中央音乐学院继续教育学院海伦智能钢琴实验课室项目启动;央视网络春晚中,70 台海伦钢琴在港珠澳大桥被奏响;组织最大规模的"四手联弹演奏",成功挑战吉尼斯世界纪录。

2020年　当年开始连续四年被美国 Piano Buyer 杂志评为"专业""高档"级别。

2022年　成为第33届电视剧"飞天奖"暨第27届电视文艺"星光奖"颁奖典礼演出用琴；作为大中华地区唯一入选的乐器制造品牌成为国家音乐比赛联盟合作成员。

2023~2024年　50台海伦钢琴亮相意大利博尔扎诺国际艺术节20周年庆典,演奏《11000根弦》；成为维也纳现代声音乐团欧洲巡演用琴。

龙星物流：善于在起势前落子

> 这些实现跨越公司的领袖们从来不想成为不食人间烟火的英雄。他们从不希望被当作十全十美的人或不可接近的偶像。他们是看似平凡却默默创造着不平凡业绩的人。
>
> ——[美]吉姆·柯林斯

因为在家里排行老三，很多年纪稍小的人会亲切地叫王伟国一声"三哥"。王伟国是一个性格很随和的人，随和到一个年轻人叫他"三哥"，他都乐呵呵答应，但他也是个很不一样的人，在与世界航运巨头马士基的合作中，他用诚意和专业打动了对方，让其愿意在中国购买土地，他也因此成了马士基在中国物流行业进行土地固定资产投资的第一个合作伙伴。

2024年5月下旬的一个午后，在宁波龙星物流有限公司（以下简称"龙星物流"）办公室里，当被问及在事业上升期与世界巨头马士基合作是否曾有过后悔时，王伟国几乎脱口而出："没有。"而后他又坚定地补充道："绝对是正确的。"

善于捕捉机遇，提前布局，这是王伟国带领企业一路走来的鲜明印记。

马士基的市场调研

王伟国走路带风，在创业路上总是"快人一步"，这成了他快速发展的秘诀。对此，他总是笑笑不语，而实际上，这一切都源于他对行业的专业理解和热爱。

1989年，宁波港北仑港区被交通部列为我国大陆沿海重点开发建设的国际深水中转港之一，集装箱货轮开始在北仑港区码头停泊。这一年，宁波港开始在北仑港区建设首个集装箱专用码头。

在那个时候，集装箱需求蓬勃发展起来，于是王伟国买了辆东风牌货车，并用这车从小港拆船厂换回一辆车厢有10米的加长版日本货车，专门用来装运集装箱，开始承接运输业务。受益于港口发展，他成立了北仑迅捷集装箱运输有限公司，专营集装箱运输。几年后，他就拥有了各类集装箱货车80多辆，成为同行中的佼佼者。

1996年后，宁波港及时调整生产布局，把发展集装箱运输作为港口发展的重中之重。因为业务多，需求大，王伟国发现周围新成立的集装箱运输企业越来越多。不久，在供大于求的情况下，运费开始明显下降。尽管货物多了，集卡运输车多了，但物流环节中仓储却显得严重不足，常常发生货车排队进仓的现象。于是，王伟国在北仑大港工业城购买了45亩土地，先尝试建立了一个1000平方米的小仓库，而后逐步逐渐壮大，从海关监管仓到保税仓，王伟国带领的迅达仓储再一次走在了行业前列。

时间来到2003年，此时的迅达在行业内已较为知名，其物流、仓储板块发展得蒸蒸日上。

就在迅达快速发展的同时，伴随这些年宁波港的快速发展，国内外物流企业纷纷把目光投向了这片东方大港，这其中就包括世界500强企业马士基公司。

成立于1904年的马士基集团，总部位于丹麦哥本哈根，在全球拥有超过 10 万名员工，业务遍及 130 余个国家，拥有 730 余艘船舶，是全球最大的集装箱运输公司，服务网络遍及全球。

2003 年春，在马士基负责开拓宁波市场的中方专员见到了王伟国。当时，马士基已经有意向在宁波寻找合作伙伴，但是并没有向外透露，而是以市场调研为由来了解迅达。在交流中，这名专员很惊讶于王伟国的坦诚。企业利润、运营成本等迅达的核心财务数据，王伟国都如实相告。在王伟国看来，企业发展经得起公开，每一笔业务都是正大光明，不存在任何虚假成分。

很显然，这份真诚和底气打动了对方。此后，宁波马士基投资部多次派专员到北仑考察，最终把一份调研报告发向位于哥本哈根的马士基总部。考察结论是：如果想在宁波与物流企业合作，王伟国的迅达公司是最佳选择。2004 年底，专员再次登门拜访王伟国，进门第一句话就是："马士基想跟你们合资了。"

用真诚打动了航运巨头

作为航运巨头，世界各国企业都千方百计想与其合资，按照以往经验，只要马士基同意，合资的事就是板上钉钉。

但这一次，他们在王伟国这里并没有马上得到答复。王伟国一句"我再考虑考虑"让这位经验丰富的专员愣了几秒，他也没想到眼前一直笑眯眯待人的王总竟然有所犹豫。

意识到问题的专员连忙解释了马士基看好中国市场、转型拓展物流领域的战略方向，并特别提到了对迅达业绩的高度评价。但王伟国还是没有立即答应下来。

王伟国明白一家公司要想做大做强，肯定要借助强大的合力，而与马士基的合作，正是一个良好的契机。马士基作为国际知名大企业，自然有一套成熟的管理体系,可以带动自己的企业一步步壮大起来。而让他纠结的是,眼下迅达公司的发展势头良好,是自己和家人没日没夜苦苦打拼,才闯出来的一片天地,如果双方"脾气不相投",该如何应对?

王伟国的担忧不无道理,"跨洋联姻"导致"水土不服"的案例比比皆是。

但冷静分析后,王伟国看得更远。既然对方有意,那就坐下来谈谈。一开始,矛盾集中在固定资产购买上。在这之前,马士基已经先后在青岛、深圳、上海与当地企业合资建立了物流企业,但无一例外都是以租用土地的形式,采取轻资产、低风险的策略,这是马士基切入物流领域的方针。

在全球布局中,企业注重风险管控无疑是正确的,但王伟国把这次两家的"联合"看作是双方"联姻",着眼的是长远发展。他认为,购买土地后,合资企业才能放心开展智能化等技术改造,安心扎实地提升业务服务水平,也更有利于打造百年企业。在这点上,作为一家民营企业的负责人,王伟国坦诚地说出了自己的想法。那一天,专员和王伟国聊了很久,也慢慢理解了他作为企业家对合资经营的长远规划。

带着这个意见,专员向总部做了报告。在随后的两三个月内,马士基一直没有回复消息,王伟国也没太在意,预计合作可能黄了,继续忙着自己的工作。

直到2005年初,事情发生转机,马士基传来消息:同意以出资购买土地的形式建立合资关系。这其中为何马士基态度会有180度大转弯,公开的报道几乎无迹可寻,而王伟国也没得到马士基的反馈理由。现在回看这段故事,马士基会做出这样的决定或许有几大原因:

首先是市场机遇。龙星物流的位置靠近北仑港,交通便利,这对于从事国际海运货物仓储、国际集装箱运作与堆场业务的马士基来说是一个重要的市场机遇。北仑港是世界最深、货物吞吐量最大的港口之一,这样的地理优势有助于马士基扩大其在全球范围内的物流服务网络。其次是资

○ 龙星物流自动化仓储

源整合。马士基通过与迅达的合作，可以整合双方的资源，包括人力资源、物流设施和技术，以实现更大的业务规模和竞争力。最后是创新与发展。迅达自主研发了仓储管理系统（WMS），并选择继续与自己生产上的得力伙伴林德合作，商议购置无人搬运机器人，最终实现自动化无人仓库的理想。迅达对技术创新的重视，有助于提升物流服务的质量和效率，符合马士基的发展策略。

综合来看，马士基与迅达合资成立龙星物流的主要理由是利用双方的资源和优势，抓住市场机遇，实现技术创新和可持续发展目标，从而增强竞争力并促进双方共同发展。而这其中，王伟国传达出的对两家合作的长远考虑无疑打动了马士基，让马士基觉得这是一个专业且可靠的伙伴，因而有了打破常规的做法。

2005年4月，双方各出资500万美元，龙星物流正式成立，并购入北仑进港路北侧的146亩土地，标志着双方合作正式拉开序幕。

为何叫"龙星",也颇有讲究。由于这是一家中外合资企业,所以命名时中方负责中文名,外方负责英文名。王伟国希望中文名能体现中国文化,中华儿女是龙的传人,加上王伟国一家又有三个属龙的,所以他想要名字中有一个"龙"字,而马士基印在集装箱上的标志是颗星星,所以"龙星"这个中文名就这样诞生了。

13年后,2018年,王伟国与马士基再次合作,续写辉煌,成立了宁波龙飞物流有限公司,总投资2亿元,主要从事出口拼箱及整箱、进出口保税存储及分拨、进出口跨境电商等业务。

"联姻"的佳话还在持续。

这是一场双赢的合作

前期商谈颇为周折,为了促成合作,双方还各退一步进行了约束:马士基不再在宁波地区寻求第二家合资企业,迅达也不会另外开设物流企业与龙星竞争。

这么多年来,王伟国也感叹,马士基确实为企业带来了世界先进的管理方式和更优质的客户。特别是在目标管理方面的细化,让王伟国敬佩不已。原来,目标可以如此细致地分解。原先迅达在新的一年制订考核目标时,通常会设立年度任务,然后在年中或者年终进行总结,但马士基要求把年度目标细化为季目标、月目标,虽然看上去工作多做了一步,但在实际操作中,王伟国明显感受到企业对于发展的节奏掌握更明晰了。至于客户质量的提升,王伟国更是感触很深,他们现在的主要客户之一——沃尔玛,就是来自马士基的"牵线搭桥"。如果没有这样的航运巨头,迅达的客户仍然主要聚焦在国内市场,因为国际供应链的相对稳定,他们基本不可能接触到像沃尔玛这样的跨国企业。

因此,龙星物流得以实现1+1>2,一子落、一势起,主要实现了三个"破":

首先是观念破冰。在迅达物流发展势头良好的情况下,王伟国看到了中外合资的前景,没有满足于眼前一时的成功。他打破原有的思维束缚,以更开放的姿态拥抱新模式,为企业能够成为百年企业奠定了坚实的基础。

其次是工作破局。观念破冰需要勇气和魄力,工作破局则需要策略和方式。思路得当、方法得力、措施得法,成果才会得人心。在这个过程中,王伟国用自己的真诚和专业打动了马士基,特别是在关键环节中的固定资产注入,让龙星物流的发展更稳固。时间证明,在双方的共同努力下,龙星品牌打响了知名度。

最后是战略破题。改革,是创新聚的打法、形成进的态势、实现强的效应的关键一招。中外合资使管理从"迅达视角"变为"全球视野"。面对理念的不同,王伟国不断吸纳先进经验,不守旧传统,敢于拥抱新技术,这让龙星物流的服务效率赢得了更多人的称赞。

正如俗语所说:"拿着旧地图,永远找不到新大陆。"只有精准捕捉并把握态势趋势,在起势前落子布局、在定局前抢先成势,才能在一些"无人区"走出新道路、看到新风景。这也许正是龙星物流这么多年来稳步发展带来的一个重要启示。

龙星物流大事记

2005年　宁波龙星物流有限公司注册成立。

2006年　宁波龙星物流有限公司保税区分公司成立;龙星A、B库落成,正式开始营业。

2008年　首届"龙星吉尼斯技能挑战赛"顺利举办;首次获评AAA级

物流企业。

2010年　全资子公司宁波龙洲物流有限公司在梅山成立。

2011年　通过五星级仓库现场审核；成功注册BLUEDRAGON商标；荣膺"全国物流行业先进集体"。

2013年　获评"浙江省诚信民营企业"；保税区分公司成功上线自主研发的仓储管理系统。

2014年　荣膺浙江省服务业名牌。

2016年　荣获浙江省交通物流行业"十大仓储企业"称号；获评全国集装箱道路运输（场站）行业诚信企业。

2017年　自主研发的宁波龙星物流蓝龙出口仓储管理系统正式取得计算机软件著作权；龙星C库建设完成，顺利启动。

2018年　C1库开辟智能化试验田，AGV无人叉车上线。

2020年　荣获第十二届北仑区区长质量奖。

2021年　成立项目部，推行一项代发/代收快递、代验货、品牌授权、加盟服务。

2022年　形成双轨并行的信息化体系，即以生产为主线的WMS蓝龙系统、以管理为主线的综合管理系统。

2023年　整合部门，调整组织架构。

2024年　进仓车辆实行云签到。

六、
服务构建新发展格局

贝发集团:"亚洲笔王"风云录

> 生命中最伟大的光辉不在于永不坠落,而是坠落后总能再度升起。我欣赏这种有弹性的生命状态,快乐地经历风雨,笑对人生。
>
> ——[南非]曼德拉

50年前,东海岸边。一个寻常的夏日午后,一个少年来到海边玩耍。忽然,阳光下,一个亮闪闪的东西吸引了他的注意,那是一枚彩色的贝壳。少年喜欢得不行,白天握在手里,夜晚搂在被里,醒来第一件事就是摸摸是否还在,那种满心欢喜就是他当时全部的幸福。这枚贝壳的美印在了少年的心里。当他长大之后有了自己的企业时,那枚贝壳再次浮现在眼前。"贝发"的名字就这样呼之欲出。这个少年就是如今的贝发集团股份有限公司董事长邱智铭。

其实,"贝"字还有一个含义。考古发现,早在夏朝晚期,贝类就已经从大自然中被古人慧眼识珠,不仅因其色彩鲜艳而成为装饰品,更进一步脱颖而出,充当了商品交换的等价物,也就是我们今天所说的"货币"的雏形。因此,"贝发"也就有了叠加的功能与寓意。

贝发的产品在日常工作中常常能看到。办公文具、办公耗材,学生用品、环保产品,商务礼品、办公设备……上万个种类,都是贝发集团的产品

○ 贝发园区航拍图

范畴。

邱智铭创建的贝发集团领军文具行业30年。他曾是奥运历史上首家文具赞助商,以科技创新带动整个行业的发展,整合中国文具优质制造资源,打造了中国首家文具供应链平台,为全球客户提供优质的文具产品,巩固中国文具产业在世界舞台上的稳固地位。

但辉煌的背后是艰险而波折的品牌创建过程,而这其中的酸甜苦辣唯有亲历者才知道。

从"流动摊位"到"亚洲笔王"

每家企业创立时都有一个愿景,贝发也不例外。刚开始,企业的目标就是打开市场。

1993年,36岁的邱智铭从父亲手中接过了只有30多名员工、机器设备落后的家庭作坊式企业。

没资本、没技术,那就得借力发力。

邱智铭跑到余姚、慈溪、义乌、温州等小商品市场发达的地区,看这些地方生产什么商品,他就去做营销、做推广,努力打开市场。后来他发现,圆珠笔是一个人人买得起、门槛也不高的产业,因此选定笔作为今后发展的主业。

选定了方向后,邱智铭就到余姚临山、温州龙湾和桐庐分水这三个圆珠笔厂家集中的地方搜集样品,并把自己的产品搭配进去,"混搭"成上百种样品,开始跑市场。

当年,邱智铭就拎着这些产品去了广交会。由于没有展会位置,他花钱从"黄牛"那里买了张临时参观证,站在广交会场馆外和楼梯口等候来往的客商,并悄悄塞给他们名片。

连续10天,邱智铭用这个"土办法"没碰到一个意向客商。然而,上天总会眷顾勤奋的人,在第11天,一位中东客商抛来了"橄榄枝",签下了第一单。之后,依托优质的产品和服务,小订单逐渐变成大订单,小客户也成长为大客户。贝发依托国外市场,开始以"滚雪球"的方式增长。

1994年,贝发的外销额达到了600多万美金。

1996年,贝发的外销更是达到了2600多万美元,相当于当时上海"英雄""丰华""永生"和"中国铅笔一厂"四大制笔上市公司的总和。贝发已经从当初的"流动摊位"变成了有名气、有订单、有品牌、有口碑的"正规军"。

市场打开了,看得也就更远了,邱智铭不满足于现状,不仅追求产量的提升,更注重质量的提高,立志要让贝发做中国最好的笔。之后他去了制笔业发达的瑞士、德国、日本、韩国、美国,终于弄清了中国圆珠笔、水笔制造的4个"病灶":精细化工、表面涂装、精密模具和精密机械加工。回到宁波后,他成立了研究中心、8个专业厂和1个保税工厂。2013年,贝发"中国文具创意设计中心"升级为"国家级工业设计中心",这是当时中国文具行业唯一的国家级工业设计中心。

1997年开始,贝发平均每3天申报一项新的专利。1999年,贝发填补了中国高档笔类的空白。

2000年,贝发省级研究中心和省级工程技术中心获批,"BEIFA"商标成为中国驰名商标;同年,贝发把产品销往150多个国家和地区,全球零售占有率达到0.8%~1%,在中国出口市场中占到16.7%,自主品牌比例达到60%。

2003年,贝发的年增长量已相当于行业第二名的产量。贝发的一款产品就可以做到500万美元的销售额。由于订单过多,贝发开始抓大放小,抓顶尖、抓主流、抓品牌。

也是在这一年,贝发一跃成为行业龙头。"贝发中国制笔城"是世界最大的单体制笔生产厂房,也是唯一以企业名称命名的经济区域,年生产能力达20亿支。

"亚洲笔王"从此诞生。

用10年时间登上中国制笔业之巅,贝发取得了国外同行起码20年才能取得的成就。

尽管贝发发展不断跃升新台阶,但邱智铭清醒地认识到,贝发的制笔规模虽大,但在高端油墨和高端笔头材料、制笔工艺和精密装备等方面仍存在短板,要想实现再创新,要想拿到主动权,必须跨过这些坎。

产品创新是核心。以邱智铭为第一完成人开发的中性墨水笔、直液式针管笔不仅填补了国内空白,还被列入国家级重点火炬计划;高精度镍白铜笔头技术指标已达到国际先进水平,成功替代进口。2007年,揿动荧光记号笔获中国轻工业联合会科技进步二等奖。2008年,镍白铜弹性滚珠笔头获中国轻工业联合会科技进步优秀奖。2009年,丙烯笔杆紫外线(UV)固化全自动丝网印刷技术获中国轻工业联合会科技进步二等奖。

生产效率是基础。贝发通过引入ERP系统、"机器换人",产线工人从最多时的5700人减到现在的1800人,销售额和产值不断提升。

建立标准是方向。贝发已主导(参与)起草制笔标准共计46项,其中国家标准4项、行业标准39项、制笔行业团体标准1项以及浙江制造团体标准2项。此外,贝发还牵头了"十二五"国家科技支撑计划项目、参与了"十三五"国家重点研发项目等10余项国家级科技项目。

在组建产品航母后,下一步便是构建产业航母,以增强抗风险能力,打响品牌。

2003年,邱智铭首倡并推动成立了宁波文具行业协会,并担任协会会长。2005年,在他的推动下,宁波正式获得了"中国文具之都"的称号。2006年,他又首倡成立"亚太文具协会联盟",并担任首任联盟主席。邱智铭的努力极大地提升了整个宁波文具行业的国际影响力,促进了宁波城市品牌的发展。

自此,贝发已然跃上顶峰,可还没好好享受"一览众山小"的成就感,就又要接受磨砺。

中国制笔业知识产权第一案

兴起于1998年的"中国制造",以质优价廉迅速席卷全球。2001年,中国加入世贸组织,当年外贸规模为5000亿美元;到2004年,就突破万亿美元大关,一举超过日本。随着中国商品如潮水般涌出国门,欧美消费者发现,"Made in China"已经像空气一样,成为生活中不可缺少的一部分。

尽管产品受到当地市场的欢迎,但中国商品的大量涌入给各国制造业带来了巨大冲击,贸易摩擦随之而来。根据世界银行的数据,中国是WTO成员中遭受反倾销调查最多的国家。2002年6月底,欧盟宣布对中国温州地区的打火机进行反倾销调查,这被认为是中国加入WTO后的"反倾销第一案"。此项诉讼最终以欧盟撤诉告终,国内舆论一时相当自豪。在应诉中最活跃的温州商人黄发静当选2003年度的"CCTV中国经济年度人物",颁奖词为:"他以民间的力量推动公正的世界贸易秩序;最关键的是,他——赢了。"

在整个2003年,全球发起的反倾销案中共有540多起是针对中国产品的,涉及的产品范围广泛,从节能灯、彩电、洗衣机、木制家具到钢材、纺织品等。

而到了2004年,邱智铭也遇到了严峻的考验。

2004年7月20日,美国最大的文具生产企业世孚(Sanford)公司向美国国际贸易委员会提出337调查申请,指控中国、印度、韩国等国家和地区的12家公司对美国出口并在美销售的记号笔侵犯了其商业外观权,其中包括宁波贝发集团在内的4家中国大陆生产企业。针对贝发公司的特别申诉内容如下:

被申请人(贝发公司)生产的永久标记笔外观系"雪茄"形状,其构成包括灰色笔杆以及渐细的笔帽,笔帽与笔杆按1:2设计。其生产的该款标记笔与世孚公司受保护的标记笔商业外观相似,可能导致消费者混淆。

8月19日,美国国际贸易委员会正式立案。

世孚公司是美国著名文具生产商,主要从事笔类产品的研发、生产和销售,是世界书写工具行业里高端产品的"巨头",年销售额为17亿美元左右。贝发是当时中国规模最大的制笔企业,年产能居全球前三强,年营业收入全球前10强,规模、产值、出口额、全球市场占有率连续10余年稳居国内第1位,2004年出口达9650万美元。

2003年,贝发出口美国的货值达到2000万美元,不仅以自有品牌进入沃尔玛等当地的主流市场,还进入美国几个州的政府采购系统,市场占有率稳步提高。世孚公司指控贝发侵犯其"商业外观权"的贝发牌记号笔在沃尔玛上柜仅2个月,其销量就是世孚公司的同类产品锐意(Sharpie)牌记号笔的7倍。于是,以世孚公司为首的文具企业以知识产权保护为名,举起了贸易壁垒的大棒，试图通过这些手段阻挠低成本产品的扩张，并削弱对手价格优势。

贝发笔有自己的商标，在外形上也与世孚公司的产品有明显不同，属宝塔形，有纹圈起防滑作用。尽管贝发在产品出口前做了精心安排，进入美国市场前也曾到美国专利局、商标库中进行了查询，但依旧遭遇了这个问题。

应诉 337 调查，一般需要一年时间，复杂的需要一年半，仅应诉的律师费就要 120 万美元左右。从眼前的经济利益出发，这官司似乎不值得打。但如果从长远来看，不应诉可能会失去巨大的潜在市场——涉案产品无论是源头生产厂家还是分销商，将一律被禁止进入美国市场，已进入的产品也将被停止销售。邱智铭意识到这实质上是一场以法律名义开展的市场争夺战。宁波外经贸局曾组织 4 家涉案企业集体应诉，但其中 3 家企业在盘算之后退避三舍。进退之际，贝发集团决定单独应诉。

2004 年 8 月底，贝发委托美国 Miller & Chevalier Chartered LLP 律师事务所，在 12 家被诉企业中率先积极应诉。贝发针对美国国际贸易委员会和世孚公司提出的数百个涉案质询问题，按时给予详细答复，并提供了充分的证据材料和样品，要求世孚公司指认具体问题产品。同时，贝发充分运用被诉公司的权利，向对方提出了数百个问题的质询，使对方不得不主动向贝发提出延期回答质询的要求。

2004 年 11 月 1 日，世孚公司正式书面回复贝发，确认了涉案产品的 4 个具体型号，将本案可能产生的影响限定在占贝发总出口额不到 1% 的范围内。至此，贝发的大量型号产品被排除在调查范围外，取得了诉讼的第一个胜利。

同时，贝发将世孚生产的雪茄型标记笔与自己生产的宝塔形标记笔进行全面比较，以证明两者之间的差异并取得了美国国际贸易委员会行政法官的充分理解。随后，世孚公司向贝发提出了庭外和解的要求。2004 年

11月29日,贝发和世孚谈判,美方同意贝发可在不改变所有涉案产品的外形、尺寸的前提下,继续在包括美国在内的世界范围内销售自己的产品。同时,贝发也主动提出改变部分记号笔的笔杆颜色,使之与世孚公司生产的记号笔的笔杆颜色区别更加突出。由此,贝发终于保住了美国市场。

这背后,是贝发当初投巨资建研发中心,在知识产权、专利权和商标权等方面下的"苦功",为企业发展加上了保险。目前,贝发已在世界范围内构建了拥有自主知识产权的庞大产品体系。从1998年起,贝发已在包括美国在内的世界范围内申请了425项专利,其中300多项已取得授权,并在73个国家注册了商标,其产品出口至150多个国家和地区,拥有400多家稳定的客户,并与沃尔玛等8家全球500强企业建立了合作伙伴关系,从而为本次应诉的成功提供了有力的支持。

贝发经过半年多的应诉与谈判,最终与美国世孚公司达成和解,世孚撤诉。就此,中国制笔业知识产权第一案终于以中美两国最大的制笔企业愉快地握手言和而告终,贝发的产品更加牢牢地占据了美国市场。

奥运机遇的双面性

2008年是中国人记忆犹新的一年,国人的心情就像过山车一样。年初的特大暴雪让全国交通紊乱,而后的汶川大地震则成了中国人心中永远抹不去的记忆。紧接着的北京奥运会则让国人的民族自豪感达到了前所未有的高度。然后金融危机到来,让中国经济面临转型升级的压力。

对于邱智铭来说,2008年也像是一场过山车,悲喜交加。

早在2001年,北京成功申办2008年奥运会的消息传来,邱智铭感到了一次前所未有的商机正扑面而来。

1984年,洛杉矶举办第23届奥运会时,富有商业头脑的美国人在吉祥物身上掘到了第一桶金。洛杉矶奥运会的主要负责人尤伯罗斯将奥运标志和吉祥物授权给当地服装生产商,生产带有奥运标志和吉祥物的服装,这项举措使这些生产商获利近千万美元。

1992年,巴塞罗那奥运会举办期间,西班牙政府为该届奥运会吉祥物"科比"提供了全套包装,其中包括专门为其制作数部连环画和电视剧,甚至还让它光临了好莱坞,其身价也从最初的几美元飙升至几千美元。由此,吉祥物的商业影响开始超越单纯的赛事活动和吉祥物销售,进入了传媒业。正所谓"商业推动奥运,奥运提升商业",搭上奥运快车,提升品牌全球影响力,成了不少企业弯道超车的"法宝"。

"墙内开花墙外香",当时的贝发一路高歌猛进,销售量位列亚非拉地区第一、欧美地区第三。然而,邱智铭却敏锐地感到了潜藏的危机。

在2008年前,国内很多人却没听说过贝发,因为它的产品90%以上销往国外。

世孚指控宁波贝发集团侵犯"商业外观权"案件,让邱智铭重新思考了贝发的发展战略:"一方面,国外品牌纷纷来抢中国市场,本土企业没有理由放弃;另一方面,如果贝发做不好中国品牌,根本不能称为'国际品牌'。"

说起奥运营销,抓住奥运商机,李经纬可能是国内始祖。1984年3月,佛山三水县酒厂的年利润不过几万元,但厂长李经纬把目光投向了8月份的洛杉矶奥运会。他从广东体育科学研究所购进一个名为"促超量恢复合剂运动饮料"的黄色配方,命名为健力宝,并到深圳说动百事可乐公司为其代工易拉罐包装 —— 当年,易拉罐是高档饮料的代名词。

1984年4月,亚洲足联在广州开会,李经纬借机接触国家体委的人,把200箱健力宝搬进会场,引来惊叹。健力宝最终成为中国奥运代表团的首选饮料。随后,健力宝戏剧性地被媒体说成帮助中国女排夺取三连冠的魔水。于是,"民族饮料第一品牌"从此而生。

奥运的神话总是像一块磁石一样吸引着众多企业,同样也让贝发有了新的方向。

2003 年，贝发开始寻找进入奥运的机会。当年 10 月，得知奥组委招商信息后，贝发专门前往北京参加了招商会。2004 年 7 月 26 日，北京奥运会组委会公布了 2008 年奥运特许商品试运行阶段的首批 10 家特许经营商名单，贝发成为唯一入选的浙江企业。8 月 3 日，首批"奥运笔"抵达北京。

当时，其他几家礼品公司都对奥运礼品的市场需求量表示怀疑，不敢过多备货，贝发却相反。"我们比要求的多备了一倍的货，当其他厂商纷纷供货不足时，我们迅速抢占市场，一天净赚了一百万。"如今谈起这场战役，邱智铭仍然为之自豪。

"胆大果决"的作风让贝发在随后的商战中多次抢得先机。用一个星期的时间商议，仅花费 4300 万元人民币，2006 年 4 月，贝发成为奥运历史上第一家文具独家供应商。贝发没有遇到竞争对手。当大家都在犹豫不决时，贝发"豪赌"了一把。事实证明，这场战役赢得如此轻松，靠的就是贝发的快速决断。

当时，大家乐观估计，历届奥运特许商品销售额，文具类产品占比 5% 到 8% 之间，业内预计奥运的特许商品销售收入在 200 亿元到 300 亿元之间，即使文具只占到 5%，这一项也会给贝发带来 10 亿元左右的产值。

而贝发还没好好享受春天，冬天却不期而至。就在贝发成为北京 2008 年奥运会的文具独家供应商后的一年，位列世界 500 强、全球最大的办公用品公司——史泰博，成为北京 2008 年奥运会办公家具独家供应商。

这场战役可以说是贝发向内贸转型的关键之战，但最终，邱智铭的"背水一战"成了僵局。

回溯历史，当时以文具见长的外资品牌史泰博成为北京 2008 年奥运会办公家具的独家供应商，这让身为奥运文具独家供应商的中国贝发大为震惊，并直指对方存在隐性违规。由此，围绕奥运商机的明争暗斗在两大文具商之间展开。

位列世界 500 强的史泰博是全球最大的办公用品公司,自 1986 年成立以来,目前在全球已拥有 1600 余家办公用品超市和仓储分销售中心,是当之无愧的世界办公用品界巨头。因此,按道理来讲,史泰博非要成为奥运独家供应商的话,怎么着也得冠以"办公用品独家供应商",而不是"办公家具独家供应商"。

而从史泰博的主营业务来看,更不应该成为办公家具供应商。无论从其"买办公用品就找史泰博"的对外广告,还是从它的产品性质来看,史泰博的品牌属性都不是"办公家具",而是一个办公文具商。

史泰博商贸董事长金卫国却说:"虽然贝发和史泰博在办公文具产品上是竞争对手,但史泰博以办公家具成为独家供应商,是符合整个奥运招商的程序和规定的。因为史泰博的口号一直都是'满足办公所需',办公家具当然也是主营业务。"

"做品牌不难,要做出有价值的品牌却很难,除了资金还需要时间,不是想象的那么简单。"几年后,邱智铭讲出这句话,"每年新注册商标都在百万件以上,这么多件商标最后有几个能成为有价值的品牌?没有每年几千万投入,没有人才储备,就是一场打水漂比赛。"

好笔之答

一时的成败没有打倒邱智铭,他依旧用自己的努力期待着一次高光时刻。

2001 年上海 APEC 会议、2008 年北京奥运会、2016 年 G20 杭州峰会、2017 年厦门金砖五国峰会、2018 年上合组织青岛峰会……这些重大会议、重要赛事里,都有贝发笔的身影。

一支笔何以搅动乾坤?那是因为它考验着中国制造。小小的一支圆珠笔,长不过 15 厘米,直径不过 8 毫米,目力所及也就数十个零件。但是,每个零件都需要几十道工序才能完成,生产一支笔需要几百道工序,复杂的笔甚至需要上千道工序。它是塑料工艺、精密模具、精密器械加工、精细化工、环保电镀的集成与综合。尤其那小小的圆珠笔头,看起来只有笔尖上的球珠和球座体两个部分,却暗含着20多道工序,还有5条引导墨水的沟槽,加工精度达到千分之一毫米级,球珠与笔头、墨水沟槽位必须搭配得天衣无缝。

1948年,中国第一支国产圆珠笔在上海丰华圆珠笔厂诞生。70多年后,中国每年的圆珠笔产量高达400多亿支,占全球市场的80%。但是,制笔大国的背后却掩藏着一个不为外行人所知的尴尬——那个小小的笔头球珠在中国不能生产,一直依赖进口。"别看那个球珠那么一点点,它需要由可切割、易加工的钢材来制作。这种钢材里包含了很多微量元素,而任何一种元素的比例稍有变化都会影响线材的质量,导致无法制成合格的小球珠。"业内人士说。这样的标准让国内企业望而却步。

没有这个球珠,就造不出高端的笔。"高端笔和低端笔差距在哪

○ 贝发模具车间

里?""市场上,一支高端笔的利润可比一台空调,一支低端笔的利润却只有几厘钱。"这就是差距。这是一个奇怪的"逆差":一边是国内钢铁产量过剩,另一边却是必须进口特殊品类的高质量钢材,因为国内无法生产。1997年,贝发花40万欧元从瑞士引进了一套制笔设备,厂家随机器赠送了300吨制造笔头的线材。但当这批线材用完后,国内却买不到同类线材。这套昂贵的设备因此一度闲置。

此时的中国制笔市场,九成笔尖球珠从国外进口,八成墨水从日韩进口,笔尖球座体的生产设备更是百分之百从瑞士、日本进口。作为用笔大国和制笔大国,这一现象引发了深刻的思考:如何才能制造出真正的好笔?

2015年初,瑞士达沃斯,世界经济论坛2015年年会召开。

时任国务院总理李克强发现,组织方提供的笔特别好用。2016年1月,李克强在国内主持了一场座谈会。他提出了三个问题:第一,中国什么时候也能制造出像德国那么好写的笔?第二,消费者什么时候能买到好笔?第三,什么时候中国笔能卖出好价格?有人感叹:"中国制造能让高铁飞驰、蛟龙潜海、玉兔登月,却造不出那个小小的球珠。"其实,在国家科技部组织下,2011年初至2014年底,近5年时间里,贝发已经牵头协同行业方方面面,联合太钢集团、中科院沈阳金属材料所、温州大学等10余家行业外机构,共同攻克笔头用易切削不锈钢材料,为中国制造高端好笔打下基础。

2015年11月22日,中央电视台《对话》栏目的主题就是"圆珠笔挑战高端制造"。其实,"笔头材料及制备技术研发与产业化"和"圆珠笔墨水关键技术开发与产业化"两个课题在2014年就已经结题。但是从验收交付到进入制造,从实验室到批量生产,还有一个问题横亘其中——由于缺乏相应的产业化制造设备,高端笔的生产成本奇高,在实验室里做出来的产品无法推进到量产阶段。

精密机械与设备是制约圆珠笔品质的又一个障碍。设备的精密程度决定了圆珠笔是否会出现漏油、堵塞现象,每一个小小的偏差都会影响书写的流畅度和笔的使用寿命。加工设备,也因此成为节目录制现场企业家们探讨的另一个主题。为此,格力电器董事长董明珠与贝发集团董事长邱智铭现场相约,一年之后,由格力给贝发提供自己研制的圆珠笔生产设备。

2017年,两位企业家在《对话》栏目再次聚首。此时,贝发已经用行动回答了总理之问,成功推出了"百分百中国造、世界级"的高端笔!这款笔还在G20峰会上作为元首级礼品亮相,被称作"元首笔"。

邱智铭随身携带这款青绿色的中性笔,走到哪里,有机会就把笔从口袋里掏出推介一番。他自豪地说,这支笔100%中国造,100%用了中国的材料,100%体现了中国的创意,亮相后,获得了多国元首的好评,在G20峰会上,默克尔总理因为喜欢这款笔,弄丢后又向组委会要了一支。

贝发"一炮打响",确立了其在国内制笔行业的顶尖地位。

回望这一阶段的发展,邱智铭坦言,这是贝发探索规则、制定标准,并与国际市场、消费者不断沟通的过程,产品的单纯输出,已变为品牌管理、个性服务等软实力的构建。

贝发再一次迎来高光时刻

回答"总理之问"成为贝发吹响重振民族品牌号角的契机。

从"一枝独秀"到"带动共享",贝发再次绘制出一条上扬的发展曲线。

历时近两年精心孕育,贝发推出了"匠心之作"——n9品牌。这是由年轻的红点设计师团队设计的新中国风美学钢笔文具品牌。n9作为中国制笔品牌的新秀,以时尚、年轻、生机、个性为特征,强调"那就做自己"。

中美贸易摩擦的加剧,倒逼企业不断创新。邱智铭认为这正是促成企业产品升级的好时机。

在贝发的展厅,奥运"福娃"贝发笔、党的十八大选举用笔、金砖五国峰会指定用笔等高端笔令人目不暇接,这正是贝发借重大会议瞄准高端市场的成果。

"我们有位顾客,10年来一直使用同一支贝发定制笔,因为这支笔倾注了他的个人情感。"邱智铭说,在营销4.0时代,贝发积极探索以用户价值为导向的发展模式,追求个性化与柔性制造。对企业来说,就意味着要以非标需求为基础实行标准化制造,促进企业生产的模块化、标准化,这也是未来企业的发展趋势。

"一花独放不是春,百花齐放春满园",邱智铭希望把这些经验传授给更多企业。慈溪双爱制笔有限公司主打铅笔和圆珠笔制造,品种有数千个,而大多数订单都很小,不聚焦的发展模式导致这家企业多年来一直处于半人工制笔状态,高昂的成本压得企业透不过气来。

邱智铭去企业转了一圈,在办公室刚坐下就对该公司老板说,你把产品品类削减80%,专业做简易型活动铅笔,贝发包销。

半年后,双爱引进自动化设备,原先每人每天装配1000支的产能提升到每天10000支,第二年,单品销量达到500多万元,现在的双爱已成为简易型活动铅笔全球竞争力最强的企业。

"我们发现,一些企业年产值只有两三千万元,却有着上百平方米的样品间,几千种产品,平均下来,一种产品才销售几千元。"邱智铭帮助它们梳理产品结构,使其从"小而全"变成"精而细"。在中小企业公共服务平台,近300家企业与贝发展开合作,接受帮扶。

这些行动,源自企业家对社会责任的思考。合作的时代,就是要让大家成为一个圈层、一个社区,方能互相分享、互相扶助。

2012年,"贝发讲堂"开始举办,至2024年底在宁波累计举行了超过60期。2016年,又延伸创办了企业精准训练营,训练创业者如何建立新认知,运用现代的工具数据,旨在"让创业者少走弯路,营业增长、价值增倍",至2024年底,累计举办了34期。

邱智铭还被西安市邀请,作为创业导师,让这一模式走出宁波,在更大的区域发挥影响。

西安泽美电子科技有限公司总经理朱乐说:"在精创营我最大的收获是剖析自己。以前总以为自己的项目顺风顺水,实际上并没有冷静地看待自己面临的问题。创业导师到访公司时,虽然给了我一些肯定,但还是对我提出了很多批评,这些逆耳之言才是警醒我们创业者的良药。"

在参加的 600 多家企业中,训练营已筛选出具有孵化价值的 30 多家,筛选出加速企业(具备申报 IPO 条件的)10 多家,项目涵盖生物科技、大数据、军工等领域。

邱智铭提出,用 3 到 5 年时间再造一个贝发,成为中国文具供应链运营商第一品牌。

反熵理论的实践者

邱智铭是个自带光环和故事的人,有着独特的企业家人格魅力,在贝发的成长史中,邱智铭身上有种不执着于一时成败得失的特质。在技术上,他不止于单点突破,而是一直在系统性解决行业痛点,持续捕捉商机。在一些故事中,邱智铭以一种高调的"自找苦吃"的状态展示了贝发的创新精神,因此,综合来看,这种创新精神可以称为"反熵"。

"熵"是对无序程度的一种度量。它原本是热力学中的术语。热力学第二定律又被称为"熵增定律",说的是在自然过程中,一个封闭系统的无序和混乱程度总会增加。企业组织也是一个系统,如果这个系统保持封闭,不与外界交换信息能量,那它只能走向寂灭。所以企业家在经营活动中会努力保持企业的开放,在与外界竞合互动的过程中探索发展之道。

管理学大师彼得·德鲁克率先把"熵"的概念引入企业管理领域,他说:"管理要做的只有一件事情,就是如何对抗熵增。在这个过程中,企业的生命力才会增加,而不是默默走向死亡。"但追求"反熵"是痛苦的,它是一种与人类趋利避害本能相悖离的体验。反熵也意味着坚持做很多"费力不讨好"的事,用企业家的视角看,这些事必要且自然而然,企业持续生存的要义就蕴含其中。可以说,反熵精神与熊彼特一再提及的"企业家精神"一脉相承,它是内在"企业家精神"可被观察的某种外在特征。

而在邱智铭身上,也有三个方面的反熵精神:

在贝发发展早期,邱智铭敢闯敢试,带领企业走出破局新路。当时的贝发只是一家作坊式企业,也没有明确的产品生产方向,哪种产品好卖,就做哪个,但是他知道企业只有踏踏实实努力干,才能干出一片天地。创业初期的贝发就像一棵黄山松,能够在坚硬的花岗岩上生存下来。它用根部尖端分泌一种有机酸,将岩石缓慢分解掉,变石为土。只要有一点土,黄山松的根就往下扎入一点。日积月累中,贝发逐步拓展自己的生存空间,为后来的市场经营打下了坚实基础。

当贝发逐渐成为行业标杆时,他主动走出舒适圈,寻求更大的突围。在初期阶段,企业因为生存而做出的创新往往是全新而有开创性的,但有了根基却会有求安稳、不求新的阶段,让旧路径束缚住企业的发展。为了参与高水平竞争,贝发从那场反倾销官司中开启了创品牌之路。此后,无论是赞助奥运,还是"回答总理之问",通过一系列自我革新,邱智铭不断用反熵意识提醒自己绝不可放松警惕。由此来看,企业发展的宿命在于,看似稳定的表象下往往暗流汹涌,如果不能提前灭危机于无形,触礁只是时间问题。随着生产规模的不断扩大,设备、人力等资源投入也不断加大。而这部分资源成本投入是不可逆的,一旦市场需求出现结构性波动,企业就会陷入十分被动的局面。

而到了企业发展成熟阶段,邱智铭善于捕捉信息,在变化市场中不急功近利、贪大求全。贝发搭建的数字化生态运营平台,与3000多家上下游中小企业在技术创新、生产制造、市场营销等方面展开全方位合作,实现资源共享、抱团发展。这也让企业发展有了更为广阔的空间和领域。

笔墨丹青之中,纳山河万景,历上下千年,一支笔的故事中蕴含着的中国文化,还将继续让全球更多人知道。贝发笔也会像邱智铭曾经在海边捡到的贝壳一样,让每个拥有的人心生欢喜。

贝发集团大事记

1994年　成立宁波贝发文体工艺旅游用品制造有限公司。

1995年　贝发大楼落成,并建立了模具厂、注塑厂及制笔专业工厂。

1996年　销售额首超当时上海四大制笔上市公司的总和,更名为"宁波贝发办公用品制造有限公司"。

1998年　成立业内首家制笔研究中心——贝发制笔工程技术中心;组建宁波市北仑区的首家保税工厂;连续五年被评为全国外商投资双优企业。

1999年　在洛杉矶设立销售代表处,全面进军海外市场,与沃尔玛、塔吉特等世界500强企业建立战略供货关系。

2000年　建立业内首家省级制笔研究中心——浙江省企业工程技术中心;正式更名为"宁波贝发集团有限公司"。

2001年　获评全国轻工业质量效益型先进企业;成为上海APEC会议用笔赞助商。

2002年　获评中国制笔行业名牌;获评全国对外经贸质量效益型先进企业;"中性笔项目"纳入"国家级重点火炬计划项目";荣获中国制笔协会颁发的"中国制笔王"称号。

2003年　荣获第三届全国民营科技企业创新奖;获评全国优秀质量

管理小组活动企业；荣获全国优秀民营科技企业创新奖；"直液式针管墨水笔"入选"国家级火炬计划项目"；"贝发中国制笔城"全面启用，成为世界最大的单体制笔生产厂房；贝发明星产品"三角笔"问世，实现单品年销售额超 6000 万元的佳绩。

2004 年　荣膺"中国名牌产品"、浙江省知名商号、北京 2008 年奥运会特许经营商、全国制笔行业科技工作特殊贡献集体、全国制笔行业科技工作先进部室、中国文体行业科技进步先进企业、中国文体行业企业三十强、中国文教体育用品行业科技进步先进企业；高精度镍白铜笔头纳入"国家重点新产品"；更名为"贝发集团有限公司"。

2005 年　赞助世界女排大奖赛；荣获"全国轻工业质量效益型先进企业特别奖"；荣膺"中国驰名商标""中国免检产品""中国出口名牌"；书写工具产销量突破 17 亿支，居亚洲第一、世界前三；位列"中国民营企业品牌最具竞争潜力 100 家"；成功反诉中国制笔业在美知识产权第一案——"337"知识产权案。

2006 年　成为 2008 北京奥运会特许生产商、特许零售商以及文具独家供应商；荣膺"商务部重点培育和发展名牌""中国笔十大知名品牌"；贝发中性笔、白板笔企业技术标准上升为国家行业标准；邱智铭董事长荣膺"和谐中国——年度十大影响力人物"和首届"十大风云甬商"。

2007 年　荣膺"品牌中国金谱奖——中国文体行业十佳品牌"；邱智铭董事长当选中国文教体育用品协会副理事长；正式更名为"贝发集团股份有限公司"。

2008 年　荣膺"2008 北京奥运品牌贡献奖"；成为"国家创新型试点企业"；邱智铭董事长成为改革开放 30 年宁波 30 位"创业创新"风云人物之一。

2009 年　确立从制笔向提供一站式文具供应链业务服务转型的战略；荣膺"新中国成立 60 年宁波最具成就企业"；2009 年度中国轻工业制笔行

业十强企业;荣膺中国驰名商标。

2010年　荣膺全国轻工业卓越绩效先进企业、中国轻工业行业十强企业。

2011年　荣膺火炬计划重点高新技术企业、中国轻工业制笔行业十强。

2012年　成为国家级中小企业公共服务平台、制造业百强企业;成立"贝发讲堂"大型公益讲堂;在安徽省来安县投资52亿建立中国文具产业示范区;贝发集团正式确定由单一制造商向综合型服务企业转型,打造中国文具供应链运营服务平台。

2013年　邱智铭董事长当选浙江省2012年度经济人物;贝发集团独家打造运营高端礼赠品在线交易平台——中国礼尚网。

2014年　成为第一批国家级知识产权示范企业。

2017年　参与起草的浙江制造标准《商务签字笔及笔芯》实施。

2018年　贝发圆珠笔获评国家单项冠军产品。

2019年　贝发集团正式搬入文创产业园新园区;搭建文创产业生态供应链平台。

2020年　文器库商城被评为2020年度宁波市电子商务示范平台;成功举办"贝发文创品牌云广交"闭幕式活动,首创"1+N"直播场景模式。

2021年　获评中国轻工业工业设计中心。

2022年　获评全国供应链创新与应用示范企业;成为国家制造业单项冠军;成立浙江省博士后工作站。

2023年　成为浙江首批"企业文化中心"之一;荣膺由商务部等七部委联合颁发全国供应链创新与应用示范企业;担任第九届圆珠笔专业委员会主任单位;成立贝发(越南)有限公司。

2024年　贝发全球品牌供应链App发布。

盛威国际：东方风骨里的管理美学

穷则变，变则通，通则久。

——《易经》

盛威国际控股（中国）有限公司（以下简称"盛威国际"）是一家非典型性企业。作为一家跨国企业，它并没有引入西方大型企业的管理绩效体系。在位于北仑的亚太区总部，创始人徐普南凭借对中国特色、东方风骨的管理哲学的深刻理解，将这一独特思想体系引向世界舞台中央。在这种背景下，研究盛威国际就有了时代意义。它展示了中国企业从学习西方管理思想到向世界输出管理思想的跃变，探索出一条中国走向海外的品牌化之路。这不但为构建中国特色企业管理模式做出了贡献，而且为后科层制时代的全球管理模式探索出了一条新路。

1998年，徐普南开始创业时，公司仅有几个人。从贴牌生产起步，徐普南的公司逐步建立了自主品牌，并成功占领国际市场。如今，盛威国际已发展成为拥有8000多名员工的大型企业，在欧洲、美洲、亚洲、中东等地设立了多家海外分支机构和生产制造基地，在实体安防领域市场占有率位居全球第一。

盛威国际拥有10余个国际品牌，是一家产品畅销全球200多个国家和地区的跨国企业。面对多品牌本土化这个世界性难题,徐普南用灌注了中国传统文化精髓的两个字——"利他",来阐释其经营理念。

扎根在北仑,枝繁于国内,叶茂满全球,盛威国际以自己独特的企业文化,为国内企业实施品牌收购及本土化提供了借鉴。

品牌"利他":多元矩阵适应海外拓展需求

1998年,徐普南东拼西凑借来2万元,租了一间十几平方米的办公室,开启了他的创业生涯。公司依靠"贴牌代工"起家,初期人手不够,徐普南身兼多职,既做业务员,又做产品经理、项目经理,还当过搬运工、验货员。他白天跑工厂,晚上和客户谈订单。在产品首次亮相广交会时,徐普南一

◆ 盛威国际夜景

个人背着72厘米高、90千克重的保险箱走上三楼展示区。

这次广交会上的经历让他意识到了代工的局限性:品牌商赚取了大部分利润,而自己仅得到微薄的加工费。因此,他下决心创立自主品牌,打造行业标杆。

但自己创立品牌谈何容易,品牌的历史沉淀、背后故事等能否被消费者接受,都是需要时间来检验的。品牌"出海"更会遇到"水土不服",海外客户并不熟悉中国本土品牌,沟通过程会格外波折。

为了深入了解客户需求,徐普南带领团队出国考察并拜访客户。但因为不懂当地习俗,节假日拜访客人时无一例外都吃到了闭门羹。

回到公司,徐普南陷入沉思。他意识到建立自己的品牌是需要文化的,世界知名品牌往往都有其独特的背景和沉淀,这些不仅赋能了产品,也为品牌立足消费市场构筑了"护城河"。

以品牌形成价格层级,在很多消费市场已日趋成熟。例如在汽车品牌市场,丰田车系就推出了品牌矩阵来覆盖各个消费层次:高端车型如豪华品牌雷克萨斯,中端车型如凯美瑞,低端车型如卡罗拉等。相比之下,大众虽然推出了高端品牌"辉腾",但因品牌认知度不足,即便质量上乘,市场销售依然惨淡。而同属大众旗下的布加迪、兰博基尼、宾利则命运迥异,这主要是因为消费者对品牌的认知度和接受度不同。

这也让徐普南对建立自己的品牌有了新的思考:既然走自创品牌所需经历的时间太长,而且从用户角度考虑,只有消费者自己认可的品牌,他们才会信任,那么用"拿来主义"行吗?吸纳现有的海外优秀品牌建立品牌矩阵是否行得通呢?

2006年,凭借公司过硬的产品质量和生产实力,徐普南成功将美国大型安防集团旗下的保险箱百年品牌——Safewell及其销售渠道纳入麾下。从此,徐普南的公司拥有了盛威品牌,并借助平台优势不断收购多个国际知名保险箱品牌,同时提升自己企业的品位及档次,逐步筑牢品牌发展根基。

这个收购过程,按照徐普南的说法,靠的是"缘分",但背后却是他对品牌市场定位的思考。因此,目前盛威国际旗下的品牌也分高中低的不同层级,在区域上,既有全球性知名品牌,也有区域性特色品牌,多元品牌共同造就了现在的集团化盛威国际。

2006年,Safewell品牌被香港政府评为香港名牌,海外市场占有率不断提升,在印度市场占比达到70%以上,并在欧洲、美洲、亚洲等地设立多家海外分支机构和生产制造基地。2007年,Safewell在越南投资建立盛威保险箱(西贡)有限公司,主要生产各类具有UL国际认证的防火类保险柜产品,在三年时间内开设13家旗舰店,品质和销售规模占据越南第一。2009年,宁波盛威国际控股有限公司成立,大中华区计划全面实施,Safewell品牌全面进入中国市场。目前,盛威国际旗下有Safewell、Heritage、Guardwell等16个安防国际知名品牌,产品畅销全球海内外。

管理"利他":在地化让海外运营更顺畅

2024年8月,徐普南正在协调一件事。按照人员流动惯例,盛威国际外派德国的公司管理人员准备担任法国公司的负责人,这是企业欧洲总部的初步安排,但徐普南还是想让法国人来管理,在他看来,企业管理的本土化是解决文化差异的关键措施之一。

在全球500强外企中,驻中华区的高级管理层特别是总负责人一般都是西方人,亚洲面孔较少,这几乎成了一种约定俗成的规则。但在盛威国际,徐普南打破了这一职场"潜规则",他推崇不仅聘任更多当地人进入管理层,连公司负责人都尽量由本国人担任。

这源于企业出台的"'四外'战略"这一海外发展战略。具体来说,盛威国际采用"以外引外""以外治外""以外管外"和"以外制外"的管理模式,通过收购、并购或自建海外公司的方式,充分利用品牌优势、自有渠道优势,大大降低了国际市场成本,提升了企业品牌价值。

"四外"战略是盛威国际基于全球化布局提出的战略,特色鲜明。

为打开海外市场,盛威国际选择采取"以外引外"的策略,通过收购国外公司,建立品牌星链,拓宽海外公司销售渠道。对于企业并购,市场上流传着这样一句话:"Buy is fun, integration is hell.(并购很爽,整合很难。)"中国企业跨国并购的失败率高达80%,不仅仅因为跨文化融合存在难度,更因为需要通过战略匹配拉动企业后期的进一步发展。对于盛威国际而言,"以外引外"的核心就在于用实际的案例展示合作的蓝图:在收购过程中,盛威国际选择邀请国外其他企业到已收购的企业中去参观,让他们看到企业被并购后的新发展,目的是提升对方接受被收购的意愿,然后再以国外公司的名义去并购国外公司。

这解决了两大现实问题:首先,它弥补了中国企业在海外并购时可能面临的法律保障和服务体系不足的问题。西方发达国家拥有较为完善的法律框架,能够规范外资并购可能导致的垄断等情形;其次,它也缓解了并购后双方融合这一重大挑战。因此,"以外引外"的策略既有助于规避因文化差异引起的管理难题,也有助于突破中国公司在海外并购中遇到的障碍。

为了方便对所辖海外公司的管理与沟通,盛威国际主张"以外治外"的发展策略。在实际运营中,部分中国企业为确保海外公司能按照国内总部的要求进行经营和发展,往往会派遣中方管理人员到海外进行相应管理,但往往事与愿违,中外双方的管理人员会因为文化差异而对市场产生不同的理解,从而导致经营理念上的冲突。为避免文化差异造成的不利影响,盛威国际选择充分发挥海外公司的自治能力,所有海外公司都采用全面股份制运行模式,盛威国际总部控股70%,当地的经营管理团队控股30%,但是当地经营团队可以获得70%的股份分红(总部分红30%)。以此形式,盛威国际向各国公司的当地经管团队展现了充分的尊重与信任。来自中国的这一份"人生贵相知"的豁达与"用人不疑,疑人不用"的信任深深感染了他们,促使他们不断开展自我组织、自我教育、自我服务、自我管理,探索管理新模式,吸引和邀请当地贤才共同致力于本公司的发展、壮大。

"以外管外"中的"管"就是掌握财务管控和人才管控。企业的健康发展,人是关键因素。足够的高素质人才支撑是确保"走出去"战略成功的关键。建设国际化人才队伍最主要最快捷的方式便是直接从国外引进。盛威国际采用的"以外管外"方式就是通过其旗下的海外公司来管控其他海外兄弟公司。例如,在审计与监管环节,盛威国际并不会派遣中国公司人员前往,而是从海外兄弟公司中进行人员挑选,如A公司当年度的审计与监管工作由B公司负责,同时为了保证优质竞争,针对不同的海外公司,也会对审计人才进行每半年一次的轮流调换,以此促进各公司之间的友好竞争与良性发展。

"以外制外"基于激烈竞争的国际市场。当前,海内外的市场竞争主要包括两个层面:一个是产品竞争,另一个是品牌竞争。真正持久的竞争优势来自拥有市场话语权的强势品牌,谁拥有了品牌,谁就拥有了市场,谁就是真正"走出去"了。对于大部分中国企业而言,要想加入国际市场的竞争,首先需要打响品牌,但品牌出海的难度不容小觑。1998年公司创立之初,首次参加广交会的徐普南立志要让中国人自己的保险箱品牌进入世界品牌之林。为了先一步让中国人的保险箱"走出去",他选择了借力——以外制(打)外!徐普南的公司选择并购海外具有相当知名度的企业,利用它们现成的品牌优势及营销网络优势等,推动自身更快、更顺利地"走出去",这一举措不仅大大降低了进入国际市场的成本,还提升了自身的品位及档次。利用海外品牌的影响力,加上国内生产基地的坚实支持,盛威国际得以进入国际保险箱市场与国外的竞争对手同台竞技。

因此,各个维度上的在地化促成了盛威国际可以在国外迅速拓展市场,并逐渐成为国际知名且深受用户欢迎的企业品牌,在当前国际市场上形成了行稳致远的品牌发展之路。

人才"利他":军校培训凝聚事业共识

为了实现海外品牌运营本土化,盛威国际总部对海外品牌战略的管理、统筹需要大量人才。这些骨干力量需要充实到各个新兴岗位上,尽管他们分散在各处,思想却需要高度统一。在机制保证的前提下,企业文化的浸润需要一个载体来实现,在盛威国际,"军校生"就是这样的存在。

创办于2009年的盛威商学园(盛威军校),15年来已培养毕业生百余名,其中前八期毕业生已陆续担任盛威企业中高层。从应届生到独当一面,短短几年时间,这支年轻的队伍已成为盛威业务不断扩大、管理不断改善升级的核心力量。而从第九期开始,盛威商学园(盛威军校)培养出的优秀毕业生也开始输送至社会,在社会各行各业中成就事业梦想。

"军校生"来源于盛威层层"过滤式"的选拔。每年毕业季,盛威国际就会奔赴全国各大院校招聘优秀毕业生,在千余名学生中挑选200名左右,邀请他们来到盛威国际总部参加6轮综合测评,再从中选拔40~60名左右进入"盛威军校"。

为期一年的"军校"生活,对学员来说就是一次磨砺。下基层、干一线,成为学员们需要过的第一道坎。例如,盛威精密智造股份有限公司的"95后"大学生张泽文,在盛威商学园经历了为期8个月的训练,并在四个部门轮岗230个日夜。后来,在工厂缺少管理人员的关键时刻,他如风滚草般主动选择扎根工厂。初到工厂时,他面临诸多问题,实战操作远比理论复杂,需要更多紧急应变的能力。好在,盛威国际培养了他的勤奋和毅力,他把工厂里能上手的活都干了一遍,折弯、组装、喷涂、检验……经常顶着灰头土脸钻研到深夜。而身边师傅们从不藏私的引导和帮助,使他对各个岗位有了深入了解,许多问题也迎刃而解。担任成品检验员时,他的验货直通率达到80%以上;担任制程检验员时,他还发现了"老师傅"们的不足,协助优化零件设计。

◦ 盛威国际员工正在车间加工产品

当然,盛威国际的培养目的不仅仅是让学员学会吃苦,更重要的是让他们悟出对事业和人生的态度,形成肯干、担当、成就他人的精神。

在"军校"期间,"导师+助教"的辅导模式加上校方精心设计的各种历练项目,使得学员在不断自我打破、重塑的道路上日益精进,并积淀为人处世的良好心态。"军校"中那些拥有领袖基因的学员,可以进入企业管理快速培养通道。"每期淘汰率都很高,也正因为这样,我们格外珍惜来之不易的机会,倾尽全力去迎接每次挑战。"同样来自"军校",现在已经是集团副总的娄巧灵说。

企业内刊《盛威家园》每期都会刊登"军校生"的优秀日志,记录他们生活中的点滴感悟。尽管已经从"军校"毕业多年,但他们写日志的习惯从未改变。从"军校"走向企业,学员们身上打上了深深的烙印,而盛威国际也为他们搭建起了高起点平台,放手让年轻学员去拼搏,实现自己的梦想。

1987年出生的徐洁，人称"小徐姐"，年纪轻轻，却已经是旗下一家股份公司的总经理。凌晨处理客户邮件，半夜为业务问题致电海外客户，她的效率和敬业让客户感到惊讶。虽然与国外客户有时差，但她从未让客户感到服务的滞后，这也让客户更放心把业务交给她。2015年，徐洁进入盛威国际（大中华区）核心团队，成为公司最年轻的大股东之一。

除了从集团内部晋升高管，"盛威军校"还鼓励学员另辟"战场"。"军校"二期学员、1986年出生的小伙子殷永平与四期学员叶凌玲，在盛威国际平台上自己成立了一家股份公司，当年就获得了盈利。

当初，盛威国际成立通信设备项目组时，殷永平单枪匹马到北京维护老客户、开发新客户。几个月时间里，没人通知他何时可以回宁波，也没人指导他怎么开发市场，公司只给了他一句话：只要项目成了，新公司老板就是他。

从集团董事局、监事局，到分公司总经理、副总，都活跃着"盛威军校生"的身影，这股生力军成了企业宝贵的财富。

宁波北仑翰鑫新能源科技有限公司总经理冯方军至今仍很感谢盛威国际的"军校生"。2016年7月，盛威国际派来了一批"军校生"进驻企业，为其解决难题。"他们懂不懂我们企业？一批学生到底是帮忙还是添乱？"冯方军心里是没底的。但几个月后，他感觉到了不一样。

10多个九期"军校生"在七期学员于小玲的带领下，重新整理了企业的制度和管理机制，他们白天在一线带着员工干活，晚上梳理厂区内存在的问题，并进行改造。半年内，企业每月出货额从200万元跃升到最高1000万元。

国际化业务的发展，离不开总部大量人才的支持，而如何让人才认可企业，盛威国际采取的战略是一切围绕人才需求展开。"盛威军校"的建立就是让学员们明白，企业可以为他们搭建更好的舞台，而他们就是舞台上最闪亮的明星。

浙江博鸿小菜食品有限公司总经理赵蔚，曾是一名有些叛逆的"创二代"。而当他在盛威商学园竞选队长屡次"碰壁"时，他开始意识到，唯有主动承担责任、解决问题，才能让人心服口服。从盛威国际"出师"的赵蔚，在"接棒"父亲的企业后，根据"Z世代"消费者对健康的追求，创新推出"零添加"榨菜，让公司面貌焕然一新。

盛威国际的年轻同事懂外语、懂产品、懂技术，已成为"身经百战"的复合型人才，令外商直呼"professional（专业）"！有来自德国等欧洲国家的客户，让盛威国际的"90后"员工和他们的子女交流。这些外商甚至考虑把自己的子女送到盛威国际来学习锻炼。

由此看来，盛威商学园以"重在炼心，次在练术"为校训，在为全社会培养拥有"激情、严谨、韧性、责任心"的卓越领导力人才的同时，也为更多中小企业获得高质量发展提供了坚实的人才后盾。

从东方文化中汲取力量

西方是现代管理理论与方法的发源地。起源于这里的工业革命催生了一套以企业为基本管理单元的管理体系，借助市场经济与技术革命这两大机制，在全球得到了广泛的传播与应用，深入地影响着世界各国的企业管理实践。

在传入中国后，这些西方管理理论与方法在最初的市场经济体制下帮助企业取得了迅速的进步。但随着企业国际化进程加快，则要充分考虑中国实际情况，不能全盘照搬西方模式。否则，就很容易出现"橘生淮南则为橘，生于淮北则为枳"的"水土不服"现象。原因很简单，集团化的企业管理体系并不是简单的理论堆叠，也需要实践的不断总结，管理理论与实践相结合的问题就是管理的国际化与本土化相结合的问题，犹如一枚硬币的两面。拥有历史沉淀的中国企业如果能够有效结合西方现代管理理论，那么在这两个方面结合得越到位,其管理绩效就越高。从这个角度来说,提炼出的传统管理思想在现代企业中的运用框架必须有效地满足"双结合"要求,才能更好地指导中国企业的实践。

在这方面,盛威国际无疑从"道""术""法"三个层面,探索出了一条围绕"利他"的文化道路。

在"道"的层面,盛威国际对传统管理思想及其应用价值表现出高度认同。创始人徐普南一直身体力行,不仅致力于中国文化的研究,还开设了文化讲堂,传播中国文化,这让企业发展从一开始就带有"传统文化"的基因。

在"术"的层面,企业领导层通过"力行"与"传道",将中国文化的精髓潜移默化地传递给当地员工。在海外布局中,中方管理人员通过日常行为和交流,让当地员工自觉形成对中国文化的认同感,营造了一个践行传统管理思想的良好氛围。

在"法"的层面,盛威国际注重具体制度的构建。随着传统管理思想在企业中逐渐深入人心,盛威国际内部建立了相应的组织机构,如"盛威军校",将企业文化所接受的传统管理思想通过这样的平台,使企业推崇的传统管理思想由"内化于心"演变为"外化于行"。

在企业"走出去"的过程中,盛威国际通过采用渐进式嵌入模型,从"道"到"术"再演变为"法",将内在认识演变为外在行动,将企业管理层的自我觉悟演变为全员的集体行动,将中方人员自觉奉行的软约束演变为普遍存在的全球员工硬约束。这一过程稳步推进,逐渐渗透,使得盛威国际的文化自信在全球范围内逐渐展现为一幕幕动人的中国故事。

盛威国际大事记

1998年　徐普南开始创业。

2006年　徐普南收购美国大型安防集团旗下的保险箱百年品牌Safewell，拥有了盛威品牌。

2007年　在越南投资建立盛威保险箱（西贡）有限公司，主要生产各类具有UL国际认证的防火类保险柜产品，此后三年共开设13家旗舰店，品质和销售规模占据越南第一。

2008年　投资建立占地19000平方米的盛威保险柜（宁波）有限公司，全面生产Safewell高端安防保险柜，并专业服务中国大陆市场。

2009年　宁波盛威国际控股有限公司成立，大中华区计划全面实施，Safewell品牌全面进入中国市场。

2010年　盛威国际旗下盛威保险柜（宁波）有限公司旗舰店（盛威金狮俱乐部）开张，成为全国首家拥有最奢侈保险箱的销售门店之一；建立占地30000平方米的盛威安全设备（浙江）有限公司和占地19000平方米的嘉兴盛威机电有限公司，主要生产高品质通信机柜，信息保全设备和其他精密钣金系列产品。

2012年　盛威集团保险箱生产基地盛威箱柜工厂启动；嘉善生产二期落成，成为以通信设备和信息产品为主的生产基地。

2013年　与政府签约投资6亿元，规划建设占地面积102亩的盛威总部园区。

2014年　盛威保险柜在澳门、上海、北京、广州等城市开业。

2015年　防火生产基地盛威保险柜公司启动，通过自主研发、升级，进一步拓展海外市场；浙江盛威安防科技有限公司举行开工奠基仪式，建成后将会是以安防设备为主的生产基地。

2016年　宁波盛威通信设备有限公司成立。

2017年　盛威国际乔迁新址；成立盛威枪柜工厂，主要生产各类智能化枪柜产品。

2019年　宁波盛威国际物流有限公司成立。

2020年　积极拓展国内外电商业务，成立盛威国内电商、盛威跨境电商等公司。

2021年　盛威商学院（盛威军校）教学大楼圆满落成，并与宁波诺丁汉大学、武汉理工大学等深度联合，共育人才。

2022年　盛威国际全球总部产业园四期奠基仪式举行。

七、推动经济转型的生力军

雪龙集团：老人与海的故事

> 哭和笑都是因为欢乐，但哭的人知道而笑的人并不知道，这欢乐是用多少痛苦换来的。
>
> ——路遥《平凡的世界》

2024年初，北仑霞浦礁碶村来了一位老人。海边独坐时，他会想起从这个村子出发的前半生，奔波忙碌，已经有很多年没有这么安静地坐在海边了。眼前的海无边无际，越往远处，越发汹涌，却也暗藏大鱼。这海，就像他这一生走过的激情四射的商海；而每一次捕鱼，就如同他创业的历程，多数时候都是从一次次失败无果中去寻找突破，最后才捕获一条大鱼。

这个独坐海边的老人就是贺财霖，一个曾经一穷二白、白手起家的农村小子，现如今的"中国汽车风扇大王"。那时候，身边的人见识都有限，无人可以教导他。如果有，也大多是劝他认命的。是的，他们都认命了，凭什么他不呢？他昂起头，思绪如海般向他涌来，这些质疑，不仅来自身边的人；无数次，他也曾反复问过自己，但如果不坚持，怕吃苦，本就一无所有的他，靠什么成功？

蛋，如果从外部敲碎，那就是被吃掉，只有从内部破壳，那才是重生。雪龙集团，就是从一颗蛋开始破壳而出。

年过半百遇到的一次难题

那些知名企业家在50岁时,是个什么样的状态?

1996年,50岁的曹德旺开始自己起草十几万字的《质量手册与程序文件》,写第一个版本花了4个月的时间,几乎找过全公司每一个人谈话,他还亲自在流水线上蹲点研究,对每一个岗位的工作流程做了详细的描述。

2004年,50岁的董明珠宣布格力产品退出国美,第二年,她荣登美国《财富》杂志评选的"全球50名最具影响力的商界女强人榜"。

2014年,50岁的阿里巴巴创始人马云超过香港富豪李嘉诚,成为新的亚洲首富。

1996年,是改革开放以来最为激情四射的年份之一。这是因为,1995年,美国《财富》杂志评选的"世界500强"榜单首次将所有产业领域的公司纳入评选范围。自此,中国企业第一次将进入"世界500强"作为自己的目标,奋力追赶机遇。

然而,在偏安一隅的北仑,50岁的贺财霖却觉得自己该歇歇了。他35岁与同事们一起创办了校办厂——下洋学校纸品橡胶厂,但因为校领导的不信任,在校办厂起色后,任命了一个新的教导主任,并调来另一个人与贺财霖共同负责,于是贺财霖决定离开。随后,霞浦公社的党委书记老关找到了他,提议在公社已经倒闭的良种场原址上办个新厂。有了公社的支持,贺财霖决定创办霞浦电讯零件厂。1982年下半年开始办这个厂,仅仅1983年一年,电讯厂的利润就已经有七八万元了,但这时候,老关却让他"挪位"支援另外一个濒临倒闭的厂。自己的努力不被看重,心灰意冷的他决定自己办厂,不受别人指挥。于是,霞浦礁碶电配厂应运而生。

到了1996年,电配厂的销售额已经达到了惊人的160万元,成功跻身霞浦镇"八大企业"之一。而他,则成了耀眼的明星企业家。

如果没有意外,贺财霖将守着这个厂,继续将它做大做强,过完平稳顺遂的一生。1996年，贺财霖50岁，他后来的际遇就如同当年在中国的各大影院火爆上映的好莱坞励志电影《阿甘正传》，人们都记住了汤姆·汉克斯扮演的主人公说过的那句名言："生活就像一盒巧克力，你永远不知道下一颗会是什么味道。"

1996年春天，春寒未退。一天，霞浦镇分管工业的副镇长和工办主任来电配厂走访考察，贺财霖热情地为他们介绍企业的生产规模、业务量和利润率等详细情况。然而，镇长显然另有深意。

"北仑汽车塑料风扇厂"，贺财霖第一次从镇长口中听说了这个厂。这家厂濒临破产，可是规模大，镇长觉得贺财霖脑子活，有办法，劝说他盘活资源，承包下来。

一瞬间，贺财霖有些心动。他立即在心里做了横向对比：电配厂经营了10余年，员工30人，年产值160多万元；而风扇厂里有40多名员工，年产值有200多万元。

但事实是，风扇厂已经连续三年亏损，不仅背负着195万元的银行贷款无力偿还，还有180多万元的应收款无法收回，以及30多万元的外债无力支付。盘算了一下，除了厂房，其他固定资产加在一起还不到30万元，早已资不抵债。绝大部分存货堆积在几个房间里，包括原物料、半成品、成品，以及抵债来的冰箱配件、灯具等，都是无法使用和无法销售的。

如若关停风扇厂，不仅将导致集体财产流失，更涉及员工们的生计。而每个员工背后，又都是一个个勉强支撑着的家庭。如果不处理好，将造成严重的后果。

考虑到这些，镇政府果断地做出了企业转制的决定：企业从集体所有制改为个人承包制，流动资产经评估后进行拍卖，固定资产经评估后由承包人承包。镇里一边让工办先找人暂时履行厂长的职责，一边又对北仑区的各个企业家进行考察，经过多番的筛选和慎重的权衡后，才确定了人选。

贺财霖，正是他们选中的人。但被委以重任的贺财霖，此刻的心情极为复杂。

贺财霖犹豫不决。他也一次次告诉自己：如果接手，这次的难度不是从零开始的创业，而是更为艰难的过程，况且自己已经有稳定的事业，还要不要再次起步呢？

但是他的心底始终有一团火在燃烧，这团火与年龄无关，是他内心激情的投射。有机会，他还是想尝试的。风扇厂是个烂摊子，但是危机里也蕴藏着机遇。

"三探风扇厂"摸清实情

如果要接手，就得有把握，得奔着成功去，这才是贺财霖的做事风格。于是，在几次游说之后，他终于松了口，要求先去风扇厂亲自考察一番，再做决定。

而实际上，对风扇厂的考察，他前前后后去了三次。

贺财霖第一次来到这家风扇厂时，正值江南的春末夏初，本是生机盎然的季节，然而逛了一圈，整个厂在他眼里显得灰色而黯淡。

车间里，一排排机器依旧整洁，还在运转着，但明显已经使用了很久；仓库中，一箱箱的存货杂乱地堆放着，落了灰；办公室里，账目本上的欠条很多已经泛黄，竟然还有三年前的旧账；路上碰见几个员工，大家也都耷拉着脑袋，看不出表情。

待得越久，贺财霖越觉得沉重。这家风扇厂的情况比他原先知道的还要糟糕得多。

回到家后，贺财霖什么都没有说，晚上睡觉却是翻来覆去，脑海里满是厂子的影子。几天后，他实在忍不住，决定再去风扇厂考察一下。至少，得问问厂里原来的领导，看问题到底出在哪里。

第二次来到风扇厂的贺财霖，径直找到了风扇厂的老柴书记，想多了解些基本情况。

原来,风扇厂生产的是塑料风扇,工艺上比传统的那种铁制风扇更先进,但成本高,定的价格等于是卖一件亏一件,可还是没有销路。更麻烦的是,卖出去的货,钱还收不回来。

于是,贺财霖觉得这个厂积重难返,似乎已经无可救药。

可一回到家,他脑子里就想到厂里遇到的那些员工,如果关停,这些家庭将何去何从?从小吃过苦的贺财霖,特别能理解没了收入的苦日子。

于是,要不要接手风扇厂,成了贺财霖的心事。如此挣扎了差不多10天,贺财霖决定第三次造访风扇厂。他需要找到一个理由,一个让自己能够接下这个厂的理由,一个让他有信心让这个厂起死回生的理由。这次一定要拿出一个结果来。

贺财霖又一次来到了风扇厂。多年创业的经历和前两次的调查,让他对风扇厂的整体情况有了具体而完整的勾勒。但他直觉上总觉得还少了点什么——一个盘活风扇厂的关键点。

忽然,一句话出现在了他的脑海里。"产品是好产品。"这是上次来时老柴书记说的。只要是好产品,就应该可以卖出去;如果卖出去了却亏本,肯定是其他环节出了问题。

贺财霖的精神振作了起来。他来到库房,四下环顾,脚步停留在了一对待售的风扇边。

他随手拿起脚边的一块包装布,擦去风扇上的灰尘,拨弄了一下,又用手掂了掂,确实比他以前看到的那些铁制的要轻盈得多。他也看过质检报告,证明产品确实是优质的。

告别了老柴书记,贺财霖径直去找了主管工业的领导,当时的"工业镇长"。在办公室里,他跟镇政府的领导谈了自己的看法,也得到了镇政府的支持。

就这样,贺财霖考察了风扇厂,镇政府考察了贺财霖。双方达成了共识。

○ 雪龙集团

1996年4月25日，霞浦镇政府正式下达文件，北仑汽车塑料风扇厂由贺财霖承包，双方签订了为期三年八个月的承包合同。

合同的截止日期，正是世纪之交的2000年。

这家风扇厂，正是雪龙集团的前身。

青春的悸动又一次回来了

签订合同后，贺财霖再看这家破落的汽车风扇厂，却是生机盎然，充满希望。他的信心，正是来自风扇厂所生产的塑料风扇。

经过调查，在当时国内发动机普遍采用铁皮风扇的形势下，风扇厂的塑料风扇是核心竞争力所在。

对内，贺财霖首先要做的就是鼓舞士气。厂里观望情绪浓厚，大家动力不足，光靠贺财霖有信心肯定是不够的。

因此,他首先进行了人事上的调整。跟随他多年的老员工,以及有专业能力的风扇厂老员工等被安排到关键岗位,相当于进行了一次人事大换血,确立了新的团队负责人。

其次,则是开源节流。当时厂子里的存货堆满了整整10个房间。贺财霖知道,这是一项艰难的工程,因为这些存货不仅体量大,而且堆放得很是杂乱。

他派了专门的员工对这些存货进行了盘点和分类,然后再对症下药:有销售希望的、还能卖出去的,哪怕是打折处理,也要尽快地卖掉;实在卖不出去的,索性就拆分粉碎,这样取得的材料还能再用于生产;一部分无处可用的材料,就直接填了地基。这样一来,留出了仓库的空间,收回了一部分资金,又省了一笔材料费,可谓一举三得。

创办过企业的贺财霖,尤其在意废料的回收再利用。在对生产风扇的每个环节都做过检查和计算后,他居然还在铁板加工环节发现了省钱之道。

厂子生产的虽然是塑料风扇,但其中某些部件需要用到铁板,而这一块以往都是由合作厂家加工完成的。按照合作协议,每一块铁板的加工费是两毛五分,而铁板生产中产生的废料还要归加工厂所有。

贺财霖计算了一下,实际上每块铁板的加工成本只有几分钱,而且这些废料能卖的钱,也已经超过了加工费,便决定取消这个环节的对外协作。尽管,他为此花费9.6万元采购了一台160吨的二手冲床,投入不少,但是从长远来看,却大大降低了生产成本,而且还让自己工厂的生产环节更加完整。

从细节处着眼,贺财霖可谓"细抠每一分钱"。得益于创办下洋学校纸品橡胶厂的经验,他对纸品包装业务相当熟悉,看到车间工人正在包装产品,他就找会计问起包装成本的事。

一问,就问出了问题。当时厂里一个风扇内包装纸箱子的价格是1.4元。作为做过纸盒生意的过来人,贺财霖立刻意识到这个价格贵了!他马上找到纸箱供应商进行谈判。

正所谓"行家一出手,就知有没有",一番谈判下来,一个风扇内包装纸箱子的进价竟然从 1.4 元降到了 0.7 元!

但贺财霖并不满足于此,过了几个月,他觉得成本上还可以再降低。他注意到风扇有内外两重包装,但内包装似乎只有装饰性的作用。于是,他进行了试验,发现没有内包装,风扇在运输过程中也不会出现质量问题。既然产品质量不会受影响,在征得客户同意后,就取消了内包装。

这一连番的精打细算下来,风扇的成本竟然生生地降低了 8%。

慢慢地,厂子里的气氛发生了微妙的转变。人们发现这个 50 岁的负责人有点不同:他事必躬亲,对每一个环节进行严格把控,想方设法地为工厂减负、增效。大家伙儿都被触动了。

贺财霖感觉最初是劳累的,因为处处都是问题,但不知不觉间,他已沉浸其中。激情、兴奋、挑战感、成就感,让他充满了力量。

在他的带动下,厂里焕发了生机。这是他迈出的第一步,源自一种久违的、类似于青春时代的悸动。

靠着两条腿追客户

在厂内,通过一系列改革,员工干劲上来了,但工厂的订单还得去争取。这是贺财霖不得不面对的现实问题,他思来想去,唯有自己再上马。

1996 年 5 月 25 日,一场远在吉林的会议,成了贺财霖实现抱负的契机。这场会议由当地的一家汽车集团主办。北仑汽车塑料风扇厂作为其供应商之一,也接到通知并参加了会议。

说是供应商,其实风扇厂和汽车集团之间是间接的关系:风扇厂的供货对象是各家柴油机厂,这些厂把包括风扇在内的零部件组合成柴油机,再供货给这家汽车集团。

会场里,台上,这家汽车集团采购处的姜处长正在介绍即将进行的改革:为了提高生产效率,汽车集团决定开启标准化生产,即以前每家供货商的产品大小、型号各不相同,但以后,这些配套产品都需要按照汽车集团制定的标准来供货。未达标准的,即视为不合格。

标准改了,意味新的时代即将来临,取决于每个人能否抓住这次机会。

会后,汽车集团专门安排了一场宴请。贺财霖找准机会向姜处长介绍了自己,但简短的会面显然没什么作用,贺财霖想着下一步该怎么做。

第二天一早,贺财霖就跑到汽车集团去,希望能够再见姜处长聊聊业务。但是好不容易到了四楼姜处长办公室门口,刚想敲门,就有人进出。

路过的一个员工看他一直站在门口,就好心提醒:"姜处长忙得很,都要提前预约的。哪怕是预约好的,也得先敲门,他说进才能进。"

可是办公室见不到的话,上哪儿见呢?自己也没人介绍认识。思来想去,他决定用最笨的办法,就是蹲守。

就这样,下午工厂快下班时,他就在厂门口等着。功夫不负有心人,终于让他看到姜处长骑着自行车出来了,他赶紧追了过去。可是姜处长没看到贺财霖。就这样,在一个初夏的傍晚,在人来人往的路上,50岁的贺财霖跑步穿梭在人群中,眼睛紧紧盯着前面骑自行车的姜处长,这样追了两公里多,直到姜处长拐进了家,停好车,进了楼,浑然不知有个人追着他,气喘吁吁地跑了一路。

接下来怎么办呢?

贺财霖一时竟没想好。如果就这样敲门,会不会太唐突了呢?总不能说自己跟踪了一路。可是如果见不到人,怎么谈业务呢?自己这趟又白跑了。就这样,等汗都干了,贺财霖还在门前,犹豫着敲不敲门。

正在这时,姜处长开门出来,给他解了围。见门口站着一个人,姜处长不由得一愣:"你是?"

贺财霖慌忙说道:"姜处长,我是宁波风扇厂的贺财霖,昨天听过你的报告,晚上还给你敬了一杯酒。就是时间太匆忙了,很多话没来得及说。你看,你要是有时间的话,能不能……"

姜处长一听就明白了。他也没端什么架子,开门请贺财霖进去:"我想起来了,听说你还来找了好几趟,但是事情实在太多。"

贺财霖连声道谢,进了门,就开始介绍起自己厂的情况。贺财霖如实告诉姜处长,原来厂亏损得厉害,现在正在进行改革,希望把成本降下去,把业务拉起来。"所以这次,我就是跑业务来了。"

姜处长听完,疑惑地问道:"你们厂之前是给柴油机厂供货的,这次怎么直接来找我们合作了呢?"

对此,贺财霖有着自己的独到想法。他解释说,原先风扇先运到柴油机厂,再由柴油机厂组装好送到汽车城,由于路途绕,时间也长,安装好的风扇在运输途中容易因串动而损坏,风险很大。如果允许风扇单独发货,直接从宁波运到这里的话,可以穿插装货,运输成本也可以降下来。

姜处长沉吟了片刻,谨慎道:"有道理,但是这事,我一个人也做不了主。这样,你明天再来我单位一趟,问问计划科的科长,也听听他们的意见。"

贺财霖知道这事很有可能成了,心情分外激动。

第二日,贺财霖起了个大早,洗了脸,又来到了姜处长办公室的门口。汲取了之前的教训,按照昨天那位员工说的,先敲了三下门,没动静。等了等,又敲了三下,还是一片安静。

如是再三,终于等到一声"请进",他才如释重负地开门进去。

与昨天的和蔼可亲不同,今天的姜处长有些严肃。他见到来的人是贺财霖,就把手头的材料一放,也没多说话,只让贺财霖跟他走。

两人下楼来到三楼的计划科办公室,找到了计划科的科长。

姜处长把贺财霖厂子的情况大概介绍了一下。转头又对贺财霖道:"如果风扇直接送到我们这里,就必须对可靠性做检验。比如风扇运到这里,质量会不会受影响,这些都要经过技术中心的考核、试验、试装。"

经计划科同意后，贺财霖马上就回到宁波，开始检验风扇直接送到汽车城是否可行。他马不停蹄地把技术骨干拉在一起开了个会。

接下来的两个月，贺财霖就带着突击小队把全部的时间和精力投入了材料配方的研究，怎么样才能做出轻便又牢固的塑料风扇；又购置了材料数显组合冲击试验机，用以对扇叶进行破坏性试验。

厂里灯火昼夜不熄，车间里不断地传出机器的轰鸣声。除了吃饭睡觉，他们把所有时间都投入在了样品的试验上。

终于，七月份的这天，他们郑重地把样品送上了车。抵达长春后，样品先到研发中心进行了可靠性试验，通过后被组装到了汽车上，并最终通过了跑车试验。这说明风扇从风扇厂直接运送到汽车城，质量丝毫未受影响。

喜讯传到风扇厂，贺财霖喜极而泣。靠着两条腿，他终于挺过了这一关，风扇厂也终于挺过了这一关。而搭上了这家汽车集团，风扇厂的订单有了希望。

没条件就创造条件上

如果与这家汽车集团的合作是因为贺财霖的主动出击，那么后来的考验则凸显了贺财霖敏锐的市场洞察力，而这才是一位优秀的企业家带领企业走向成功的关键。

样品通过没多久，这家汽车厂商提出了一项新任务：7天内提供直径520毫米的新型号风扇50个，他们急等装在试制车上。

50个风扇看似不多，可问题在于，贺财霖的风扇厂里并没有生产这一型号的模具，而重新开模至少需要一个月的时间。他原本犹豫着要不要请对方将时间宽限几天，但是这岂是宽限几天就能做到的呢？而且双方刚刚才开始合作，若是推三阻四，给对方留下不好的印象，怕是不利于以后的发展。

贺财霖一咬牙，先答应了下来。时间紧张，他的大脑飞速运转着，想着该如何应对。

他想到有一家风扇厂在生产这个型号,正好可用来应急。靠着移花接木的法子,这笔业务总算是对付过去了,但贺财霖的心并没有完全放下。他为人向来心思细密,又看得远,凭着敏锐的直觉,他认为这笔订单不过是个过渡。

这家汽车集团不可能单纯为了考验自己,就贸然送来这个新型号的订单,还是在这么短的时间内就要完成;而且以这家集团的体量,如果真的要用到这个型号的风扇,需求量也不会只有区区的 50 个。他预感到,这送去的 50 个,只是前奏,即将到来的,才是真正的高潮。如果他猜得没错,那么必须未雨绸缪,尽快实现自主生产才行。

想到这里,他马上召集了技术骨干进行商讨。但结果是,要自己做,开模具要一个月。这个周期太长了,贺财霖预感时间来不及。

那几天,贺财霖很失落,一直琢磨着有没有替代的法子。他脑海中想着模具的图纸,因为结构复杂,所以需要比较长的时间……想着想着,他忽然想到,如果把它拆解开呢?如果扇叶单独生产,那模具不是简单了很多吗?

想到这里,他马上又召集技术骨干商讨这个方法的可行性。

"分解开模,把七叶风扇分开,最后再组合在一起?"贺财霖的提议让几个师傅听得两眼放光:因为单个扇叶的开模比整个风扇的开模要简单多了。

于是,兵分两路:一路开叶片,贺财霖把这个业务交给了几家模具厂同时进行;一路开模壳。

果然,当整个风扇厂都在紧锣密鼓地进行叶片的开模时,贺财霖怀着紧张的心情期待着的订单终于来了——300 个风扇,15 天内交货。

但接下来的工作并不能放松。此刻,叶片的开模已经完成了,而且这七个叶片的模具也组合在了一起。余下的问题就是修正。因为这些模具出自不同的厂家,无法做到完全一致,细微的差别在所难免。

贺财霖请了一个模具师傅来进行后期的操作。这关系到产品的最终质量,他就亲自看着师傅怎么用磨光机、电脉冲对模具进行修整,修整后又是怎么进行打磨处理的……等这一切完成,就到了试产阶段。

为了能随时盯着机器的运转,看是否有问题并随时精修,他和技术人员、生产人员直接住到了厂里。

他们不分昼夜地测试着风扇模叶的动静平衡情况,一有偏失就进行校正。就这样,在两天两夜的反复测试和校正之后,模具的性能终于达到了稳定,可以定型进行生产了。

机器开动,一件件产品从模具里诞生……13天后,300个风扇如期交货。

看着一件件产品装箱上车,贺财霖的心也随之飞到了远方。

就这样,愉快的合作获得了对方的信任,于是对方主动提出了新的合作计划。

1996年末,外面已经是寒冬。贺财霖紧张的心怦怦直跳:忙了一年,成果咋样?他盯着财务计算着账目。

算完,财务绷不住地笑出了声:"13万,盈利13万!"

贺财霖的心终于放下了,突然想起自己的那三次调研。那是1996年,他在破败杂乱的仓库里,翻找到了一个风扇。

几张扇叶,就像是雪花的棱角。当时,他心里一动。风扇转动起来的样子,不正像雪花在漫天飞舞吗?而雪花越飞越高,就成了一条腾云而上的龙。

雪龙?贺财霖灵光一闪,风扇是白色的,它的转动与制冷,与"雪",与"龙",不仅有着形象上和意义上的关联,而且有一种昂扬向上的生命力和引领力。如果用这个名字,不是极为贴切吗?

是的,要像一条龙一样。他告诉自己,也一直这么做着。

1998年6月,北仑汽车塑料风扇厂正式改名为"宁波雪龙汽车风扇厂"。

两件里程碑事件

起步艰难,想要发展好,还需要机遇。在贺财霖心中,雪龙集团能走到今天,两个事件令他印象深刻,也具有标志性意义:一个是研发改性尼龙风扇,一个是"以价换市"智取西南发动机厂业务。

1996年5月,接手风扇厂不久,贺财霖大刀阔斧地进行了改革,其中一个关键的举措,就是研发风扇材料。

当时国内生产的风扇类型主要有两种,一个是PP(聚丙烯)塑料小风扇,另一个就是金属风扇。PP塑料小风扇比较轻柔,但适合功率不太大的发动机。金属风扇比较坚硬,但存在重量重、功耗大、噪音大等缺点。既轻柔,各方面性能又能满足车用发动机要求的,就只有进口的尼龙风扇,但其价格昂贵。

经过市场调研后,贺财霖认为,尼龙风扇会成为市场主流。权衡之后,1997年,贺财霖正式开始了尼龙风扇的研发之路。他组建了专门的研发团队,亲自带队。

开局很顺利。风扇厂通过与客户合作,成功同步开发出了尼龙风扇,填补了国内自主生产尼龙风扇的空白。得到客户认可后,厦门客车厂、苏州客车厂、宇通客车厂等其他客户也纷纷向雪龙抛来了橄榄枝,希望与雪龙同步开发尼龙风扇。

但随着业务量的增加,一个关键的问题也暴露了出来,如果要精益求精,现有原材料不能完全满足汽车风扇的各项性能要求。为此,贺财霖决心研发改性尼龙风扇。

这是一条漫长的道路。

最初,贺财霖选用的是国产材料,为此建造了实验室,购置了一批专业的设备。但国产材料在一些数值上存在先天性缺陷,整个团队无论怎么调配,做出来的风扇产品都特别脆,韧性极差,转速稍微快点就断裂了,完全无法和国外制造的尼龙风扇相提并论。

这时，一家外资控股的发动机厂找到贺财霖，提出了合作。条件之一是雪龙生产的风扇必须要使用全进口材料。虽然使用进口材料后强度确实提高了很多，但依然无法满足要求。

于是，材料研发成为关键突破口。经过不断筛选，贺财霖最终找到了台湾一家中外合资的专业改性材料制造商，告知他们自己所需材料的具体要求，并提供了详细的实验数据。

这家专业改性材料制造商也多次对材料的配方进行了调整和优化，每一次优化后都要重新进行各种测验、比对和考核，然后记下详细的数据。每一次，贺财霖的心都悬着。终于，5个月后，捷报传来：这次研发的尼龙改性材料通过了各项测验，用这种材料所制作的尼龙风扇也完全达标！

雪龙自己生产的这款改性尼龙风扇，其优势与竞争力是明显的：避免了原来PP风扇和金属风扇的缺点，而与进口尼龙风扇相比，它的各项性能毫不逊色，但是价格仅为进口尼龙风扇的三分之二。

很快，雪龙的这款风扇得到了各家合作的汽车厂与发动机厂的认可。市场上的好评，很快又帮助它吸引了更多的合作商，拿下了更多的订单。

如果故事到这里结束，雪龙集团可能只是一家具有技术领先优势的公司，尚未达到行业领头羊的地位。而让企业真正成为行业标杆的，正是贺财霖深植于心的忧患意识。

事实上，把研发任务交给台湾这家合资企业后，贺财霖并没有放手不管。他不后悔此前购置了设备，反而加大投入，2002年，实验室购置了材料万能拉力试验机、高低温试验箱、冲击机、热变形试验机等一系列测试设备，用于尼龙材料各项性能检测和质量控制。

在贺财霖眼中，这是一堂宝贵的课程。技术的研发不是一蹴而就的，不能等到需要时才投入，唯有前瞻性布局，才能掌握主动权。现在的风扇厂还太过薄弱，所以要请专业的企业来协助。但是未来，自己一定要有一个设备完善的实验室作为后盾,帮助企业占领技术上的高地。

贺财霖的未雨绸缪,很快就被证明是正确的。不久之后,这家合作的供应商偷工减料,使用了伪劣材料,而雪龙因客户急需,只能勉强使用,最终导致生产的风扇产品出现了断裂。这一质量问题,给雪龙造成了巨大的损失。为此,贺财霖不得不重新物色供应商,并进一步加强材料质量把控。

2004年,雪龙又采购了超速试验台、盐雾试验台、紫外光老化测试机等检测设备,同时为保证风扇总成质量,还建成了风扇性能综合测试台和噪音测试室,进一步把控风扇综合性能的可靠稳定。

尽管找寻到了牢靠的供应商,但贺财霖始终没有放弃自主开发尼龙改性材料的决心。2008年,他认为时机已到,聘请技术副总胡飞章全面负责尼龙材料自主研发。经过近一年的不断试验和调整配方,终于在2009年成功开发出全面符合风扇性能指标要求的尼龙改性材料。在材料研发成功的基础上,又购置了六条造粒生产线,从此雪龙生产需要的尼龙料全部由自己造粒供应。

曾经,雪龙所制定的向供应商采购尼龙改性材料的标准,得到了行业的高度认可。现在,在尼龙改性材料研发成功的基础上,在雪龙的主持下,风扇的尼龙材料标准得到了进一步的优化修订,并被作为内燃机冷却风扇行业标准内容的一部分正式发布、实施。雪龙也以此申报了发明专利,填补了国内空白,进一步巩固了自己的行业龙头地位。

从1997年下决心生产自己的改性尼龙风扇,到2009年实现了尼龙材料的成功研发,贺财霖走过了10余年的岁月。

农民出身的贺财霖没读过多少年的书,他就像很多中国第一代企业家一样,在商海里摸爬滚打,经受挫折,总结经验,这让他在面对重大决策时总有一股自信,大手笔、大格局成就了企业的飞速发展。

2002年的10月,全国各地的11家风扇供应商齐聚,争夺西南发动机厂的业务。雪龙就是其中之一。

去之前，贺财霖已经在盘算了。虽然他不确定会有多少家供应商参加，但有一点是肯定的，那就是这么多供应商抢占西南发动机厂的生意，必然会内部竞争，造成内耗。而如果均分，西南发动机厂的业务平摊到每个供应商，那么也只能分到零星的一点。

等他来到现场，便知道自己的预料没有错：大家竞相压低价格，到了最后，只有微薄的利润，即使这样，还在吵闹不休。而原因，无非是供应商太多，主动权完全被西南发动机厂掌握。

雪龙不过是众多供应商之一，又能改变什么呢？贺财霖苦思冥想。忽然，一个念头冒了出来：为什么不能改变呢？如果只有我一个供应商的话呢？他兴奋了起来。

他想下一盘大棋。这也是一盘险棋。他反复推算了好久，终于下了决心。是的，他现在还只是一个小卒子，没有足够的谈判筹码，但只要等到这枚卒子过了河，一切就都不一样了。

反复盘算之后，他去找了西南发动机厂负责采购的副总。

副总看着这个来自东海之滨小厂的厂长，起先不以为意："你也知道，来的厂家多，他们的报价也不高，我这也不好办啊。"

"你要是知道了我的价格，应该就不难办了，"贺财霖笑了笑，"我可以把单件价格减少百分之三十。"

一听见这个数据，这位副总愕然了，愣了好几秒，才确定对方没说错，自己也没有听错。是的，其他厂家已经把价格压得足够低了，可贺财霖却压得更狠。

但是贺财霖提出了自己的条件：需要对方百分之七十的业务。

副总琢磨了没几秒，确定这确实是笔划算的买卖，就点了点头。

这个消息传开后，不少供应商都认为贺财霖疯了，看他的眼神，也像在看一个疯子。他们甚至毫不避讳地当面讨论了起来，既不解，又愤怒。

贺财霖没有理会这些声音。没错，他抱定的主意就是，哪怕亏本也要做。因为他着眼的不是眼前一城一地的得失。如果自己的设想成功了,眼前亏的这些钱,将来必定会成倍地回到自己的口袋里。

但这亏的钱毕竟不是一笔小数目,他必须将这个计划尽快地付诸实践才行。而他的计划就是,一边开足厂里的机器,员工们加班加点地赶制产品,另一边召集了技术骨干,对风扇进行改型——亏损是暂时的,是为了给改型风扇争取时间,以此为契机,改善风量、流量、噪音、消耗功率等,令风扇性能更臻完善。

改良风扇不是件容易的事。为此,雪龙的技术骨干们重新设计了图纸,进行了开发、开模。开模完成后,团队反复修整模具,并进行跑车试验,确保新产品不仅质量上乘,而且在性能上远胜过原来的产品。为了巩固这一优势,团队还致力于进一步提高效率,改进风量流量,不断开发新产品,扩大风扇布局。

当改型后的新产品送到西南发动机厂时,贺财霖再次见到了这位副总。副总并没有多想,只啧啧称奇:"这么低的价格,可送来的产品还比原来更好,简直太不可思议了!"

这就是贺财霖的计划。一年之后,原先签订的合同到期了,再坐回谈判桌前,双方的位置进行了对换。此刻,副总才明白了过来:原来这叫"以价换市"。因雪龙占据了大份额的市场,其他供货商接到的订单数量少,成本难以维持,不得不选择了撤退。

这次的合作,雪龙掌握了绝对的主导权。

无限风光在险峰

在雪龙人的眼中,如果要在"稳健"和"激进"中选一个词形容贺财霖,他们都会选择前者。尽管贺财霖有过失败,而且有过好几次,但无论是他第一次创办校办厂,还是后来的自主创业,他一直在不断地尝试各种变化的人生发展方向,不变的是他在风险的高低之间做平衡。贺财霖深知,在风险中前进,路途时而凶险,时而平缓,但他通过一次次地实践、总结、再启程,从一开始的不懂不知,到控制自如,严守着创业的生存底线。

风险是"危险"与"机遇"并存的载体。企业家通过承担风险以追求超额利润,这也推动了经济持续增长。欧洲经济学家斯蒂芬·韦伯斯特认为,企业家是"一个经营冒险事业的组织者,特别是组织、拥有、管理并承担这一事业全部风险的人"。改革开放是一场积极的冒险,身在其中的企业家无疑是冒险家。那些能够在大风大浪中留下来的人,无不具有过人的胆识和勇谋,他们"想别人之所未想,为别人之所未为"。不过,仅有冲劲还不够,在成功企业家身上,冒险和谨慎总是共存一体。两者看似矛盾,却能和谐共处,达到平衡状态。

贺财霖接手雪龙前身北仑汽车塑料风扇厂时,工厂正濒临倒闭。面对如何让工厂起死回生的难题,再加上自身已经50岁的现实,贺财霖经历了一番心灵拷问:是否还有激情再创业?但贺财霖看到了风险中的机遇,风扇厂的产品具有市场竞争力,只是欠缺销路。创业的激情与年龄无关,在风扇厂,他觉得自己的青春被点燃了,于是,他决定再闯一次。

○ 雪龙集团自动化组装线

市场波动带来了二次创业的风险，需要不断攻坚克难。一招不通，再来一招。在开发新产品、拓展销路的过程中，挫折和失败一直伴随着贺财霖，但这不仅没有挫败他的积极性，反而让他越挫越勇，因为他有强烈的渴望，想要带着大家一起致富。尽管遇到了阻碍，但他做过学徒，有技术；风扇厂虽然一开始会亏钱，但产品逐渐有了销路，证明市场需求存在。只要不断总结，继续摸索，创业一定是可行的。

趁势而上，化"危"为"机"。第三次的风险既有可预见的部分，也有突发的情况。贺财霖之所以能平稳度过，得益于未雨绸缪。在研发尼龙风扇材料时，尽管已经与台湾供应商形成了稳定的合作关系，但是他依旧购置设备用于自我研发，"把技术掌握在自己手里"是他多年来的经验。因此，等后来出现变化时，他能够及时应对风险带来的变数，同时借此摆脱技术依赖，形成自己的核心竞争力。

从火龙出水、龙骨水车、龙洗等古代科技，再到"华龙一号"的核能之光，"蛟龙"号的深海探索，"鲲龙"号展翅飞翔，"雪龙"号破冰前行……如今，含有"龙"字的命名彰显了古代科技和大国创新的结合。而雪龙集团的名字就如同这些大国重器一样，象征着科技创新不断探索、追求进取的精神。雪龙集团将继续带着这种精神，去攀登一座座高峰。

雪龙集团大事记

1996 年　北仑汽车风扇厂（雪龙前身）转制。

1997 年　雪龙着力于新型材料研发工作，成功开发了尼龙风扇，填补了国内空白，并成功开发出大功率发动机配套产品塑料冷却风扇。

1999 年　风扇产能由 20 万只/年增至 100 万只/年，风扇产品实现系列化。

2000年　新一代以塑代钢、以塑代铝汽车管件产品成功投放并占领市场；"雪龙"牌塑料风扇总成汽车各种连接管、进气管被列为"中国名牌产品"。

2001年　推进科学管理，所建技术中心运用新材料、新工艺、新设备开发新产品100余项。

2002年　开始自主研发硅油离合器技术并取得关键突破；汽车橡塑一次成型连接弯管被列为国家重点新产品。

2003年　改性尼龙6发动机进气歧管被列入"十五"国家科技攻关引导项目；汽车橡塑一次成型连接弯管被列入国家级火炬计划项目。

2004年　建立了公司实验室；获得宁波市科技进步一等奖。

2005年　添置硅油离合器生产流水线；对雪龙商标进行国际注册；被认定为国家火炬计划重点高新技术企业（首次）。

2006年　宁波雪龙汽车零部件制造有限公司更名为"宁波雪龙集团有限公司"；购置大型吹塑、注塑等生产设备；获得浙江省著名商标（首次）。

2007年　参与制修订7项国家标准；设立"全国内燃机标准化技术委员会/内燃机冷却风扇工作组"（全国内燃机标准化技术委员会和上海内燃机研究所成立的第一个工作小组）秘书处，并承担了4项国家行业标准的制定工作；获评"中国名牌产品"称号（首次）；实验中心通过中国合格评定国家认可委员会认证（首次）。

2008年　开始自主研发电控离合器技术并取得关键突破；汽车橡塑一次成型连接弯管通过国家火炬计划项目验收；改性尼龙6发动机进气歧管通过科学技术部科技型中小企业技术创新基金管理中心验收；获评国家首批高新技术企业。

2009年　公司全面推进5S管理和精益生产管理，通过自主研发掌握材料改性专利技术，实现塑料改性材料的批量生产；可变性自动调速风扇硅油离合器被列为国家火炬计划项目。

2011年　雪龙集团股份有限公司股改获批成立。

2013年　承担国家科技型中小企业技术创新基金项目；获得浙江省科技进步奖三等奖。

2014年　XL/D-70电控荣获2014年国家火炬计划产业化示范项目证书。

2015年　改性聚丙烯研发及在汽车风扇总成中的产业化被列入国家火炬计划；装备制造业重点领域首台(套)产品获得企业证书；通过知识产权管理体系认证(首次)。

2016年　公司在宁波股交中心挂牌，股票代码：700001，启动上市工作；离合器车间智能化技改项目启动。

2017年　通过中国国家强制性产品认证。

2018年　长春欣菱汽车零部件有限公司投产，占地面积20002平方米。

2019年　IPO通过证监会发审委审核；智能化成品库建成；通过职业健康安全管理体系认证(首次)。

2020年　雪龙集团正式在上海证券交易所主板挂牌上市，股票代码：603949；获评国家工信部专精特新"小巨人"企业；"汽车风扇硅油离合器的研究开发项目"突破国外"卡脖子"技术，被列为宁波市关键核心技术应急攻关计划项目。

2021年　和中科院海西院签署了《新能源商用车热管理系统关键技术研发与应用暨共同培育高能级应用型创新人才创新基地项目》合作书，确立合作框架；获评国家制造业单项冠军示范企业。

2022年　雪龙集团"国家级博士后科研工作站"获批。

2023年　公司"D180电控离合器风扇总成"产品纳入"浙江制造精品"名单；荣获"全国就业与社会保障先进民营企业"称号；在贺泓、高翔两位院士以及各级领导、嘉宾的见证下，又一"顶尖智力"平台"雪龙集团院士科技创新中心"正式揭牌成立;公司荣获"2023年度浙江省汽车行业先进单位"称号。

2024年　公司与北京航空航天大学宁波创新研究院签订《静音冷却轴流风扇降噪优化设计项目合作协议》;霞浦新厂区挂牌成交,开工建设;雪龙获得技工职业技术等级评定资格;启动精益管理项目。

继峰股份:"白衣骑士"抗击"门口野蛮人"

> 苍天笑,纷纷世上潮,谁负谁胜出天知晓;
> 江山笑,烟雨遥,涛浪淘尽红尘俗世知多少?
> 清风笑,竟惹寂寥,豪情还剩了一襟晚照;
> 苍生笑,不再寂寥,豪情仍在痴痴笑笑。
>
> ——电影《笑傲江湖》主题曲

古代侠客遇旁人危难,自会出手相救,而现如今在同样残酷的资本市场,北仑一家企业也在全球一场并购案中,成为一名"白衣骑士",上演了一出现代版的江湖恩仇故事。

2024年4月25日晚,对于王义平来说,无疑是一个心情愉悦的时刻。宁波继峰汽车零部件股份有限公司(以下简称"继峰股份")发布的2023年年度报告显示,2023年继峰股份实现营业收入215.71亿元,同比增长20.06%,首次突破"营收200亿"大关。其中,收购的格拉默在经过多年整合优化后,同比实现扭亏为盈。自此,"成功的并购"变为"并购的成功",投资人的疑虑也随之烟消云散。

王义平出生于1961年,现年63岁,舟山岱山人,浙江大学工商管理硕士。他做过水泥厂的工人,也曾在老家当地镇单位当过一段时间的小干部。

○ 宁波继峰汽车零部件股份有限公司正大门

20世纪90年代中期,王义平毅然辞去稳定的工作,创办岱山继峰汽车内饰件厂,从此投身汽车配件行业。2001年,为了获得更大的发展机会,王义平移师宁波,创办了继峰股份。

一身蓝色工装,"继峰"二字绣于左胸口袋上方——仿佛是王义平与继峰股份间关系的一种隐喻:他把自己看成公司里最普通的一员,公司则被他放在心上,二者朝夕相处、一路同行,彼此熟稔且熨帖。

正是这位看似普通的领导者,主导了一次引人注目的资本运作:一家海外汽车配件龙头公司的管理层为抵制"野蛮人"收购,引入中国同行继峰股份充当"白衣骑士",实现双方双赢。2018年,格拉默的营收折合人民币164.14亿元,是同期继峰股份的7.6倍。从营收体量上说,这无疑是一次"蛇吞象"的壮举。王义平及其家族作为继峰股份的实控人,利用定向可转债等多种金融工具,不仅步步为营,顺利拿下格拉默控股权,更在不明显稀释自身股权的前提下设计交易方案,顺利将格拉默注入A股上市公司,成就国际汽配新龙头。

整个交易过程一气呵成,设计出这样既能精准保护股东利益,又能助推中国企业跨境并购国际巨头的方案,其技艺娴熟沉稳令人惊叹。在处理跨境并购的核心问题时,继峰股份提供了值得借鉴的范例,无论是在决策时机、操作方式还是后续管理上,都展现了其独到的见解和策略。

任由"门口的野蛮人"敲门还是邀请"白衣骑士"

"门口的野蛮人"这个词产生于 20 世纪 80 年代的美国资本市场。当时,美国大部分大中型企业都已经成为上市的公众公司,股权结构分散,创始家族只留有少数股权且退出经营,实际权力由管理层把握。80 年代的美国刚刚经历 70 年代剧烈的通货膨胀,公司治理比较松散,和 19 世纪中后期美国工业崛起时白手起家的工业大亨相比,由职业经理人组成的管理层缺乏再创业的激情。

这时出现了一批金融资本公司,通过大比例收购股份(即所谓"举牌"上市公司)来"掌控"上市公司,启动资本运作。这些资本运作有时会联手管理层,如给予管理层大量期权激励,实现 MBO(management buy out,管理层收购),有时则对原管理层带有敌意,后一种情况就是所谓"门口的野蛮人"。而这种资本收购的操作,就是后来逐渐为世人所知的"PE"(private equity,私募股权投资)业务。

"白衣骑士"是反收购理论中的事中反应策略之一,通常是指当一家公司面临恶意收购时,其管理层去寻找另一家公司进行合并,以避免被恶意接管。这家被目标公司寻找到的公司就被称为"白衣骑士"。"白衣骑士"的介入不仅给敌意并购者增加了竞争对手,还提高了相应的合并成本,从而保护了目标公司的利益。

2016 年前,王义平怎么都不会想到,有一天他的名字会出现在格拉默这家世界巨头企业的董事名单上,继峰股份会成为自己偶像的"白衣骑士"。

作为一家老牌国际汽配巨头，格拉默对于继峰股份而言，最初可谓一座难以逾越的高峰：1880年，格拉默成立于德国，长期稳坐全球汽车内饰细分领域的"头把交椅"；1996年，格拉默在法兰克福证券交易所及慕尼黑证券交易所同时上市。

在王义平的记忆深处，1998年的一幕依然清晰如昨。当他第一次触摸到格拉默生产的头枕时，那种震撼至今难忘。在他眼里，那不仅仅是一件普通产品，更像是一件精雕细琢的艺术品。这种对品质的追求和对工艺的尊重，深深触动了他的心灵。

十年后的2007年，继峰股份正式将格拉默作为学习的标杆。王义平下定决心，立志要打造出与格拉默相媲美的产品。这种决心不仅体现在口号上，更转化为实际行动，推动着继峰股份在产品质量和工艺上不断追求卓越。继峰股份在此后的近10年时间里加速发展，很快在乘用车座椅、头枕等领域闯出一片天，并于2015年登陆资本市场。

进入21世纪，世界资本市场风云变化。2017年发布的《中国企业并购市场发展趋势分析报告》中指出，2016年世界收购案例数量达到了4.32万件，交易金额达到了3.36万亿美元。此外，平均收购金额在2016年已经达0.77亿美元/案例，并且连续五年都在增长。

其原因可以分为三个方面：第一，全球化发展不断深入融合，促使世界的产业布局重新分配；第二，由于发达经济体的经济回暖以及发展中经济体的迅速发展，各国的经济产业结构被打乱，急需转型和重组，因此产生了大量的收购与被收购需求；第三，各国实行货币宽松的政策，使得并购成本大幅下降，为企业之间的并购提供了有利的金融资本和政策环境，进而促进了企业间的收购和被收购需求与供给不断增长，形成了良性循环。

因此，国际间的并购重组数量呈现上升状态。根据报告，2016年由美国、英国、中国、澳大利亚、法国占据并购规模的前五位。其中，美国居全球之冠，收购规模相对于2012年上升了140.90%，达到1.65万亿美元；而中国收购规模相对于2012年上升了98.68%,达到0.30万亿美元。

2016年的继峰股份还沉浸在2015年A股上市的喜悦中,IPO融资后,企业继续在科技创新方面发力,2016年企业技术团队荣获"宁波市企业技术创新团队"称号。

相较于继峰股份的平稳发展,远在8000公里外的德国,却正上演着一场生死商战。

来自波斯尼亚的亿万富豪尼亚兹·哈斯托(Nijaz Hastor,以下简称"NH")通过旗下两家子公司在二级市场不断收购格拉默股份。截至2016年底,这两家公司合计持有格拉默20.22%的股份,成为当时格拉默的第一大股东。

在资本市场,这样的增持行为有两种典型情况:一种是像巴菲特这样的价值投资者,他们倾向于低估值、高股息的投资策略,利用低杠杆来降低融资成本;另一种则是"野蛮人"的收购,采用高杠杆率,具有明显的投机倾向。这一次,NH无疑扮演了"野蛮人"的角色。

梳理NH家族,其灵魂人物是亚兹·哈斯托。哈斯托曾就职于萨拉热窝的一个汽车厂,参与生产了1972年到1992年的大众车型,从甲壳虫到之后的高尔夫、捷达,并由此与大众集团结缘。波斯尼亚战争结束之后,借着经济私有化的机会,亚兹·哈斯托收购了当地多家小型汽配厂并迅速扩大其规模,形成Prevent集团。除汽车制造业外,Prevent集团还涉足了防护服、室内装潢、家居、时尚纺织品等领域。亚兹·哈斯托一家也成为当地最富有的家族之一。

正是凭借在大众集团多年积累的资源,Prevent集团将汽车产业发展的重点放在了德国,在德国下萨克森州、北莱茵-威斯特法伦州、萨克森-安哈尔特州等地建有8座工厂,陆续并购了汽车座椅生产商Car Trim及变速箱铸铁件生产商ES Automobilguss等公司,招募了约3400名员工。Prevent集团一直为大众集团提供座椅组装服务,并供应变速箱、发动机、刹车盘、座椅套等零部件,其中 ES Automobilguss 还是大众集团畅销车高尔夫的变速箱唯一供应商。

双方良好的合作关系一直维持到2016年。事情的转折发生在2016年,大众集团"排放门"丑闻爆发。简单来说,大众集团为通过美国环保局的排放检测,给 2.0 TDI 柴油机增加了一个"失效保护器",并配备了一套"复杂的软件算法",能够自动识别车辆是否在接受测试。当该装置检测到车辆是在实验室环境下时,就会打开尾气净化装置;如果检测到是在室外正常行驶,就会选择关闭尾气净化装置。

于是,面对以"严谨""靠谱""耐造"等形象著称的德国制造,全球哗然,大众向美国支付 43 亿美元罚款,德国也给大众集团开出了高达 10 亿欧元的罚单,此次罚款甚至突破了此前德国对单一公司的最高罚款纪录。

除此之外,日本、墨西哥、加拿大、意大利、印度、法国、英国、韩国、挪威、澳大利亚等超过 10 个国家对大众集团旗下车型排放问题进行调查。

为压缩开支,大众集团取消了之前与 Car Trim 达成的金额高达 5 亿欧元的交易,并拒绝赔偿 Car Trim 已投入的 5800 万欧元。作为 Car Trim 背后的控制人,NH 家族与大众集团的关系随即恶化。

为报复大众,NH 家族制定了两套对策:一是命令其旗下作为大众关键供货商的两个子公司停止供货,这直接导致大众旗下 6 个生产基地停产;二是高举收购旗帜,NH 家族收购了很多大众供应商,作为大众主要供应商的格拉默也进入了 NH 家族的视线。截至 2016 年底,NH 家族已合计持有格拉默 20.22% 的股份,成为格拉默第一大股东。

在获得格拉默相对控制权后,NH 家族开始显现资本的"血腥",率先发难。他们认为格拉默在销售收入增长的同时,利润却有所下降,是因为管理层未能尽到职责,格拉默的治理结构需要进行调整,并要求改选监事会。

通过资本市场成为企业大股东,然后利用所获得的权力改组董事会及监事会,这是"野蛮人"的通常做法。

但这一次,NH 的如意算盘落了空,它的要求遭到格拉默管理层的抵制。在 2017 年 5 月格拉默年度股东大会上,NH 家族派出的 3 名代表均未能成功当选监事会委员。

但在这个资本决定公司未来的冷冰冰时代,格拉默的管理层除号召现有股东抵制 NH 外,还急需积极主动寻找"白衣骑士"。

而这样的"白衣骑士"显然要满足多重条件:一是熟悉格拉默的企业文化,并与企业有过合作;二是注资格拉默,这对于"白衣骑士"来说,同样是业务发展需要,从而实现双赢;三是有良好的企业管理层,具备带动格拉默同步发展的能力。

在跨越重洋的不懈探索中,继峰股份以其独特的魅力和实力,逐渐进入格拉默的视野。自 2012 年双方携手合作以来,格拉默与继峰股份之间的伙伴关系日益紧密,频繁的交流与深厚的信任,为双方的合作奠定了坚实的基础。契机发生在 2016 年。为稳定股权结构,当年的 11 月,格拉默的并购代表主动找到继峰股份,询问是否愿意做他们的战略股东。王义平回忆说,这意味着继峰股份以"白衣骑士"的身份进入格拉默。

2017 年 2 月,格拉默与继峰股份签署谅解备忘录,寻求在业务和资本层面进行合作。

从 2017 年 11 月到次年 2 月这四个月时间里,王义平反复权衡。他深知这不仅是一场充满未知的冒险,更是继峰股份发展历程中一个具有里程碑意义的重大事件。

当时的继峰股份可谓春风得意,公开财务数据显示,受益于国内乘用车市场的快速发展,自 2011 年起,继峰股份主营业务一直保持着高增长态势,公司营收从 2011 年的 4.7 亿元增长至 2016 年的 14.65 亿元,年均复合增长率 25.5%;同期净利润也从 1.4 亿元增长至 2.5 亿元,年均复合增长率为 12.3%。根据券商研报测算,2016 年国内座椅头枕市场规模约为40.81亿元,继峰股份产品的市场份额为18%;国内座椅扶手市场规模约为52.47亿元,继峰股份产品市场份额为9%左右,公司在行业竞争中居于领先地位。

加入格拉默的收购行动,对继峰股份而言,是充满挑战的。格拉默较低的盈利能力和整合过程中产生的额外费用等多重因素,会让继峰股份的盈利能力受到一定程度的压制。这是王义平必须审慎考虑的问题。

然而,王义平同样清楚地认识到,经过多年的深耕细作,继峰股份已经在国内市场上取得了领先地位,市场占有率位居国内第一。在这种看似安逸的局面下,他始终保持着警惕,思考着继峰股份在国内市场达到顶峰后的发展之路。他迫切需要一次质的飞跃,一次能够推动企业实现跨越式发展的迭代升级。而格拉默,正为他提供了这样一个难得的机遇。格拉默作为德国汽车内饰及座椅重要供应商,具备先进的生产制造能力、成熟规范的管理系统,拥有强大的产品研发能力和科研储备力量,在多个细分领域处于行业龙头地位。

特别是,格拉默商用车座椅、中控均处全球龙头地位,继峰股份有望借此直接进入这两个领域,实现从座椅部件供应商到价值量更高的商用车座椅总成供应商,再到座舱系统集成商和供应商的蝶变。此外,收购格拉默有助于继峰股份快速实现国际化。继峰股份仅在德国和捷克设立了公司,而格拉默在全球20个国家建立了32个控股子公司,全球化经验丰富,业务覆盖范围广泛。2016年、2017年及2018年上半年,格拉默分别实现营收约134.41亿元、141.71亿元及73.59亿元,对应实现净利3.56亿元、2.54亿元及1.98亿元。通过控制格拉默,继峰股份可以快速将自身业务拓展至海外,具有显著的战略意义。

在跨国收购案中,当地政府的支持至关重要,尤其在德国这样的西方发达国家,对于在制造业中引入外资,政府显得异常谨慎。

许多最终折戟商海的案例往往源于"水土不服",但这次显得有点"意外"。或许是对"野蛮人"的高度反感,据外媒《Der Neue Tag》消息,外界认为 NH 不是普通的投资者,其曾在 2016 年与大众有过纷争,导致大众停工一个月之久,造成巨大损失。因此,当继峰股份加入时,当地给予了积极的评价。《南德意志报》曾报道,与以往中资收购德企引起怀疑甚至反感不同,中国宁波继峰意欲收购德国巴州汽车配件商格拉默一事忽然受到欢迎,目前双方已签署了相关投资协议。对于被中国企业收购一事,德方没有员工示威抗议,没有客户威胁要撤销订单,没有人请求政府伸出援手。与此相反,宁波继峰汽车零部件股份有限公司愿意收购大好几倍的格拉默一事受到普遍欢迎。

自此,似乎天时地利人和都站在了继峰股份这一边,而王义平需要做的就是下好这盘棋。自此,一个教科书般的经典商业并购案例诞生了。

教科书般的"三招"抵御"野蛮人"

出手之前,王义平进行了详细的对比分析。

继峰股份的营收规模虽然小于格拉默,但盈利却与格拉默相差不大。2017 年,继峰股份实现净利润约 3 亿元,而格拉默实现净利润仅为 3.5 亿元。从市值看,2017 年初,继峰股份市值在 70 亿元左右,并且股权高度集中,继峰股份控股股东为继弘投资,其实际控制人为王义平、邬碧峰、王继民三人(其中王义平与邬碧峰为夫妻关系,王继民为王义平、邬碧峰夫妇之子,以下将其简称为"王氏家族"),持有 72.85% 的股权,持股市值约合 51 亿元。格拉默此时的市值仅 40 亿元左右,并且其股权高度分散,最大股东 NH 持有其 20.22% 股份(233.42 万股),持股市值仅 8 亿元;其余大股东合计持有其 13.23% 股份,最后为库存股和其他小股东持股。

这也就意味着,王氏家族可以通过质押继峰股份融资、引入合作投资机构以及银行融资等手段,完成对格拉默的收购和控制。一场抵御"野蛮人"入侵的战斗即将展开。

NH 家族拥有并购多家企业的经验,王义平与格拉默管理层采取了这三招来应对。

第一招是认购强制性可转债。王义平的妻子邬碧峰通过名下公司 Wing Sing International Co.,Ltd 在德国设立子公司 JAP Capital Holding GmbH（以下简称"JAP"）,后者于 2017 年 2 月认购了格拉默发行的 6000 万欧元强制性可转债。这部分可转债转股数为 1062447 股（折合每股 56.6 欧元,与格拉默当时的市价相当）,转股后持有格拉默 8.43% 股份。

可转债全称"可转换债券",是指在将来的某一个时间,投资者在满足特定的条件后,可按照之前协定的转股价转换为公司普通股股票的债券。它由上市公司发行,具有以下优点:发行附加了抵押物,风险更小,票面利率也更低;定向可转债与其他融资方式相比发行手续更简单,审批速度更快,对于发行人的资质要求更宽松,手续费也相应更少,融资成本更低。这也就意味着,格拉默通过这样的方式,让 JAP 以较低成本获得了一部分股权。

这一步来自格拉默与继峰股份的"默契配合"。其一,2014 年 5 月,格拉默的董事会获得股东大会授权,在 2019 年 5 月 27 日前,有权向外部投资机构发行 577 万股股票,或者相当于 577 万股的可转债、有选择权的债券等,以满足格拉默的应急资本需求。格拉默的现有股东不享有优先购买权。JAP 认购的可转债额度"恰好"在其授权额度之内,使得格拉默此次发行可转债无须获得股东大会同意,"完美"规避了第一大股东 NH 家族的干扰。其二,2017 年 5 月,JAP 实施转股。转股前,格拉默总股本 1154.45 万股,转股后股本增至 1260.71 万股,JAP 持有其 8.43% 的股权。与此同时,NH 持股比例由 20.22% 下降至 18.52%。其三,格拉默董事会手中还握有约 470 万股的股票发行额度。这让持有格拉默 233 万股的 NH 家族需要再三斟酌自己的下一步行动,如果其再继续增持,格拉默的董事会则可通过发行新的股份或债券继续摊薄其股比,双方将陷入一场"消耗战"。

第二招是二级市场增持股份。为进一步扩大自己的优势,JAP在认购格拉默强制性可转债前后,还在二级市场不断增持格拉默股权。2017年5月,JAP收购了格拉默6.64%股份,这样加上可转债转股后,其合计持有格拉默15.07%的股权;2017年7月,JAP继续增持格拉默股权至20.01%,超过NH家族,成为格拉默第一大股东;2017年10月,JAP进一步增加持股至25.56%。至此,JAP合计持有格拉默322余万股股份,其中通过二级市场累计增持约216万股,可转债转股约106万股。

第三招是要约收购。成为第一大股东后,王氏家族的总攻开始了。2018年5月29日,王氏家族向格拉默发起了要约收购,提出以每股60欧元的价格收购格拉默50%股份(格拉默总股本为1260.71万股,50%股份约630.4万股)加1股,意图获得绝对控股权。至此,这场从2016年开始,长达两年半的格拉默股权之争进入最后阶段。此时,JAP已经持有322.3万股,王氏家族要实现要约目标,还需从市场上收购308.1万股。

自此决战开始。

经典的融资"金字塔"构筑坚实防御体系

面对最后的决战,NH家族显然不会坐以待毙,于是发起了反击,对王氏家族的交易提出三点质疑:

一、交易价格低估。NH家族认为格拉默的股价至少在85欧元/股以上。

二、交易不透明且不确定性较大。王氏家族提出的收购方案缺失"重要信息",包括缺少谁将获得格拉默的技术、交易,是否具有中国政府背景等。

三、完成交易的确定性不高,营收仅有2.5亿欧元的小规模公司是否有能力完成此次大规模交易令人担忧。

面对质疑，王氏家族予以回应：对于要约价格，他们明确表示这是最终报价，没有进一步提高的可能性，从而打消市场幻想；对于交易背景及目的也做了进一步的说明，表示此次收购完全是股东个人行为，中国政府没有施加任何影响。

至于资金能力这一关键问题，王氏家族则做出了更加详细的说明和安排，让格拉默的股东吃下"定心丸"。简单来说，继峰控股股东继弘投资旗下的继涵投资与其他投资者共同设立了一个跨国收购平台——继烨投资，通过其境外子公司继烨（德国）发起对格拉默的要约收购。要约收购期间，继峰股份的实际控制人与投资者保持了紧密的沟通，并将要约收购的目标股份，由50%下调至36%。截至2018年8月23日要约期满，共有739.6万股格拉默股份接受了要约，加上JAP转让的股份，继烨（德国）持有格拉默84.23%股份，要约收购取得成功。为此，继烨（德国）付出了6.37亿欧元的对价。

尽管王氏家族只需额外收购308.1万股就可完成目标，但根据要约收购规则，他们须按收购格拉默1260.71万股总股本准备资金，合计约7.56亿欧元。由于JAP已持有格拉默322.3万股且格拉默33万股库存股明确不参与要约收购，王氏家族仅需就剩余的905.41万股，准备增量收购资金5.43亿欧元，加上0.37亿欧元的交易费用，总计需要准备增量收购资金5.8亿欧元。

但是，当时的继峰股份市值不到70亿元（按当时汇率估算约等于9亿欧元），账面货币资金不足4.5亿元（约等于6000万欧元），那么，继峰股份是如何实现收购的呢？并购基金在其中发挥了关键作用。

跨境并购中，并购基金往往不可少。它们不仅可以为上市公司承担跨境谈判风险，提前锁定标的，还能引入外部投资者，降低上市公司资金压力。此外，并购基金还可以成为上市公司境内发行股份购买资产的标的，从而实现跨境资金方案的闭环。

在要约收购前，继峰股份通过子公司 JAP（德国）认购强制性可转债及二级市场增持的方式，共取得了格拉默 25.56% 的股权。但由于直接在上市公司层面或之前的收购主体 JAP（德国）层面搭建并购基金对财务投资者存在较多限制，继峰股份决定重新搭建并购基金结构，成立了新的收购实体——继烨（德国），并将 JAP（德国）持有的 25.56% 格拉默股权转让给继烨（德国）。

新搭建的并购基金有三层融资主体：继涵投资（有限合伙）、宁波继烨有限公司和继烨（卢森堡）（有限公司）。该结构结合采取股权和债权两种融资方式，为交易提供了灵活的资金安排。

在完成要约收购后，继峰股份实际控制人立即启动了将格拉默的股权注入继峰股份的工作。方案几经变化，从传统的发行股份购买资产方式，逐渐调整至发行股份、发行定向可转债相结合的方式。

在此过程中，格拉默股价大幅下跌至 37 欧元/股，远低于 60 欧元/股的要约价。这使得格拉默估值是否合理成为影响收购能否实现闭环的关键因素。面对这一情况，继峰从格拉默实际价值、历史股价表现等方面"据理力争"，对收购的行业意义、收购对企业的长远影响进行解释和说明。

同时，继峰实际控制人也主动将格拉默的股权估值从 39.56 亿元调至 37.54 亿元，下调 2.02 亿元，但也设立了对赌协议。根据协议，如果格拉默能在未来完成设定的盈利目标，继峰需向其补偿下调的估值。

值得关注的是，继峰股份实际控制人并未对格拉默的未来业绩作出承诺，这与当前市场的规则有所不同。或许，产业并购和协同是监管部门顺利放行的主要原因。从以"白衣骑士"身份介入格拉默股权争夺战，到拿下控制权并将其注入上市公司，继峰股份仅仅用了两年半的时间，整个过程一气呵成，体现出较高的交易管理能力。

2019 年 12 月 25 日，继峰股份宣布完成并购配套融资。继峰股份原计划以非公开发行股票和发行定向可转债的方式募资 7.98 亿元，但最终的结果是，非公开发行股份募资额为0元，定向可转债的募资额为7.182亿元。这两个金融产品，孰冷孰热，一目了然。

互促互进的哲学

在任何并购中，协同性都是第一要义，如果不能实现业务协同，1+1＞2就无从谈起。继峰股份之所以成功并购格拉默，除自身实力受认可之外，也得益于其在危急时刻以"白衣骑士"身份挺身而出。否则，寻常情况下入主格拉默的成本肯定远高于此。

因此，继峰股份的海外并购过程就是一个互促互进的过程：并购前有明确的战略定位，并据此选择合适的并购对象；并购中做好充分的准备工作，运用恰当的谈判技巧；并购后实施有效的整合措施，以发挥并购协同效应。

一是机遇捕获能力。

随着汽车工业的发展，汽车智能化将逐渐成为主流，而汽车座椅也将实现迭代，尤其在中高端市场，具有高端座椅品牌的生产商将会出现"赢家通吃"的局面。继峰股份敏锐发现了市场变化，同时也清晰地认识到自身在技术、市场渠道和品牌管理上的短板，意识到单靠自身难以在短时间内实现品牌跨越。因此，在格拉默抛来橄榄枝时，继峰审时度势，分析双方诉求，根据企业战略定位果断决策，体现了对市场机遇的动态捕捉能力。

二是高超管理能力。

跨国并购是一项复杂艰巨的任务，尤其是在面对"野蛮人"的冲击时，更要进行充分准备。继峰股份的此次跨国并购充分借助专业力量，据此反击对手，逐步实现并购的成功。首先是准备人才资源。继峰股份聘请了国内外专业团队，深入研究国外法律法规，搜集并掌握竞争对手情报，同时配置了熟悉资本运作的人才，保障并购顺利实施。其次是运营并购进度。从2017年2月开始，到2018年8月全面完成收购，王氏家族花了1年半的时间，所耗费的时间远多于当前众多所谓的闪电式跨境并购。在具体操作中，并购策略并没有采取步步紧逼的方式，而是根据外部情况和资金状况进行合理安排，避免了格拉默股价的强烈波动；延长要约期给对手充分的沟通讨论时间，最终也促使NH家族让出了部分股权。最后是寻求当地支持。国际并购，涉及政治、经济、文化、法律等多方面问题，仅仅依靠企业自身的力量是远远不够的，往往需要借助政府和社会中介的力量，争取最大的政策扶持。在此次并购中，德国政府对于"野蛮人"的恶意收购持坚决反对态度，因此对于继峰股份的应邀援助予以支持，格拉默员工也都欢迎这家企业的加入，这也为继峰股份实现平稳并购提供了很好的环境。

三是资金结构运用能力。

继峰股份在并购中所使用的资金来源包括自有资金、银行贷款和股权融资这三种。在并购设计上，选用了"认购强制可转换债权＋二级市场增持＋要约收购"。对此，王氏家族显然进行了充分的谋划和准备，没有直接要约收购，而是先认购可转债、二级市场增持，再进行要约。其中最为精彩的莫过于JAP认购了格拉默的可转债，并以此成为第一大股东，为自己在后续的决战中占据主动地位，奠定胜局基础。

2019年的资本市场，既有着烦闷、忧虑和焦躁，也孕育着希望、新生和梦想，既有着负重前行，更有着顽强生长。这些充满矛盾交织的情绪和行为，实质上是经济转型、企业发展模式转变之下的阵痛。

就像当时专家们所说，摒弃经济将会永远线性繁荣增长的思维，认识并适应经济的波动和周期，同时要把经济的波动、周期和趋势与企业的发展路径、模式选择真正有机融合起来，成为企业的共识。

落实到企业，继峰的选择是既不故步自封、妄自菲薄，也不好高骛远、不切实际。平衡、成本、风控成为企业并购重组最核心的考量因素，通俗来说，是企业对市场更多了一点敬畏，对交易更多下了一点"笨"功夫。

我们可以看到，新常态下，虽然普遍性的增长没有了，但依然有不少依靠新质生产力、依靠创造价值发展壮大的企业。因此，如果我们跳出当前，跨出周期，以更长远的时间维度来看待这一问题，就会发现，其实风险与机遇，困局和突破，从来都是相伴而来。就像继峰一样，我们需要做的，只是勤奋、努力、充满智慧地把好的、有利的一面做到极致，把握住变化带给我们的机会。

继峰股份大事记

1996年　宁波继峰的前身——岱山继峰汽车内饰件厂在浙江舟山成立。

1998年　更名为"舟山继峰汽车内饰件有限公司"。

2001年　搬迁至宁波北仑科技园区普陀山路45号，并更名为"宁波继峰汽车内饰件有限公司"，厂区占地面积15亩。

2005年　第一个高端复杂的项目（SGM980项目）——凯迪拉克头枕、扶手项目启动；通过克莱斯勒头枕支杆产品，实现首次出口。

2007年　成为奥迪供应商，奥迪B8头枕、侧翼总成项目启动；搬迁至宁波北仑江南出口加工区纬十路69号，更名为宁波继峰汽车零部件有限公司，厂区占地面积25亩；年销售总额突破1亿元。

2008年　成为一汽-大众一级定点供应商。

2009年　年销售总额首次突破2亿元人民币。

2010年　在长春设立了第一家子公司（长春继峰汽车零部件有限公司成立，2008年筹建）；获得宝马3系头枕总成开发项目；成为一汽-大众A级供应商。

2011年　实验室通过国家认可委ISO 17025国家实验室认可；首次

被认定为国家高新技术企业。

2013 年　获得北仑区"区长质量奖";研发中心荣获"浙江省省级研究开发中心""省级高新技术企业研究开发中心"荣誉称号。

2014 年　在德国设立了第一家海外机构;与一汽－大众同步研发睡眠头枕,并实现量产,该项目成为公司当年销售额过亿的最大项目;搬迁至宁波北仑大碶瓔珞河路 17 号,厂区占地面积 125 亩;年销售总额突破 10 亿元。

2015 年　在上海证券交易所挂牌上市;荣获"浙江省技术创新能力百强企业"荣誉称号;在捷克设立工厂。

2016 年　技术团队荣获"宁波市企业技术创新团队"荣誉称号;荣获"国家知识产权优势企业"荣誉称号。

2017 年　研发中心荣获"浙江省省级企业技术中心""浙江省省级工业设计中心"荣誉称号。

2017 年　荣获"浙江省企业研究院"荣誉称号;宁波继峰的全资子公司美国继峰成立。

2018 年　产品荣获"浙江名牌产品"荣誉称号;荣获"2018 年度浙江省高新技术企业创新能力百强"荣誉称号。

2019 年　收购德国百年汽车内饰巨头格拉默。

2020 年　日本继峰成立;营收首次突破 180 亿销售收入;入榜 2020《财富》中国 500 强,中国汽车工业零部件三十强(由中国汽车工业协会、中国机械工业联合会联合发布);荣获"国家制造业单项冠军产品"荣誉称号。

2021 年　成立浙江省博士后工作站。

2022 年　入选中国民营制造业 500 强。

2023 年　获评国际级绿色工厂、无废工厂。

2024 年　位列中国汽车供应链百强第 22 位。

八、
巩固提升先进制造业

北仑模具产业：农民创世纪

> 十年饮冰，难凉热血。
>
> ——〔清〕梁启超《饮冰室文集》

也许很多人想不到，一些剧烈的变化竟然是在不到20年的时间内发生的：20世纪90年代，中国的制造业体系在国际上被认为是不完善的，缺乏核心竞争力的。然而，在20年之后，中国却被国际社会视作最主要的竞争对手，被认为是拥有前沿技术能力的挑战者。

这样的变化，在被称为"工业之母"的模具行业中体现得更为明显。现在走进宁波北仑的很多模具企业，几乎已经看不到外国专家的身影，而在10年前，这些来自发达国家的专家还是企业们的"座上宾"。问起缘由，基本是一个原因：因为中国的模具技术已经领先世界，接下来的路得靠自己走了。

北仑的模具产业集群发展，曾经被人认为是"引进 — 吸收 — 再消化"的简单模仿再创新过程。但实际上，情况恰恰相反，这些企业都以产品和关键技术开发为主导战略，其制造能力也是在这样的成长过程中逐步构建起来的。这些从农村走出来的人，经历各种艰难，但创业激情未减，要做出更好的产品的动力未减。他们在广袤的中国大地上后发起步，在艰苦奋斗中以各自的方式写出了自主创新的激情故事。

摸着石头过河：去成为新领域的探路者

北仑的模具产业从一个小山村起步，在当时国内的工业版图中更是处于边缘地带。很多创始人因条件艰苦，从谋生存、寻出路开始，因此在早期阶段企业几乎没有资源。但即使是这样，他们仍然全力以赴地挑战人力物力的约束，来为可能的技术突破铺平道路。换句话说，北仑模具产业能达到世界级水平，企业的成功从来就不是自动自然自发的升级过程，而是在组织动员和绝不妥协的战略意图下实现的。

11年前的宁波旭升集团股份有限公司，年销售额不到1亿元，在北仑模具企业里，是一个默默无闻的"小弟"。而这些年，它的发展堪称火箭速度：2021年营收超30亿元，2022年达44.5亿元，营业利润较上年增长68.05%，预计2026年营收可超过100亿元，年复合增长率超30%。

高速发展的关键点，就出现在11年前，但是故事要从更早的2012年说起。当时，旭升的创始人徐旭东正经历创业的阵痛期，前期的挫折让他变得小心翼翼。为了找到自己的发展方向，他花了一年的时间在全世界考察项目，但迟迟没下决心去做。在他看来，这次选择的方向一定要是长远可持续的。

直到他遇上了特斯拉，这一局面才发生了改变。

在全世界考察中，徐旭东结识了一位开办美国贸易公司的印度裔老板，通过对方的牵线搭桥，开始为终端客户特斯拉做配套。

第一阶段的间接合作比较顺利。2014年，徐旭东去美国出差时，听说特斯拉加拿大供应商的一款大扭臂产品出现质量问题，面临停线风险。得知这款产品当时的成本高达700美金一个，他知道机会又来了，赶紧联系对方，开出的条件也极具竞争力：只需10天时间，报价仅为原来的十分之一。

对方觉得难以置信。徐旭东马上和国内的同事远程沟通，团队没日没夜忙了9天。就在他踏上回国飞机的同时，样品也发往了美国。

因为这一次的出色表现,旭升与特斯拉的合作全面升级。2014年底,徐旭东作为特斯拉全球主力供应商代表之一,前往美国加州参加供应商大会。

然而,要从单纯的供应商迭代为解决方案提供商,还需要一个契机。

这个机会出现在特斯拉全套动力系统项目竞标的时候。那天,徐旭东遇到了一家著名的世界500强企业。这家企业在资本和人才方面都是行业领先,仅仅竞标那天,就有30多人的团队到场。

对方准备充分,徐旭东的输,也在意料之中。但很快机会又来了。2015年初,因动力系统产品质量问题,特斯拉可能面临停线风险和巨额空运费用,不得不重新寻找供应商。得知消息,徐旭东立刻动身前往美国。

白天,徐旭东和特斯拉的团队沟通谈判,晚上就通过视频会议和国内同事、合作伙伴沟通白天遇到的问题,搜集大量的信息与技术资料回答特斯拉提出的问题,从各个方面去证明旭升承接这个工程的能力。

这个时候的旭升集团,不再是一个按图施工的普通模具企业,他们用自己多年的经验,以解决方案提供商的角色去赢得客户的信赖。

总算功夫不负有心人,年产值一个多亿的旭升成功拿下这个当时价值三个多亿的订单,迈出了关键的第一步。

但徐旭东深知,真正的胜利还要看实际交付结果。

自主创新企业区别于一般企业的一个显著特征是,它们的创始人和核心成员在早期阶段就具有非常坚定的战略意图,即通过产品开发和技术创新来创造企业价值。在北仑模具企业集群里,几乎所有的企业都是边学边做,没有一家是在积累了高水平的制造经验之后才开始培养技术能力的。

从美国回来后,徐旭东紧锣密鼓地谋划项目实施的各项准备工作。在无数个日夜里,徐旭东既要组织现有力量进行研发,还要飞奔全国招揽人才,高强度的工作让他累瘦了一圈,也老了不少。但正是在这背水一战的高压下,徐旭东硬是闯出了一条新路。

此后，以特斯拉为代表的新能源汽车领域，逐渐进入大众视野，作为领路人的旭升集团，也成为很多企业学习的标杆。如今，新能源汽车压铸模具开发已经成为北仑模具产业的支柱性业务。而在传统模式创新上，也有一批企业家在为产业发展探路。

姚贤君就是其中之一。

2020年的宁波君灵模具技术有限公司，其实正承受疫情和转型的双重压力，企业处于转型拐点，业绩处于低谷。跳出"舒适圈"，主动拥抱阵痛，这来源于姚贤君心中的那份信念：要为行业创造价值。

那时的他正做着一件让很多人不理解的事，探索一种全新压铸模具产业经营模式：全国首个多品种小批量一站式全工艺链开发。

虽然名字很长，但概念简单明了，这就是个要"从骨头里吃出营养来"的事。

传统压铸件在量产前，需要经历客户协同设计、首板制造模具开发、小批量试样等环节。以往，这些流程都由零件供应商或主机厂负责。但由于市场变化莫测，终端需求不定，10个小批量开发件最终真正投入量产的可能不到4个，其余处于待定或被放弃状态，导致高昂的开发成本。

因此，这些前道开发都属于投入支出，而君灵切入的就是这块领域，承包客户量产前的全链开发，以高效的管理和成本管控将其转变为盈利模式，同时显著降低客户的开发成本并缩短周期。

这是一个摸着石头过河的故事，也是一场从0到1的探索。北仑模具产业多年来一直围绕产品进行迭代，从摩托车一般汽配件、民用发动机外壳件、汽车发动机核心部件逐步发展为大型结构件。如今，北仑已经成为全国最大的压铸件模具开发集聚地。而姚贤君所做的，则是产业经营模式的迭代，走出了一条区别于模具企业、零部件压铸企业等同行的竞争路线。

也就是说，企业从需要客户，转变为被客户需要。

但这条路并不好走。

从 2020 年项目实施以来,姚贤君转移工作重心,开始重塑工艺。整个团队创新点从单一模具开发变为链式布局,解决了几何层级递增的众多复合管理难题和层出不穷的协同耦合技术问题。同时,在新业务未见起色、原有业务主动舍弃的情况下,他还要与管理层达成共识,共渡难关。

走这条不确定的路线,需要一种信念,这也是企业家冲云破雾的关键。"从前赚钱赚口碑,现在则为行业探新路。"姚贤君坦言。

君灵把产业工人队伍转变为工程师团队,专注于设计研发,凭借强大的设计研发能力,带动其周边配套 17 家小微企业实现年均 70% 产值增长。

君灵自己也突破了模具制造难破 1 亿元的瓶颈,从 2024 年开始,预计未来三年还将保持 50% 的复合增长率。

在融入全球化的这轮转变中,像旭升、君灵这样的企业及其领导者艰难地动员资源,从别人做不了或者不能做的市场做起。这些企业凭借为客户提供定制化解决方案的实力,逐步嵌入到客户的生产体系中,实现了与客户的深度捆绑。这种同步设计的能力成为它们的竞争护城河,企业也在不知不觉中建起了一套依托内部工程师团队来主导技术学习过程的组织系统。

通过开放性地吸取国内外的人力资源与技术资源,北仑模具企业不仅构建起了自己的产品平台,更重要的是形成了一套为客户提供解决方案的技术学习体系,这使得它们能够通过持续的产品开发和技术进步对国外先进同行发起挑战,并最终攫取了重要的市场份额。

跳起摘桃子:轻量化是一次弯道超车的机会

2014 年,宁波臻至模具有限公司总经理张群峰接触到一个新词:汽车轻量化。这一概念最先起源于赛车运动。在赛车中,减轻车辆重量能够带来诸多优势,如更好的操控性、更高的加速度和更短的制动距离。随着节能环保成为全球关注的焦点,轻量化也从赛车领域广泛应用到普通汽车制造中。

在实现途径上,汽车制造商主要通过使用重量轻、强度高的材料,在车身、底盘、动力系统等重量方面下功夫,对汽车进行减重。

具体到模具产业,这一趋势催生了两个颠覆性的创新:大型模具的诞生和镁合金材料模具的研发。

在全国模具产业中,由于模具开发难度高、周期长,许多企业常常遇到发展"瓶颈"。因此,多数企业选择走"模具+产品"的路线,产品呈现系列化、多元化特色,企业集聚效应明显。但臻至是少有的只研发模具的龙头企业。

这缘于张群峰的一次挫折。2014年,一家知名汽车公司的负责人来园区考察,准备寻找合作伙伴。张群峰可谓信心满满,他的企业在当时的行业内也是小有名气,人才和设备都能满足对方要求。

但这个订单最终没有落到臻至。

客户给出的理由是:他们需要的是汽车轻量化方向的合作伙伴。

在汽车结构化创新上,轻量化意味着让原先的各类零配件实现集成化;在模具结构设计上,则需要开发更大更精密的模具来实现集成后的零部件一体成型。

这样的改变不仅是革命性的,也充满了机遇与挑战。更大的研发投入、更难的技术要求、更强的人员配备,这些都让不少模具企业望而却步。但张群峰在这其中看到了未来。

于是,他建起了精加工恒温车间,引进了精密五轴、卧式四轴和三轴高速铣,购置的模流分析系统、编程软件及制图造型软件都是国际上最新的。

张群峰就像一位武学大师,开始心无旁骛地专注大型模具开发这一件事。

机遇也就这么来了。2019年底,臻至拿到一份模具订单,要求生产一件重达80吨的车身结构件。这家车企经过严格比选后,将订单分给了两家公司:臻至和北仑另一家模具企业各自负责一半。

即使是一半的订单,对于之前只做过50吨模具的张群峰来说,依然是个巨大的挑战。但他深知,这条路就是一个不断突破自我的过程。于是,他带领团队夜以继日地工作,经过40余天的技术攻关,进行了前后3次浇排试验和3次热平衡试验,终于完成产品设计。

设计只是第一关,生产环节的制造和组装面临的技术难题更多。单一个开孔,就令团队绞尽脑汁。为了浇铸金属液体,模具上要开孔,而臻至之前没打过如此大尺寸的孔,打孔的刀具需要重新设计,孔的尺寸精度、材料硬度、表面光滑度都有新要求。为保证一次成功,公司专门花费几十万元买来同等材质的构件,经过上百次打孔模拟实验,最终圆满完成40余个打孔任务,如期交付产品。

很难想象,在数十个日夜里,张群峰和研发团队顶着巨大压力,心无旁骛地去勇闯"无人区"。他们不是在技术成熟后再去接订单,而是在预估自己能力后去"跳起摘桃子",这期间不确定性的压力一直萦绕在张群峰心中,也正是一定要掌握一流技术的信念支撑他一路走来。

现如今,臻至已经能研发出重达250吨的压铸模具,它与宁波赛维达技术股份有限公司成为全国有能力生产超大型压铸模具的3家企业中的2家。

汽车轻量化的另外一条路是材料的创新。邱卓雄进入新能源汽车领域,走的就是这条路。

说起宁波星源卓镁技术股份有限公司(以下简称"星源卓镁"),很多宁波人并不陌生,这个名字在汽车轻量化行业宛如一颗璀璨的明星,光芒四射。

卓镁,顾名思义,"镁"是它的主业,是企业经营的核心;"卓"是董事长兼总经理邱卓雄的名字,也是他的目标。他希望,星源卓镁能够成为行业

八、巩固提升先进制造业 | 241

中的佼佼者,成为镁合金这个细分领域的隐形冠军,做到"卓尔不凡"。

2003年,星源卓镁成立,成立之初主要从事汽车压铸模具研发、生产和销售业务。2006年起,公司开始向下游铝合金压铸领域延伸。2009年,公司将研究方向转向镁合金产品生产和研发。

但最初,邱卓雄进入这个领域只是机缘巧合。一次,他在嘉兴平湖一家做出口园林工具的客户那里看到一个齿轮箱。他发现,这个用镁合金制造的箱子分量至少比常见的轻了三分之一,但硬度倒不差,这让他感觉很新奇。

在当时,模具材质主要采用铝合金,并已形成了成熟的生产体系,但邱卓雄也越来越感觉到同行竞争的激烈和残酷性,因此他开始琢磨如何转型。

这一琢磨,邱卓雄发现镁合金很有优势。

第一是质量轻。镁合金的密度相对较低,只有约 1.8 kg/m^3,这使得它在减轻结构重量方面非常有用。相比铝的密度(2.7 kg/m^3)和钢的密度(约 7.9 kg/m^3),镁合金的轻量化效果显著。这一特性在汽车行业尤其重要,因为减轻车重可以提高燃油效率和续航里程。

第二是强度和刚度。尽管质量轻,镁合金却具有较高的强度和刚度。其比强度(强度与质量之比)高于铝合金和钢,而比刚度与之相当。这意味着镁合金能够在保持足够强度的同时减轻结构重量。

第三是抗震和减振性能。镁合金具有优异的抗震和减振性能。它在受冲击载荷时能吸收更多的能量,减振量大于铝合金和铸铁。这使得镁合金特别适合用于制造需要承受冲击力的零件(如车轮)以及需要减少振动和噪音的设备。

第四是加工性能。镁合金具有易于加工和成型的特点。它可以采用较高的切削速度和廉价的切削刀具进行加工,而且不需要磨削和抛光,就能得到光洁的表面。此外,镁合金的回收利用也较为方便,因为它的熔点相对较低,回收利用所消耗的能源也相对较少。

第五是环保和资源丰富。镁合金是一种环保材料,因为它可以实现全回收且无污染。中国作为镁资源大国,拥有丰富的菱镁矿、白云石矿和盐湖镁资源,为中国的原镁工业及"下游"产业的蓬勃发展提供了物质保证。

但同时,它也是危险的。作为活性金属,镁元素与氧元素具有极大的亲和力,因此在高温下很容易与空气中的氧气发生反应,导致其易燃性。这种性质在一定程度上限制了镁合金的应用范围。

所以,邱卓雄的内心陷入了矛盾:自己创业这么多年,把企业经营得顺风顺水,要不要主动转型?冒着这么大的风险,值不值得呢?

有时候,企业的转型发展并不是缓慢发生的过程。企业的文化根植于企业家的精神中,安于现状还是主动寻变,决定着企业未来10年乃至更长时间的发展。

邱卓雄思考再三,决定走上一条荆棘满地但未来可期的路。2009年,他购买了北仑区第一台镁合金熔化炉,正式踏入一个全新的领域。

从新的熔化炉买进来的那天起,首先要解决的是安全问题,也就是摸索打造出一套安全生产体系。镁熔化后容易产生漏液,一不小心就会引发火灾。于是车间发生再小的火情,团队也要连夜开会讨论,一个一个细节地抠。

经历了日日提心吊胆、如履薄冰的痛苦之后,邱卓雄和他的团队渐渐摸索出了一套完善的防火安全设备,随着工艺不断优化,事故发生概率逐渐降低为零。

夯实了基础,邱卓雄这才敢试着接订单。

由此,星源卓镁进入汽车领域。从2015年开始,企业研发并量产了多品类产品,如汽车车灯散热支架、汽车座椅扶手结构件、电动自行车功能件与结构件等,成功应用于特斯拉、克莱斯勒、福特、奥迪等品牌汽车。

不久之后,镁合金被列为战略性新材料。邱卓雄很庆幸,自己早早布局,并竖起了"护城河"。

不过十年的工夫，星源已形成完整的镁合金精密压铸件研发生产技术体系和生产业务链条，这在整个北仑是独一无二的。

很多人羡慕邱卓雄抓住机遇的能力，只是很少有人还记得，他曾天天守在镁合金炉子旁，一个月瘦了好几斤的身影。

为众人抱薪：龙头企业抱团合作制定行业标准

2020年9月22日，对于全国模具产业来说，发生了一件标志性事件。全国模具标准化技术委员会压铸模分技术委员会成立大会在北仑举行，这是在宁波设立的第9家全国专业标准化技术委员会，也是宁波市高端装备业领域首家全国性的技术委员会，更是全国模具标准化技术委员会首个分技术委员会。

拥有了标准意味着拥有话语权，这是市场竞争中的制高点。对于当时拥有1700多家模具相关企业、40000余名从业人员、压铸模具产量约占全国产量60%以上的北仑而言，这无疑是培育新质生产力的一个助推剂。

而为众人抱薪者，是当时北仑区压铸模具行业协会会长陆如辉，以及他身后的一批龙头企业家。

2005年，大碶街道出台政策，正式引导一批模具厂搬入工业园区，标志着北仑压铸模具产业告别手工作坊，进入标准化、流程化、工业化制造时代，从以亲戚为纽带的家族企业进入现代企业管理时代。

2012年，大碶高档模具及汽配产业园正式开建，一批优质模具及汽配企业相继入驻。此时，北仑压铸模具产业园已经成为中国压铸模具产业基地和全国压铸模具标准化示范基地。

但喜悦的背后，作为会长的陆如辉却看到了隐忧，他想的是这个"大家庭"未来的发展：压铸模的标准化还远远没有形成，只有零星一些标准件在中小型压铸模中使用，大型压铸模的标准件使用率非常低。上一版的标准还是21世纪初发布的,早已跟不上压铸模具设计制造技术的飞速发展。

制定更符合当下发展的行业标准,这其实是一件在短期内看不到实效、但利于长期发展的事情。陆如辉和众多当时的龙头企业家一商量,这些从摸索中一路摸爬滚打而来的企业家都深知没有标准的"苦",于是大家都没有把自己的技术"藏"起来,而是决定共同谋划未来。

2015年的时候,北仑的模具产业已经进入快车道。

2016年,浙江省成为国家标准化综合改革唯一试点省,全国模具标准化技术委员会秘书长王冲与浙江省宁波市北仑区压铸模具行业协会负责人签订了压铸模具标准合作意向协议书,"中国模具之乡"北仑也被全国模具标准化技术委员会授予"全国压铸模具标准化示范基地"称号,趁热打铁,一些标准逐渐提上日程。

之后的几年,以陆如辉为代表的企业家们开始了一轮又一轮的走访、调研和培训,互相借鉴学习。在大学教授的指导下,以行业协会的名义,他们形成了总结性材料,并上报全国模具标准化技术委员会。

到2020年6月为止,北仑区模具企业主持修订了国家标准3项,13家压铸模具企业参与了18项次的压铸模具国家标准修订项目,这些标准均由国家标准化管理委员会正式批准发布实施。

在大会上的陆如辉可能会想到,那些日子里,他组织起来的这一群企业家,在经营企业的间隙,白天奔波,晚上讨论,只为这些从乡村里走出来的企业最终能更好地走向世界舞台,同时为未来年轻的企业家们提供一份可借鉴的宝贵资料,让曾经师徒口口相传的"压箱底货"最终成为可在全国发扬光大的先进标准。

这是一个值得被记住的群像

在过去40多年中,中国在资源条件存在明显困难的背景下,抓住了国际政治经济的结构性矛盾所带来的机遇。在20世纪70年代末到80年代，中国抓住了国际局势动荡的有利时机，通过改革开放来执行"市场换技术"战略。到了90年代，中国自主创新企业则是抓住了西方企业走向"去一体化"的机会，大量专业技术型企业开始到未经充分开发的发展中国家寻找市场，中国通过动员国内和国外多种资源发展了起来。

在北仑，模具企业正是抓住了与发达国家工业对接的机会，边学边做，得益于政策性资源倾斜，购置了先进的设备，迅速提高了装备水平和管理规范水平，从而嵌入全球性的供应链中，实现了生产能力的快速扩张。

这个群像发源地是北仑大碶街道青林村。在那里，村里兴办了"塔峙公社农机厂"，从外地邀请模具师傅来教学。尽管当时设备落后、条件艰苦、技术力量薄弱——20多平方米的厂房、一台钻床、一把老虎钳，加上一台砂轮机就是全部家当。但就是在这样的条件下，小山村走出了世界级的产业集群。

这样的群像故事也在全国各地上演。在南方，广东顺德已经成为中国著名的小家电生产地，拥有美的、海信、格兰仕等知名品牌。顺德强大的家电制造能力不仅得益于其强大的工业设计能力，位于顺德的广东工业设计城更是为家电产业的发展提供了有力支持。在北方，河北高阳的毛巾产业有着悠久的历史，可以追溯到明朝初期的土布加工纺织业。经过改革开放后的调整和恢复，高阳逐渐形成以毛巾为主的产业集群，占据了全国三分之一的毛巾市场。

这样一群心中有热血的企业家，他们用自己的双手成就了北仑的一张名片。尽管学历不高，但他们让很多人明白，人才引进、研发投入、高端设备添置等是与国外企业同台竞争的基础；尽管一开始技术不高，但凭借着不服输的劲头，他们逐步赢得了国内外客商的认可，越来越多的客商慕名来北仑区采购模具及制品，为世界著名公司合作配套的企业也不断增多，并逐渐走上大而强的道路。如今，"北仑模具"已成为北仑一张闪亮的名片。

北仑模具产业大事记

20世纪60年代 北仑压铸模具产业在大碶塔峙公社萌发破土。

20世纪70年代末至80年代 私营经济蓬勃发展,北仑区青林村涌现出大批从事模具相关行业的年轻人,建立以村落为据点的手工作坊式工厂,产品销往上海、苏州等地,为当地村民带来可观的经济收益。

1998年 中国模具工业协会理事长、国家机械工业部原副部长杨铿一行8人来北仑考察,走访宁波久腾车灯电器有限公司、宁波北仑辉旺压铸模实业有限公司等模具企业,深入了解北仑模具工业发展情况后,欣然挥笔提名"中国模具之乡——宁波北仑";北仑区模具协会成立,首任会长林克宇,秘书长贺天培,有36家会员单位;北仑与西北工业大学、江西科学院等单位合作,实施人才培训工程,至今已有100余家模具企业的经理参加了培训,并输送了30多名技术人员到高等院校"淬火";全国汽车摩托车压铸模具经济交流会议在北仑山宾馆举行,来自全国各汽车摩托车集团公司的老总及行业专家参会,北仑模具的知名度得到提升;北仑区出台扶持政策,对模具制造企业实行增值税20%的补助,此后13年累计发放财政补贴经费5000万元,促进了企业的科技投入。

2000年 中国模具工业协会技术培训委员会与北仑合作,设立了CAD/CAM/CAE(计算机辅助设计/计算机辅助制造/计算机辅助工程)培训基地,到目前为止,培训中高级技术人员800多名;通过努力,财政部对北仑区15家模具龙头企业分别实行增值税70%、50%返回的优惠政策,此后9年累计发放财政补贴经费4000万元,以推动企业加快技术创新步伐;北仑区政府出台购买加工中心设备贴息的优惠政策,此后3年累计购买加工中心设备94台,发放贴息经费100多万元,从而提高模具制造的精密度。

2001年 北仑模具信息网开通,通过这一载体,展示北仑模具崭新形象,发布行业信息,加强动态联系,开展电子商务,进行网上营销。

2002年　北仑模具企业注册模具行业全国首个集体商标"北仑模具"，在国内外产生了重大影响。

2003年　清华大学艾克斯模具中心、南北人才网与北仑共同推出百名模具行业精英及模具技术问题解决方案；北仑抛出"高薪聘请"这一"撒手锏"，获得了满意的结果——沈阳、哈尔滨等地的高级技术人才在北仑扎下了根；一胜百模具技术（宁波）有限公司落户北仑,总投资400万美元,厂房面积达13145平方米,拥有全球最大型转载能力为7吨的单台热处理真空炉,为汽车大型铝合金结构件的压铸模具配套热处理服务。

2006年　由中国机床总公司和中国轻工业对外经济技术合作公司主办,宁波经开区国宏公司协办的首届北仑国际模具制造设备展销会开幕,吸引了100多家中外参展企业,集中展示具有国际水准的高档加工中心、数控车床、压铸机等设备；2006~2020年间,北仑区模具企业共计29件模具分别获得中国模具工业协会"精模奖"一、二、三等奖。

2012年　大碶高档模具及汽配产业园正式开建,一批优质模具及汽配企业相继入驻。

2018年　大碶高档模具及汽配产业园成为全国压铸模具标准化示范基地。

2019年　在由中国铸造协会组织召开的"第二批中国压铸模具生产企业综合实力20强"专家评审会上,北仑区10家企业入选,占据榜单"半壁江山"。

2020年3月29日　习近平总书记在浙江考察调研。当天下午,他先后来到宁波舟山港穿山港区码头、北仑大碶高档模具及汽配产业园,了解港口和园区企业复工复产情况。

2023年　北仑（大碶）高档模具产业市级专家服务基地入选国家级专家服务基地。

怡人玩具：异乡，也能是心口上的一颗朱砂痣

> 娶了红玫瑰，久了，红的变成了墙上的一抹蚊子血，而白的还是"窗前明月光"。娶了白玫瑰，白的便成了衣服上沾的一粒饭黏子，红的却是心口上的一颗朱砂痣。
>
> ——张爱玲《红玫瑰与白玫瑰》

这是一家纯正的外商独资企业，外企氛围浓厚，员工在工作中互相以英文称呼；但这又是一家很"入乡随俗"的企业，坊间曾经有这么一个传言，宁波怡人玩具有限公司（以下简称"怡人玩具"）董事长彼得·汉斯丹提出了一个申请，想要加入中国共产党，但因为其外籍身份，最终未能如愿。虽然遗憾，但这一举动彰显了他对中国的深厚感情和融入的决心。在彼得的心里，怡人玩具早就像他自己一样，融入了中国。

在北仑这片开放的热土上，外资企业也寻找到适合自己扎根的方式。异乡，也可以成为心中的故乡。

在"春风"中来到中国

怡人玩具的母公司是 Hape 国际控股集团,由创始人彼得·汉斯丹创立。最初彼得只是在自家车库做一些手工玩具到附近的幼儿园售卖,后来生意越做越大,1986 年注册成立了 Hape Kiga Service,就是 Hape 集团的雏形。凭借良好的信誉和过硬的产品质量,企业业务范围逐渐覆盖全欧洲,1993 年 Hape 集团正式在瑞士注册成立。

在彼得创办企业的同时,在大洋彼岸的中国,也正发生着一件大事,这一事件后来成为彼得顺利来到中国投资的关键。

1979 年 1 月 17 日,北京还裹在深冬的瑞雪中。邓小平在暖意融融的人民大会堂福建厅会见了五位不同寻常的客人 —— 胡厥文(原上海机械行业领军人物)、胡子昂(原四川钢铁巨擘)、荣毅仁(原上海纺织世家代表)、周叔弢(原天津水泥巨头)、古耕虞(原四川猪鬃大王)。在这次座谈中,邓小平第一次提出要吸引外资。

这次谈话后不久,1979 年 6 月 27 日,国务院正式批准"中国国际信托投资公司"成立,成为国务院直属的部级国营企业。7 月 8 日,中信公司在北京正式公告天下,主营业务包括接受各地方各部门委托,根据《中外合资经营企业法》和其他法令,引进外国资本和先进技术设备,共同举办合资企业。有趣的是,筹备多时的《中外合资经营企业法》也在同一天正式颁布。这一最初的尝试,现在看来是中国对外开放的第一扇窗口,甚至比开放深圳、珠海等经济特区还早一年。从此,中国开启了引入外资促进发展的经济开放时代。

在这个时期,后来中国人所熟知的时尚大师皮尔·卡丹来到了中国,他喜欢中国的艺术品,更渴望了解中国文化。于是在 1978 年的北京街头,当人们还戴着解放帽、穿着皱巴巴的蓝咔叽布制服和军便装时,在一片蓝、黑、灰、绿的世界里,一名老外,身着肩膀上翘的毛料大衣,挂着围巾,双手插兜，从人群中不羁地穿过。人们自然而然地闪开，对他细细打量，一名穿着厚棉裤、拎着大帆布包的上年纪的中国人摸着鼻尖，表情像是在看外星人。

皮尔·卡丹从1978年至2012年到中国来了近40次。中国给了他灵感和财富，他则把秀场、模特和五彩斑斓的服饰带到中国。

在外商慢慢来到中国的时候，中国自身也在发生着深刻的变化，随着改革开放政策的推进，引进先进技术和理念的需求变得更为迫切。特别是在20世纪末，中国进一步落实了改革开放政策，一系列利好政策吸引了大批外资企业家来中国投资办厂。经过多方考察，彼得最终选择了宁波作为他迈入中国市场的第一步。

为何选择宁波，彼得有着自己的考虑。1995年是实施"八五"计划的最后一年，这一年宁波经济的迅猛发展和外向型经济的强劲势头吸引了彼得·汉斯丹的目光。

据统计，当年宁波全市实现国内生产总值638.5亿元，比上年增长19.7%；外向型经济继续保持良好的发展势头，外贸出口持续增长。全年累计外贸自营进出口额34.79亿美元，比上年增长38.4%。其中出口23.68亿美元，比上年增长35.3%。口岸功能进一步完善。宁波港货物吞吐量跃上新台阶，全港完成货物吞吐量6853万吨，位居我国大陆沿海港口第四位，北仑港首次接卸30万吨特大型矿船"大凤凰"轮，由此跨入全球十个能接卸30万吨级矿船的深水良港行列。宁波口岸全年进出口总额52.15亿美元，比上年增长39%，其中出口总值23.28亿美元，增长38%。更为关键的指标是全年共批准设立外资企业496家，总投资17.49亿美元，合同利用外资11.9亿美元，实际利用外资3.99亿美元，分别比上年增长49%和11%。

而北仑靠近港口，交通便利，利于企业出口。正是在这样的利好环境下，1995年，彼得在中国建立了自己的生产基地：怡人工艺品（宁波）有限

◦ 怡人玩具俯瞰图

公司，总投资1200万元，占地面积近6万平方米。2002年，Hape中国公司宁波怡人玩具有限公司成立。如今，集团已在全球拥有40余家子公司和近2000名员工，产品行销100多个国家和地区。

借"东风"乘势而上

来到中国后，作为一家生产儿童玩具的企业，怡人玩具迫切需要解决的是企业品牌、产品品牌本土化问题，以获得政府和家长的认可，使产品能够走进千家万户。为此，怡人玩具采取了全方位的文化宣传策略。

党的二十大报告指出，必须坚持科技是第一生产力、人才是第一资源、创新是第一动力，深入实施科教兴国战略、人才强国战略、创新驱动发展战略，开辟发展新领域新赛道，不断塑造发展新动能新优势。为补齐课外素质教育和兴趣培养的短板，发挥民间、企业和社区的联动力量，打造全方位的科教学习氛围，2023年，Hape集团在充分了解儿童友好城区的建设进程后，斥资进口了一批德国原装的科普设备，在北仑凤凰城亲子乐园打造了占地面积917平方米的大型科技探索——Hape儿童友好魔数馆。

2003年，时任浙江省委书记的习近平作出了"发挥八个方面的优势"，"推进八个方面的举措"的决策部署，简称"八八战略"，其中包括：进一步发挥浙江的山海资源优势，大力发展海洋经济，推动欠发达地区跨越式发展，努力使海洋经济和欠发达地区的发展成为浙江经济新的增长点。北仑区率先响应，协同嘉兴港区、吴兴区与云和县正式开启了"山海协作"。[1]

地处浙西南的云和县，县域总面积989平方公里，常住人口不到13万，是全省面积最小、人口最少的山区县之一，素有"九山半水半分田"之称。经过几十年的发展，现已成为闻名海内外的中国木制玩具之乡。2003年，云和被授予"中国木制玩具城"称号，全国人大常委会原副委员长费孝通先生亲笔题写"中国木制玩具城"七个大字，成为云和最响亮的金名片。

怡人玩具也注意到了"八八战略"以及北仑区"山海协作"的政策号召，也发现了这个颇具特色的小镇。在经过几次考察后，企业在2014年投资3350万人民币，在丽水云和县投建了丽水怡人工艺品有限公司，注册资本500万美元，占地面积3万平方米。在这里，云和人第一次看到了木制玩具的魅力：材质环保、设计益智，与云和县绿色发展的定位不谋而合。于是在当地政府的大力支持下，产业转型就此开始。2023年11月，第七届童话云和木制玩具节在云和县童话小镇开幕。彼得荣获云和县人民政府颁发的"木玩产业发展50周年特别贡献奖"，并被云和县经济商务局授予"云和木玩全球商贸大使"荣誉称号。

2021年3月26日，中国儿童友好型城区建设交流会暨北仑儿童友好城区启动仪式在宁波市北仑区隆重举行，北仑区荣膺中国第一个儿童友好型城区。怡人玩具受邀成为北仑儿童友好型城区战略合作方，并多次参与

---

[1] 习近平：《干在实处 走在前列——推进浙江新发展的思考与实践》，中共中央党校出版社，2006，第26页。

八、巩固提升先进制造业 | 253

○ 怡人玩具企业展厅

北仑区政府组织的专家智库座谈会以及中国儿童中心主办的中国儿童友好行动研讨会,为儿童友好城市建设建言献策。

而依托Hape集团的品牌优势和国际化的早教资源,早在2012年,Hape就与北仑区政府紧密合作,在美丽的北仑之光地标建筑附近落地建成了Hape体验中心,给北仑当地的小朋友们创建了一个趣味十足、安全环保的优质玩具体验和游乐空间。

除打造儿童友好活动空间外,2022年,结合儿童友好项目的政策需求以及新时期早期教育的特点,Hape进一步完善并推广"玩中学"的教育理念,即将知识传授与技能开发融入游戏、玩教具和教学活动的设计中,激发孩子们的内驱力,让他们在轻松、愉快的自由探索中潜移默化地提升自己。为此,结合时下颇受欢迎的传统文化与国风元素,Hape与北仑区妇女联合会合作开发了融入七巧板功能的儿童友好积木套装,将儿童友好的理念融入实实在在的产品中。

2022年5月，为深入实践"玩中学"的教育理念，在北仑区教育局的积极统筹协调下，Hape集团旗下怡人玩具捐赠总价值逾20万元人民币的幼儿园玩教具给包括北仑区中心幼儿园、新蕾幼儿园、柴桥幼儿园、经开区幼儿园等在内的8所幼儿园，用于创建主题教学区角。在这些教学区角，老师和孩子们在适儿化的基础设施之中，借助高品质的玩教具，开展各种有益身心的课外活动和实践。

从这一系列举措不难发现，怡人玩具虽然是一家外资企业，在一开始并不被中国人所知晓，但通过与当地经济文化发展的紧密联系，品牌形象在一次次社会项目和慈善捐赠中慢慢树立起来。

品牌在地化需要被看见的力量

在大洋两岸有上千个"小海明威"，但留在历史上的只有一个海明威。同样，怡人玩具的发展路径也是无法简单复制的。

研究怡人玩具的价值在于理解其在运用那些"独一无二"的方法时，哪些关键因素支撑了彼得的决定。研究企业，特别是研究外来企业的本土化，必须深入到"当时当地"的重要因素中。这些因素分为两部分，一部分是企业家面临的企业内外部因素，包括政治态势、宏观经济形势、宏观政策。

怡人玩具选择中国并不是一个孤立案例。

1993年是跨国公司在华大规模投资的开始。在市场的吸引和政府的鼓励下，这一年，肯德基第一家特许经营店在西安开业，宝洁一口气在中国建立了4家公司和5家工厂，世界上最大的啤酒公司用1640万元购买了中国最大啤酒公司青岛啤酒5%的股份，诺基亚开始向中国提供GSM移动电话，花旗银行把中国区总部从香港搬到了上海，美国通用汽车公司在中国的第一辆轿车下线了，而德国大众在上海的工厂已经形成了年产10

万辆的能力，日本企业在华投资也急剧增长，批准的项目达到 3414 个，是 1991 年的 3 倍。

大体来看，外商投资企业在中国的发展可以分为三个阶段，即 20 世纪 80 年代至 90 年代初、1992 年至 2002 年，以及 2002 年之后。在怡人玩具进入中国的 90 年代上半期，中国的市场经济日渐成熟，外资也越来越熟悉中国市场，了解中国的规则，发现其不可估量的市场潜力，因此企业的落户也就有了现实的依据。

从统计数据来看，1993 年以后，外商投资在中国出现了一个前所未有的急剧增长高潮。1993 年至 1998 年期间，外资企业的工业产值每年平均增长 3000 亿元左右，外资的产值占全国工业产值的比重从 1993 年的 7.5% 上升到 1998 年的近 15%，至 2000 年则达到 27.4%。

另一部分是怡人玩具在面对纷繁复杂的因素时，以饱含深情的态度所遵循的规律性。彼得的选择不仅紧跟中国发展战略，还契合了本地化需求。这些规律虽然不以人的意志为转移，但彼得可以清晰地找到它们，并为其转变创造条件。

中国作为一个处在改革开放进程中的发展中国家，变动性和渐进性是这个进程的最大特征。内政外交的不断调整和推进决定了每个行业的市场格局和状态。这就使得中国企业或者说在中国的企业面临着异常复杂的外部环境。在国内企业走出去遭遇品牌发展瓶颈的时候，研究一家外资品牌如何在中国"念好经"就有了现实的意义。

怡人玩具大事记

1984 年　彼得·汉斯丹在德国黑森州 Groβ-Eichen 自家的车库里开

始了自己的玩具作坊。

1986年　彼得注册了自己的公司Hape幼儿园服务。

1992年　彼得团队收购了欧洲老牌幼教用品制造企业"贝乐多"，并将Hape幼儿园服务公司的营销优势与贝乐多成熟的生产、经营体系相结合，公司管理日趋成熟。

1993年　Hape控股集团（以下简称"集团"）正式注册成立，Hape开始了国际化的征程。

1995年　集团在中国宁波投资兴建怡人工艺品（宁波）有限公司。

2002年　宁波怡人玩具有限公司成立，成为集团最重要的生产基地。

2005年　怡人玩具通过ICTI认证（国际玩具行业商业行为准则），并持续改进。

2006年　怡人玩具通过ISO 9001质量管理、ISO 14001环境管理体系认证、森林监管链FSC认证。

2011年　怡人玩具引入六西格玛质量管理体系。

2012年　经过十多年的努力，集团在品牌建设上取得了骄人的成绩，形成了Hape（Eco-toys）、Hape（Educo）和Hape（Bamboo）三大支柱品牌。

2013年起　集团先后收购了百年毛绒玩具公司Käthe Kruse（凯蒂·克鲁斯）、德国创意拼搭品牌PolyM、生态软玩Senger（森吉尔）等多个玩具品牌，出资组建欧蒙教育用品公司，在中国浙江和罗马尼亚、拉脱维亚投资建厂，成为集玩具和教育用品研发、产销、服务于一体的大型跨国企业。

2022年底　怡人玩具优化了品牌沟通语调和对外形象，以贴合市场的发展和年轻父母的表达，并更新了品牌和集团的使命、愿景、价值观。

九、在二代传承中完成产业升级

海伯集团：渐进式传承完成"大考"

> 考验成功企业家的最后一关，是能否成功地选择一个继任者，能否转交权利让继任者经营好企业。
>
> ——[荷兰]彼得·德鲁克

宁波海伯集团有限公司（以下简称"海伯集团"）的气质与它的名字一样，都与海有关。

创始人贺定芳不苟言笑，创业 50 余年，大多时候黑色西装和工厂制服轮着穿，他最钟爱的是自己的"工程师"身份。他就像广阔的大海深处，静水流深，带领企业稳步向前；而接班人贺少杰留学归来，激情四射，最喜欢的是"有质生活创始人"和"新海洋文化传播者"这样新概念的身份，他就像在大海上的浪潮，时时在潮头寻找商机。

这对父子身上的特质，从某种意义上来说也代表了中国企业两代人的风格，由此引发一个问题：他们在喜好和气质上存在显著差异，又如何在传承上实现殊途同归？

海伯集团作为典型的家族企业，公众对其特点、性质和运行模式缺乏深度了解，这反映了全球家族企业的共性：它们不愿意让外人太多地了解自己。而长期对现代大型企业的宣传和报道，使得大多数人认为家族企业

○ 海伯集团

缺乏生命力,视其为企业朝着现代化成长的一个过渡阶段,认为越快摆脱家族经营的标签,就越能实现基业长青,似乎只有股权分散、所有权与经营权分离的现代企业才更能长久。

但近年来,这样的偏见正越来越受到否定。家族企业在初创期,由家庭纽带带来的凝聚力是其成功的关键之一。但随着企业发展壮大,家族管理的弊端也开始显现。因此,在二代传承中实现家族企业的现代化转型,成为传承中的重要课题。

因此,去挖掘海伯两代人的传承故事,就有了时代意义。

两代人的不同早期故事

民营经济具有"五六七八九"的特征,即贡献了50%以上的税收,60%以上的国内生产总值,70%以上的技术创新成果,80%以上的城镇劳动就业,90%以上的企业数量。

宁波是民营经济大市,民营经济贡献了全市65%的地区生产总值、

70%的税收、81%的出口、90%以上的研发经费、97%的企业数量。据统计，宁波第一代非公有制经济人士平均年龄已达63.5岁。未来5年，宁波将有80%的企业进入交接班阶段，有95%的企业在交接班问题上选择代际传承，民营企业代际传承的高峰期正在到来。

北仑作为历经40年开发开放的制造强区，第一代企业家也面临着家业传承这一不可回避的问题。随着时代的发展，北仑的家族企业已经开始进入第一代创业者的子女执掌企业的时代。对于海伯集团而言，贺定芳和贺少杰的个人历程展示了两代人完全不同的故事，这不仅是时代背景的驱使，也有个人发展定位的差异，使得后续的接班过程充满了故事性。

1971年，因为父亲的健康状况无法支持务农，家里没了收入，贺定芳只能告别学校生活，在哥哥的介绍下进入北仑新碶农机厂当了一名钳工学徒。说是学徒，实际上厂里不少工人以前都是司机，对技术不甚了解，能教给他技术的师傅屈指可数。所以，贺定芳大多时候都是自学，用了半年时间初步掌握了一些技术。

在这过程中，爱请教、肯学习的贺定芳很快得到了厂里老师傅的喜爱，有空的时候老师傅都会向这位年轻人传授点"实践技巧"。

贺定芳也不挑，老师傅教什么，他就学什么，很快就掌握了电焊、电机修理、机械控制等一系列技能，甚至还成为当时厂里为数不多会画图纸的员工。

贺定芳的进步，公社领导看在眼里。很快，23岁的贺定芳被安排到一家绣花厂担任厂长。由此他开启了全新的人生阶段。

这家所谓绣花厂，其实早已不再从事绣花业务，而是转向了冲床、胶膜成型、简单机械加工等工作。但是厂内人员构成主要还是绣花工人，50多个员工只有3个男性，其他都是女工。这些女工绣起花来都是艺术家，但搞机械加工却十分生疏。

在贺定芳之前，这个厂五六年换了四任厂长。前一个厂长听说贺定芳要来工作,好心劝他要考虑好再来。但初生牛犊不怕虎的贺定芳并没有动摇,利索地就来了。

一进绣花厂,贺定芳就没把自己当个"领导",而是直接奔赴一线,样样自己来抓,技术、生产、业务他都干。在他看来,领导会上鼓劲加油说得再好,都不如身先士卒做榜样来得效果好。

就这样,日复一日,绣花厂员工观望的人少了,质疑的声音消失了,大家开始齐心跟着这位年轻厂长一起干,技术水平和产能快速提升。他接手的第一年,绣花厂产值就做到了20余万元。

绣花厂的小试牛刀,让公社领导认定贺定芳是个办厂的人才,于是又把他调去了更需要人的针织厂。一年后,完成任务的贺定芳再次被公社安排当厂长,而这次他回到了自己的起点——新碶农机厂。

此时,新碶农机厂已被一分为三,分出去的电器厂正缺一个厂长。到任后,面对"一穷二白"的现状,贺定芳没有跑去公社诉苦,仍是自己想办法。但与之前不同的是,在电器厂,"凡事自己想办法"的习惯也让他吃了一个大教训。

在争取一个大项目的过程中,贺定芳因为没能和相关部门有效沟通和协调,导致项目始终没能落地。之前投入的大量时间和精力都打了水漂。受此影响,1987年,痛彻心扉的贺定芳辞职,离开了奋斗8年之久的电器厂。

尽管1988年的经济形势并不好,但急需挣钱养家的贺定芳在离开电器厂后很快便投入创业,成立了宁波北仑微机构件厂。凭借多年积累的经验和技术,贺定芳承接了上海某洗衣机厂开发产品的委托。他一边带徒弟一边搞研发,顺利开发出热水器和取暖器的自动阀,挣到了30多万元。但这来之不易的第一桶金却没能带来长远发展,企业的经营状况依旧不容乐观。

到1990年,北仑微机构件厂已转为校办企业,主要生产各类小五金。守着始终成不了气候的企业,贺定芳明白只有转型才能活下去。恰时,他在某晚报上看到迪佳渔具的开业公告,便决定试试转行做渔具。

迪佳渔具早期以"达金"为名在台湾成立,1980年遇到产业环境变化,企业适时调整生产结构,在积累长期经营经验的前提下,顺利接续渔具的生产。1981年,迪佳与日本大和、美国百朗宁、瑞典阿布(ABU)建立了业务合作关系,公司业务开始蓬勃发展,需要扩展生产据点。因此,迪佳在1987年首度跨出海外,在泰国曼谷设立生产据点,两年后又相继在中国上海及宁波分别设立工厂。巧合的是,后来企业更名为"宁波羚祐渔具有限公司",地址选在宁波北仑。

对于贺定芳来说,企业生存的关键在于获得一份长期订单。于是,他主动找到迪佳渔具,希望能与其开展合作。在连吃了两次闭门羹后,他终于和迪佳公司的老板见上面。相见后,两人一拍即合达成合作。几个月后,微机构件厂第一批渔轮零部件出炉。

1994年,北仑微机构件厂更名为"宁波市北仑海伯精密机械制造有限公司",开始专业做渔具。

而贺少杰的成长道路则不一样,相较于父亲,他的人生更有规划性。

2006年,贺少杰从加拿大布洛克大学经济与管理专业本科毕业后回国,但并未马上进入家族企业,而是通过面试进入中石化位于上海的一家销售公司,从办公室打杂岗位做起,离任时已担任办公室主任。

关于人生第一份正式工作,贺少杰坦言,这段经历对他的历练最为重要。从学校到职场,他首先是学做人、学干事。初入公司,在上海这个大都市,他的工资并不高,勉强可以维持租房和日常生活。即便如此,他从未向父母伸手要过钱,最初的几个月依靠工资和留学期间的打工费所余维持着简单而有规律的生活。为此,贺少杰笑言,那时候下班后最经常去的地方就是菜场。

回忆起在上海的时光,贺少杰说得最多的是感谢。父亲的"放任"让他在上海度过了一段自我历练、自我蜕变的时光。

回来后的苦与乐

改革开放以来，中国民营企业的创业高峰有以下三波：

第一波是20世纪80年代初，以温州为代表的农民率先将家庭联产承包责任制中的劳动力解放出来，在国有企业的夹缝中寻找全国市场机会。在北仑，以海天集团为代表的企业创业近60年，已顺利完成第三代传承。

第二波是1992年邓小平南方谈话之后的创业高潮，政治束缚一旦解脱，家庭作坊式工厂敢于直面与国企、外企的竞争，成为中国增量经济的主力，也是后来加入WTO之后经济全球化的重要参与力量。在北仑，以申洲为代表的企业正积极培养第三代接班人。

第三波是"全民创业、万众创新"的近几年，政府通过简政放权、商事制度改革等多项措施，改革阻碍创新创业的体制机制，创业在国家层面被赋予了驱动新一轮发展战略红利的重任。在北仑，旭升、博菱电器等年轻传承人已开始进入管理层。

这一切都表明，为了实现企业的长久平稳发展，很多创始人都开始有意识地考虑将个人的生命周期纳入企业的战略规划，有步骤地考察和培养后备人才，最终将自己的创业成果托付于接班人。

作为家中独子，对于进入海伯集团，帮助父亲分担企业管理工作，贺少杰觉得非常自然：父母年纪逐渐大了，家里有需要肯定要回来。

2009年，出于父亲的建议和自己对未来的规划，贺少杰辞掉上海的工作回到北仑，先是进入集团下属分公司海伯精工担任总经理助理。海伯精工成立于2003年，位于宁波出口加工区，主要从事各类猎具配件的生产。贺少杰除了参与公司日常运营，主要任务是带领销售团队拓展国外市场。

经过认真排摸，他发现，海伯精工的产品工艺和品质都不错，但客户相对单一，产品种类也相对单一，这里面潜藏着产业发展的危机。于是，除利用展会和同行介绍等常规销售渠道外，贺少杰还与销售团队一起密集拜访老客户，开发新客户，同时加速推进产品的多样化开发。一次赴美国拜访客户，贺少杰和团队成员在当地时间上午9时飞抵底特律。由于航班安排，他们需要在此等待12小时也能转机前往目的地。

贺少杰是个不肯虚度光阴的人，于是他在网络上搜索附近是否有潜在客户，也许可以借机去拜访。但好不容易搜索到的一家企业在接到电话时婉言拒绝了他们当天前往拜访的请求，提出希望能够走正常的预约程序，最有可能是第二天或者第三天安排会面。

但经过考虑，贺少杰还是带领团队乘坐出租车直接来到该公司大门口。虽然这样的行为在商务活动中确实是有点莽撞，甚至可能被视为不礼貌，但在国外获得一次面对面交流的机会确实难得，贺少杰还是希望能用诚意打动对方，争取到一次面谈的机会。

最终，他们如愿以偿。虽然那一次洽谈合作并未成功，但客户认可了海伯精工展现出的诚意和积极态度。现在，那家美国公司已经成为海伯精工的固定客户。

让贺少杰高兴的是，如今，海伯精工发展形势很不错，过去几年中产值基本保持了30%左右的年增长率。

但接班历练并不是一帆风顺。

二代传承最大的问题是两代人理念的差异，其中两个难点尤为突出：其一，有一个愿意放手、愿意倾听的创一代，关键是愿意交权；其二，有一个愿意接班，同时又愿意冒险创新的创二代。因此，相比于传统的接班原有业务模式，海伯集团从一开始就选择了企业内部创业这样一种不同的传承模式。

2009年，贺少杰开始涉足一个全新项目，叫作"微纳米气泡技术"，这一技术由日本专家团队跟早稻田大学合作开发，能够对皮肤进行深层洁净且无须任何化学添加物，在当时全国尚无人涉足这个领域。

尽管各个环节都很认真，项目最终还是失败了。在一次大会上，贺少

杰分析了失败的原因,总结为以下两点:

第一,没有贴近终端使用者。贺少杰带领的团队中设计和研究人员是一帮男人,从没有接触过女性产品,也就是没有打通工程师跟终端消费者的通道。

第二,没有客户渠道。公司原本专注于户外行业,对美容行业完全陌生,只能一家一家登门拜访潜在客户,结果一直处于"叫好不叫座"的尴尬状态。于是,在2016年下半年,贺少杰决定跟北京中医药大学和南京航空航天联合成立两个实验室,把项目转入研发储备阶段,并暂停了二代产品的研发工作。

这次失败对自信满满的贺少杰打击很大。而他尚未有时间调整心态,一场突如其来的宣布打乱了他内心的节奏,使他陷入了新的迷茫之中。

两代人的情感因传承而深化

海伯集团成立30周年员工大会原来是一场回顾成果、展望未来的会议。在贺少杰眼里,那时的父亲依旧年轻。因此在大会之前,尽管他一直从企业的发展战略角度思考问题,但对于接手具体事务管理,贺少杰觉得还需要更多时间准备。

但在那场大会上,贺定芳却向员工宣布了自己即将退休的消息,表示将不再管理公司所有事务。不仅员工哄然,贺少杰更是大吃一惊。最初的震惊过后,贺少杰意识到,自己接班的时候到了。

回忆起当时的情景,贺少杰直言面对父亲的退休,他起初很不理解,但在后来三年的接班过程当中慢慢察觉了父亲的良苦用心:父亲不仅鼓励他"能干好事情",而且并没有做"甩手掌柜",而是回归自己喜欢的工程师角色,成为他最坚实的后盾。

而正是这种角色的转变,让父子俩有了深度交流的机会。父亲超脱具体管理事务后，儿子得以有机会施展身手，两代人在公司发展方向上的共识也愈发深刻。2017年10月21日，贺少杰第一次和父亲一起钓鱼。贺少杰知道自己对这个产业，在以前不能说不喜欢，但内心是不停想要远离的，但在与父亲的这次交流中，逐渐地发现了父亲的远见和这个行业的好处：海钓是一项黏性很强的运动，在全球都有坚实的用户基础，能带来丰富的乐趣，独特的体验与成就感可以帮助人释放压力，找到真正的自己，因此这个行业不会被淘汰。现实的证明就是，后来贺少杰跟他的团队在9个国家垂钓，体验了各种鱼种，在这过程中，身边的朋友、同事，包括他的孩子，都被他带动了起来。

贺定芳转为"幕后"，生活节奏慢下来，有了时间去慢慢回顾自己的人生。从董事长到"导师"的角色转变，不仅让贺定芳能够以新的视角反思过去，也让贺少杰有了更深入认识父亲的机会。

2022年是贺定芳从业50周年，在交流会上，贺定芳做了两个小时的演讲，把他的人生历程，为什么学习、为什么工作、为什么创业等想法和故事缓缓讲了一遍。

父子情深，但两个男人的感情表达很含蓄。父亲总是用自己的行动为贺少杰树立榜样，话语的沟通却相对较少。一些深刻的话题，尤其是探访过去的话题，也许是缺乏机会，也许是互相不知道如何引出，更是少之又少。

因此在那次交流会上，很多内容贺少杰也是第一次听到，原来父亲之所以创业，很大的一个出发点是想让他生活得更好。这让他既有隐隐的羞愧，也被父亲的故事深深感动。

通过这次深刻的交流，贺少杰开始从内心喜欢上这个行业，重新梳理工厂、产业跟品牌的关系，慢慢摸索出怎么样让自己做的产业跟上未来的发展趋势，怎么样真正把"海伯制造"再往上提一个档次。

海伯传承的三个阶段

纵观海伯集团的传承过程,是一个典型而又非传统的模式。企业在选择传承模式时曾广泛参照学习过各个国家的经验。在他们看来,家族企业的传承是个世界性问题,各个国家的企业因其国家经济结构、文化传统不同,因地制宜地采取了不同的模式。

在美国,家族企业的特色是所有权和控制权的分离。这种股权分散的方式不仅使家族成员的利益得到保障,还给予其他人员充分的表决权。高度重视制度建设,这让家族企业传承之后,治理更加平稳,家族成员内部更为团结。

韩国家族企业大多具有家族财阀的特性,长子继承制等因素的影响显著。创始人在位时家族成员还能够和睦相处,但若未设置合理的制度,代际传承可能会出现问题。由于子女都在企业中担任重要角色,每个人可能都拥有强劲的实力和充足的资源,这可能导致权力斗争或决策分歧。

日本家族企业大多拥有悠久的发展历史,其相关制度也都趋于完善。日本家族企业的传承更看重继承人的能力,而比较看轻血缘关系,他们对继承人的选择超出了家庭成员的范围,优秀的外部人员可以成为公司的继承人。在继承人是非家庭成员的情况下,他们会通过过继或入赘的方式将其纳入家族,这不仅确保了企业的发展,也确保了权力的集中。

欧洲家族企业带有明显的家族印记,家族成员往往拥有对企业的绝对控制权。管理者倾向于将所有权力集于一身,有时甚至牺牲企业发展以换取个人权利。

中国家族企业基于儒家文化中"家天下"的熏陶,大多会将自己创立的企业交给子女管理。中国家族企业的传承模式主要有三种:血缘传承、内部培养和引入职业经理人。

而海伯集团的传承方向是父子传承,但又并不是简单的"交接棒",而是在很早以前就开始长时间的布局,这让代际传承更为顺畅。

读书期间,贺少杰很多个暑假都被要求到公司实习体验,尽管当时他不懂业务,但实地去过机加工车间、装配流水线,也去过业务部门,逐步熟悉了企业的产品、文化、职场氛围,并在心中种下了公司经营的种子。而毕业后在上海的工作经历,让贺少杰初步有了职场的真切经验,辛苦的环境、多元的体验也让他多了份阅历上的沉淀。

而贺少杰返回公司接班时,海伯集团同样采取了"细水长流"的方式,没有让他立即接手企业原有业务,而是让他另辟赛道,实现渐进式传承。

第一阶段是"学三年"的实操期。2009年从上海回到海伯,贺少杰进入旗下的子公司海伯精工。这是一家专业制造休闲体育用品的企业,也是海伯产品从渔具到猎具等领域的延伸。在企业,贺少杰从一名普通的业务员做起,了解产品,拜访客户,促成订单,一步步获得管理层的认可,慢慢从业务员成为总经理助理,经历了海伯精工从经营危机中崛起,产值从1500万元上升到4000万元的三年。从零起步,让贺少杰得以有机会充分跟团队融合,慢慢熟悉公司经营的各个环节,了解普通员工的要求跟想法,也为他日后独自经营打下了基础。这个时候,贺少杰已经具备了作为一家企业负责人的潜质,但海伯依旧没有让他马上接手企业,而是依据他个人选择,以创业代替历练。

第二阶段是"干五年"的单干期。有过海外留学经历的贺少杰,当时很看好国内消费市场,而伴随人们物质需求的提高,他判断与人们生活息息相关的智能家居有望成为热门,依托海伯集团的机械加工能力,海伯可以在新赛道上进行多元化发展。于是,作为集团转型升级的新项目,海韦思智能技术有限公司应运而生。从2013年开始,贺少杰亲自带领团队,从产品开发到团队建设,第一次完整地经历了一个企业创建的全部流程。五年时间,贺少杰与员工们建立了深厚的感情,深刻体验到了作为企业经营者需要背负的责任跟使命感。而这过程中,父亲并没有放任不管,而是会以技术支持他创业,帮助他实现项目与海伯原有制造能力相结合。

第三阶段是"看五年"的交接期。这是贺少杰全面参与海伯集团化的时期。利用集团化的机遇,他完成了海伯的团体接班和整体过渡,并打造了自己的核心管理班底。

企业"新"目标的提出。2018年,贺少杰提出"三个海伯"的目标,即"青年海伯""效益海伯""匠心海伯",同时确立了全新的企业愿景:成为一家以精密制造业务为支撑,以户外休闲运动产业为主线,以创新驱动为核心,以多产业融合发展为方向的百年企业集团。2019年,他又提出"共创事业与价值、共担困难与风险、共享成果与利益、共启发展与未来"的"四共"海伯团队文化。

企业"新"团队的搭建。2021年,海伯围绕"青年海伯"打造青年人才梯队,搭建"后浪"人才培养平台。在众多海伯青年人中,选出较为优秀的人才作为企业后备力量,截至目前,已有20余人顺利毕业,进入后续发展岗位评估环节。

企业"新"品牌的打造。一直以来,海伯多以为北美客户提供代工产品(渔具、船用电动力推进器、弓用配件、密码锁等)为主,过程中积累了相当丰富的技术手段,产品品质稳定。贺少杰此时将目光投向国内市场。为此,贺少杰将更多精力投入到了海伯自主品牌的打造当中,2019年于上海正式发布海伯首款自主品牌鱼线轮 SMART LFC,在国内渔具行业引发轰动。2019年也成为海伯自主品牌的元年。

企业"新"文化的传承。海伯自成立以来,员工团队凝聚力强大,服务公司超过25年的员工有近百名。"匠心海伯"的提出,正是为了呼应"青年海伯"对"工匠精神"精益求精的传承。针对从业25年以上的员工,海伯特别授予"海伯功勋人物"勋章,以此肯定海伯老一辈工匠人员的贡献,并向年轻一辈宣贯"工匠精神"。

企业"新"技术的铺开。2019年贺少杰提出企业数字化改革,2020年在企业管理全面上线钉钉的同时,与阿里钉钉开展深度合作,分区块逐步实现企业生产管理数字化。截至目前,已有"生产管理""人事管理""财务管理""项目管理"等数10项数字化内容落地,同时还在不断挖掘更多数字化模块赋能企业发展。

渐进式传承,这场大考企业要会布局

过去,我们企业家向美国、日本、德国学习管理经验。如今,面对持续增长的财富以及生命周期的规律,家族传承已经成为高净值人群最为关注的话题。年轻一代民营企业家的培养不仅是民营企业的"家事"和"私事",更是关系到国家经济、社会发展的"大事"和"要事"。

从国际经验来看,大企业交班通常需要20年甚至更长时间。例如,可口可乐前董事长兼首席执行官穆泰康用了约30年从公司的基层晋升为掌舵人,而通用电气公司前董事长兼首席执行官杰夫·伊梅尔特用了约20年。

传承并非一蹴而就,而是长期的过程,涉及使命与责任、文化与精神以及价值观的延续和创新,是一个系统性工程。作为企业家族,既要传企,更要传家,传递的是使命和精神。具体来说,企业交接班,不是交给某一个人,是交给以接班人为核心的一个团队、一套理念、一张蓝图和一系列机制。

因此,这场传承大考绝不是"时间一到就交卷了事",而是要分阶段实施,这考验的是企业创始人的智慧,也锻炼着接班人的胆魄。海伯集团长达10余年的接班历程就是一个典型案例。通过采取渐进式的方式,海伯集团让传承更为顺畅。

首先,海伯集团非常重视接班人贺少杰的培养。一方面是理论能力的塑造。海伯集团是一家在渔轮领域处于龙头地位的企业,因此技术要求高、创新实力强,这就需要接班人具备扎实的理论能力,以拥有长远的眼光和对企业创新决策的深层次理解,从而切实提高企业创新绩效。贺少杰的理论能力培养主要通过学历学位提升和高端项目培训等路径实现。另一方面是实践能力。二代在进入企业管理之前，更多接触的是理论知识，缺乏实际的企业管理技能，这对于他们来说也是一个挑战。一代也十分担心二代的实际能力是否能顺利接管并使企业正常运转。为此，海伯集团采取了"先创业"的策略，让贺少杰在创业过程中得到充分锻炼，学会处理不确定性，感受创业的艰辛，从而对"守业"有更为深刻的认识。

其次，创始人采取渐进式传承的方式，逐渐放手管理权和控制权。这种方式为年轻一代提供了更多机会，促使他们提高责任心，在实践中获得领导经验，更好地理解企业运营和管理。新一代领导人可能会带来新的想法和方法，推动企业创新，使企业能够适应不断变化的市场环境。

在海伯集团，贺定芳采取的渐进式传承是贯穿整个接班过程的。主要分为了三个阶段：

一是让贺少杰进入企业基层，先从产品销售做起，在父亲的指导下，慢慢熟悉业务，完成"学三年"的过程。

二是在企业内部自主创业，完成带领团队能力的锤炼。这是一个比较关键的过程，贺定芳给予了技术和管理上的指导，而贺少杰结合自身特点，建立团队，提升管理水平。

三是顺利接班。但贺定芳并没有完全"不管不问"，而是采取"看一看"的方法，通过与贺少杰的交流，传承企业文化，帮助企业建立更加稳定的治理结构和管理系统，从而减少单点故障，提高企业的韧性和稳定性。

海伯集团的渐进式传承确保了企业文化的延续和传承，相较于激进式退出容易导致企业内部组织的紊乱和业绩下滑，渐进式传承更有利于二代接班人获取"隐形资源"，以及帮助二代创造一个稳定接任的环境。在这个过程中，海伯集团采取了决策指导和幕后操作两种形式，通过心理调整到位、目标清晰确立、制度透明规范、接管审慎选择、团队协同运作，实现了企业的顺利交接。

海伯集团大事记

1988年　北仑微机构厂成立。

1994年　北仑微机构件厂更名为"海伯精密机械制造有限公司"。

2003年　海伯精工机械制造有限公司成立,为世界上较大的弓用配件制造商。

2007年　海伯轻合金制造有限公司成立。

2008年　中国钓具技术标准化北仑海伯研究中心成立,其中海伯格立阁智能家居获得2011中国(宁波)智慧城市技术与应用产品博览会——最优项目奖。

2009年　海伯机械工具有限公司成立。

2010年　海伯商用机器、海伯立新电镀有限公司成立。

2011年　海伯公司获得中国轻工业联合会颁发的中国文体协会二十强企业称号。

2012年　贺定芳董事长荣获2012年"宁波市风云甬商"称号;开发家用微气泡水洗浴机、农用二氧化碳微米泡发生装置,并于2013年开始在日本市场销售;开发台式微泡洗脸机,并上市销售。

2013年　贺少杰总经理荣获"2013年中国最有价值经理人"称号;宁波海韦斯智能技术公司正式成立,旗下格立阁智能家居召开新品发布会。

2014年　海韦斯旗下悦泊品牌召开新品发布会,隆重推出3L台式微泡洗脸机。

2015年　海韦斯设立上海办事处。

2016年　"中小型船艇高效电机电推进系统的研究及应用"项目被列为宁波市工业重大科技专项;主持起草浙江制造团体标准《海钓用旋压式鱼线轮》,这是北仑区第三个获得立项的浙江制造标准。

2017年　顺利完成了集团化改造,公司名称变更为"宁波海伯集团有限公司";贺定芳荣任中国文教体育用品协会钓具专业委员会会长。

2018年　荣获"中国轻工业专项能力百强企业"。

2019年　荣获"中国轻工业钓具行业十强企业";"推行钓具标准提升产品质量"入选2018年中国钓鱼十大新闻事件。

2020年　电动舷外挂机顺利通过中国船级社(CCS)认证,成为首批具备船用新能源配套资质的品牌企业;制定的中国船舶工业行业协会团体标准《电动舷外机》发布。

2021年　获评第三批国家专精特新"小巨人"企业;挂牌宁波股权交易中心"专精特新版"。

2022年　阿瑞斯ARISE水滴轮正式上市。

2023年　荣获浙江省"科技小巨人企业"称号;"基于有限元分析的优化面齿轮技术在纺车轮上的研究及应用"项目荣获轻工科技进步二等奖。

二代群像：后浪的意义

> 江山代有才人出，各领风骚数百年。
>
> ——〔清〕赵翼《论诗五首·其二》

"后浪"一词源自《增广贤文》中的名句"长江后浪推前浪，世上新人赶旧人"，此后，"后浪"便成为年轻一代的代名词。因此，2020年5月3日，哔哩哔哩网站献给新一代青年的宣言片——《后浪》，在《新闻联播》前的黄金时段播出。该视频中，国家一级演员何冰登台演讲，以坚定而深情的声音，用认可、赞美的话语来寄语年轻一代。

正如视频所表达的，在时代的激流中，真正的后浪去选择接过船舵，真正的后浪是值得敬畏的。高举讲演队布旗的北大青年如此，独立寒秋指点江山的伟人如此，正值百年未有之大变局的我们亦如此。

成为后浪的意义在于，年轻人不应只满足于平凡。有能力时应尝试不平凡的事情，没有能力时则坚持做好平凡之事。理想真的很稀缺，稀缺到几乎只存在于十七岁的夏天。每一个热血方刚、满怀理想的后浪，都不愿意在奋斗的年纪，被老一辈人泼上一盆冷水。

这些青年，在经历现实的洗礼后，依然能回忆起二十岁时的梦想和激情。

女儿接棒远赴非洲拓展市场

王晨雨,31岁,宁波华和服装有限公司第二代接班人。经过20余年发展,华和服装已在非洲市场闯出了一片天。2018年,她在国外大学毕业后毅然选择回国。虽然父母曾建议她在上海这样的国际大都市闯荡学习一段时间,但因为非洲市场的开拓需求迫切等原因,她的大城市历练之旅提前结束,回到了家乡北仑,开始在自家企业学习并准备接班。

在国外的几年学习生活,让王晨雨开阔了视野,增长了见识。王晨雨明白,要想在家族公司中有所作为,光靠父辈的经验是不够的,还需要引进新的思想和技术。

于是,开拓非洲市场,在这个全新的市场中寻找自己的价值,便成了王晨雨的追求。非洲市场,对于许多中国制造业企业来说,是一片充满潜力但同时也充满未知的市场。文化差异、市场规律的不同,以及国际贸易的复杂性,都使得这片市场成为一块难啃的硬骨头。

2012年,高中毕业后王晨雨第一次跟随父亲去非洲参加展会。那次经历给她留下了深刻的印象。非洲大陆的广袤、资源的丰富,以及市场的巨大潜力,都让她感到震撼。尽管那时的非洲市场还不像今天这样繁荣,但她已经看到了这片土地上蕴藏的无限可能。非洲市场就像一块还没有被打磨的原石,等待着年轻一辈去开拓和雕琢。

2018年,王晨雨再次踏上非洲的土地,这一次,她是以企业负责人的身份去考察市场。这几年来,非洲的发展速度让她惊叹不已。基础设施的改善,消费能力的提升,以及对外合作的增加,都显示出非洲市场的巨大潜力。王晨雨深知,非洲市场是一块还未被完全开发的宝藏,充满了机遇和挑战。父辈们已经为他们搭建了桥梁,现在是他们这一代接手,深入探索和开拓的时候了。

从单向输出传统服装到双向交流,王晨雨的视野转向更多未来的可

○ 王晨雨在会议上发言

能性。

在开拓非洲市场的过程中,王晨雨逐渐意识到,仅仅依赖传统的服装制造业是不够的,需要跳出传统框架,把中国产品带向非洲,同时也把非洲的优质农产品带回中国。这不仅能增加企业的盈利点,还能促进中非两地的经济交流和合作。

为了实现这一目标,王晨雨不仅在非洲市场上推广中国制造的服装,还积极推介中国的机械设备、电子产品等。同时,企业在非洲采购了大量优质的农产品,如大豆、芝麻和腰果等,将这些优质产品带回中国市场,丰富国内消费者的选择。

守业与创新并行并非易事。制造业的转型不仅需要巨大的资金投入,还需要在技术研发和市场推广方面进行大量的尝试和探索,企业面临的一个主要难点是如何在保持传统优势的同时,突破技术瓶颈,实现智能化和信息化的转型。

作为"企二代",王晨雨深知自己肩负着传承父辈光荣与梦想的重任,同时也要在新的时代背景下为企业注入新的活力。在继承家族企业优良传统的基础上,她积极引入现代化管理理念和技术,推动企业的转型升级。这不仅保持了原有的质量和信誉,还在产品设计和市场营销上取得了新的突破。

王晨雨的故事不仅仅是一个家族企业接班人的故事,更是中国制造业新一代创业者的缩影。在传承中创新,在挑战中成长,年轻一代的努力和坚持,正在被越来越多的人看见。

"父子兵"从差异化中寻找蓝海

俗话说:"打虎亲兄弟,上阵父子兵。"

宁波鑫达杰电器有限公司创办于 2013 年,与一般的企业传承不同的是,这家公司是胡琛杰和父亲胡惠祥一起创办的。

胡琛杰 1991 年出生,谈吐却显得比同龄人要成熟。他毕业于温州商学院会计专业,后来到英国留学,学习企业管理。

他的父亲胡惠祥曾经在中国安防产品龙头企业宁波永发集团工作 14 年,曾担任该集团常务副总,又在中国汽车内燃机冷却系统的龙头企业雪龙集团股份有限公司担任 8 年常务副总。

回国后,胡琛杰想创业。时任雪龙集团常务副总的父亲说:"如果你真的很想创业做老板,我出来给你搭一个平台。"

父亲说到做到,毅然放弃百万年薪,辞职出来创业,还把汽配行业先进的管理体系带到了新成立的公司,从进料到产品出厂都有一套严格的监督机制,具有可追溯性。

"我们没办法和别人拼资金、拼实力,因此必须定位准,切口小,在一个细分的领域做到极致,走差异化竞争之路。"父子俩的企业发展思路非常合拍。在强兵布阵、高手如林的保险箱行业,作为后起之秀如何才能脱颖而出,在竞争激烈的红海市场突出重围呢?

2015年,一位美国客户的一次询问引发了胡琛杰的兴趣:可否生产带有"防火"功能的保险箱。

这是企业从来没有涉足过的领域。在国外,也只有日本、韩国、美国等少数几家企业拥有相关技术。和国内主打"防盗"不同,国外有不少家庭对保险箱有"防火"的功能需求。特别是美国,普通民众购买的枪支,是要求放置在保险箱内的,并且要求枪弹分离。一旦发生火灾,箱内温度如果过高,就会引发弹药爆炸,造成更大的损失。

有需求就有商机。在确认了产品基本定位后,胡惠祥和团队成员立刻着手研发,通过比对发现,市场现有产品有不少弊端。比如,产品很重,内部容易潮湿,放久了文件会发霉。这些都成了团队重点要优化的地方。

以肉眼观看,鑫达杰的保险箱箱体真空层内的阻燃材料近乎水泥,但在放大几百倍的镜头下看,材料呈现出蜂窝状。这项创新技术由鑫达杰和高校研究所共同研发,能在保证防火要求的同时,兼顾牢固和防潮。突破了被欧美国家垄断的主要防火材料及生产工艺关,成功开发出能经受得起美国UL(美国保险商试验所)标准检测的防火保险箱,并于2016年通过了检测(实际环境温度1070℃,燃烧1小时,箱体内实际温度≤102℃),拿到了进入美国市场的"通行证"。

同时公司申请了数十项国家专利,成为真正具有自主知识产权的国际竞争力产品,直接与美国和韩日的同类产品生产厂家在全球市场上正面交锋。

近年来,企业还抢抓跨境电商快速发展的机遇,成了美国亚马逊平台上手枪保险箱最佳销量榜单上的常客,市场占有率超过30%。如今,公司已拥有40多项国家专利,参与制定了12项国家标准。

在胡琛杰看来,成功之道在于专注,即在一厘米大小的地方向下掘进一公里。与其在许多地方挖井,不如在一个地方挖一口深井。

翁婿之间的情感纽带

陈奕冰,"90后"创二代,浙江丽水人,他直言,以前从来没想过会接管一家企业,原先人生规划就是找一份安稳工作,直到遇到他的妻子,他口中的"文静",陈奕冰的人生轨迹从此改变。

在宁波乐嘉丰鲜食品配送有限公司,传承少见地发生在女婿与岳父之间。如何处理两代人之间的不同观点和理念差异,陈奕冰的妻子发挥了重要作用。

婚后,陈奕冰并没有过上"安耽"(安逸、安稳)的日子,相反,由于乐嘉丰鲜的发展需要,他辞去了原先稳定的工作,进入企业,作为仓库管理员从一线开始做起。每天凌晨三四点,他就要出门开始一早的工作。而他之前的同事起床时,看见陈奕冰的微信步数已经有2万多步了,他们一度以为陈奕冰在作弊,于是都来询问他怎么回事。了解到陈奕冰原来如此辛苦,大家都竖起了大拇指。

在陈奕冰一头扎在基层的时候,岳父也看到了这个女婿踏实肯干的品质,于是逐渐把他往管理层方向培养。2020年,岳父觉得时机成熟,就决定让陈奕冰出任公司总经理,自己担任董事长,由此进入了"带着走"的阶段。这个阶段也是两人思想差异最多的时候。

但陈奕冰和岳父都属于话不多的类型,因此,意见不合时,往往两人都比较沉默。有段时间,陈奕冰通过自己不懈的努力,让企业在几年之内营业额大幅增长,于是他一度以为创业是一件容易的事,因此对原有业务有点忽视了,对岳父的工作布置有时也没像以前一样不折不扣地完成了。在那个时候,陈奕冰清晰记得,文静常常在身边不断夸赞他的工作能力,这让他非常开心。但一段时间后,文静就会有意无意讲起她的爸爸如何创办起这家企业的故事。刚开始,陈奕冰还只是当作故事来听。但时间长了,他突然意识到,创业其实最难的是从0到1的过程,他现在能这么顺利地拓展业务,也是因为企业在社会上积累的口碑,锦上添花远没有从零起步难。

直到多年后,陈奕冰才恍然大悟,妻子可能是从父亲那里得知了自己的心理状态,她深知丈夫的性格,如果一开始就泼冷水,必然适得其反,因此她决定用情感来化解问题。这样的情况并不少见,在企业后续发展方向、企业选址等重大决策中,两代人经历了多次思维碰撞,最终慢慢达成理解,岳父更能理解陈奕冰的多元角度,陈奕冰也更感谢岳父在点滴中的关心。

在父亲节那天,陈奕冰曾经发了条短信给岳父:爸爸,您未生我但您养我育我,陪伴着我的人生成长。他依旧清晰记得,在公司聚餐等一些场合,岳父常常当着众人面,说以后企业就要交给陈奕冰接班,这早早就帮助他树立了威望。陈奕冰也没辜负岳父的期望,目前企业客户更加多元化,营业额更是稳步增长。

岳父与女婿之间的事业传承难在,女婿并没有经历过岳父创办企业时的艰难历程,不像女儿或儿子,从小耳濡目染,也就更能理解老一辈。因此,当企业创始人决定由女婿接棒时,理念传承就变得尤为重要。这时候,既需要岳父的信任和支持,也需要妻子的耐心陪伴,共同来促进女婿顺利完成身份转变,融入企业文化中。

十、积极参与高质量共建"一带一路"

敏实集团：去成为世界了解中国的一扇窗户

朋友是时间的果实。

——塞尔维亚俗语

1883 年 10 月 4 日，一辆名为 Express d'Orient（法语，东方快车）的火车从巴黎出发，经过了 3 天 9 小时 40 分钟之后，顺利抵达了伊斯坦布尔。此后，东方快车行驶了 94 年，尽管战争短暂影响了它的行驶路线，但战后它依然飞驰在轨道上。见证了欧洲近代一百年的风云变幻后，1977 年 5 月 20 日，东方快车在罗马尼亚的首都布加勒斯特停运。

半个世纪之后，这条铁路开始重新焕发生机，只不过方向发生了微妙的改变。2024 年底，中东欧第一条"高铁"——连接匈牙利首都布达佩斯、塞尔维亚首都贝尔格莱德的匈塞高速铁路正在加快建设，这是中国与中东欧国家共建"一带一路"的旗舰项目。

这列"新东方快车"的象征意义及其对沿线地区产业与经济发展的带动作用，或许远高于其对中国和欧洲之间贸易的实际贡献。如今，中欧之间的博弈已不再围绕基础设施建设，而是以前所未有的速度集中到了新能源汽车等领域。在此背景下，作为全球汽车零部件百强企业的敏实集团高瞻远瞩地布局全球,在全球化发展中的势头也是迅猛吸睛。

敏实集团横跨全球三大洲 14 个国家,拥有 77 家工厂及办事处,分布在美国、加拿大、墨西哥、德国、法国、英国、塞尔维亚、土耳其、日本、韩国等国家,服务及支持全球超过 70 个汽车品牌。2023 年,集团营业额达 205 亿元,同比增长 18.6%,拥有员工超过 2 万名。

敏实集团业务发展之迅猛,尤其体现在这辆火车经过的塞尔维亚。从落地生根建厂,到多元文化相融,再到两国民间交流,敏实集团在塞尔维亚的中国故事成为一段佳话。塞尔维亚总统武契奇多次出席敏实集团的里程碑活动仪式,成为敏实集团在塞尔维亚茁壮发展的最好见证人。

初遇:"塞"外风景引人来

对于许多中国人来说,对塞尔维亚的印象可能始于 20 世纪 70 年代风靡一时的前南斯拉夫电影《桥》的主题曲《啊,朋友再见》:"啊朋友再见,啊朋友再见。啊朋友再见吧,再见吧,再见吧。那天早晨,从梦中醒来,侵略者闯进了我的家。"进入 20 世纪 80 年代,在中国实行改革开放政策的关键时期,塞尔维亚(当时为南斯拉夫的一部分)人民的成功实践和经验为中国提供了宝贵借鉴。提起中国球迷最熟悉的国足外籍教练,"神奇教练"米卢无疑是其中一位重要人物,他带领中国男足冲出亚洲,首次亮相世界舞台。

除了这些耳熟能详的人和事,作为欧盟前沿国家,塞尔维亚还具备显著的投资优势。其人工与能源成本只有欧盟国家的一半。加上零关税政策的实施,大幅降低了企业的运营成本。塞尔维亚渴望借助这一机遇,将自身打造成欧洲汽车供应链的重要一环,因此吸引了众多中国企业,特别是聚焦汽车零部件的企业。

总部设在香港的德昌电机集团是最早落户塞尔维亚的中国汽车零部

件供应商之一,早在 2014 年,德昌在塞南部最大城市尼什的工厂就已投入生产。随后"落子"的是内饰一级供应商、上汽华域旗下的延锋集团,2019 年,延锋位于塞尔维亚中心工业重镇克拉古耶瓦茨的内饰工厂投入运营,并在两年后上线了生产座椅和安全气囊的二期工厂。在 2022 年底,车灯领域的龙头常州星宇股份上线了位于尼什的车灯工厂,作为星宇的第一座海外产能,其首要职能是承接海外主机厂车灯项目全球发包项目。紧随其后的是轮胎巨头烟台玲珑集团。其坐落于塞尔维亚北部兹雷尼亚宁自贸区的工厂于 2023 年正式投产,是中国企业在欧洲建立的第一条大型轮胎生产线,总投资超过 70 亿元,规划生产卡车、乘用车、农用和工程车辆轮胎。2024 年 4 月底,江苏联博精密科技股份有限公司在塞尔维亚北部诺维萨德投资建设的工厂正式投产,投资额约 6 亿元,目标年产 200 万套新能源汽车电驱动系统零部件。

可以看到,这些纷纷"落子"的企业,其终端市场都是汽车零部件行业,这是因为任何主机厂都需要零部件供应商具备全球布局的能力。敏实集团"出海"的初衷,同样是要充分利用全球资源的优势和要素优势,扩大规模以及开拓海外市场,充分利用各地区组合优势,快速响应车厂的各项需求,满足在地化的需要,减少供应链的不确定性。

而敏实集团"走出去"的时间更早。从 2007 年开始,公司首次收购海外企业,建立美国据点,同年在日本新建销售研发据点。2008 年,敏实集团海外分公司在泰国宣告成立。2009 年,建立首个墨西哥生产基地。2012 年,成立欧洲首个生产基地。塞尔维亚凭借其与中国有互免签证的友好关系,成为敏实集团布局欧洲的首选。2018 年,敏实集团在塞尔维亚筹建工厂。2019 年 4 月,塞尔维亚总统武契奇出席了敏实集团塞尔维亚工厂奠基仪式并致辞。

2021 年 2 月,敏实集团员工李子健与几位外派的中国籍员工从塞尔维亚贝尔格莱德机场一路向北,前往敏实集团在塞尔维亚的所在地——

洛兹尼察。李子健回忆起自己刚踏上这片土地时，内心是忐忑的，这里和自己想象中的"出国"大相径庭，一路看到的是稀疏的小房子，摆在他们面前的是建厂初期基础设施的匮乏、生活条件的不适、两种文化的差异。

而对初为生技部经理的李子健来说，要在塞尔维亚这样一个全新的环境下搭建和调试设备、与客户沟通、综合管理、团队协调和战略规划，无疑是艰难的，而他迈出了一步，又一步，一步一步开始了在塞尔维亚的新挑战和新探索。而李子健在塞尔维亚的足迹，也是众多前往塞尔维亚奋斗的人所踏出的第一步的缩影。

在海外开设分公司，是敏实海外布局的第一步。

又见：有"人情味"的"塞"上文化

李子健依旧记得，第一次带领不同国籍团队，最先遇到的问题是文化差异带来的挑战。在李子健看来，塞国人非常讲究感情，男同事上班第一件事是先相互拥抱，然后再开始一天的工作。在中国，两位男同事见面习惯于打招呼或者握手，拥抱这样的行为很少见，因此李子健刚开始没办法理解他们表达感情的方式。而随着时间推移，李子健在塞尔维亚学会了通过拥抱来表达对同事的鼓励和认可，这是他在异国他乡的一次文化融入体验。

如果你被外派到塞尔维亚，坐二三十个小时飞机落地塞尔维亚工厂后，饥肠辘辘的你会尝到"嫂子"亲手做的热饭、热菜，如果你从塞尔维亚回中国，中途转机候场七八个小时，也一定能吃上"嫂子"亲手做的三明治、茶叶蛋……大家口中经常提及的这位"嫂子"，正是敏实一位管理者的太太Echo。2021年，Echo毅然放弃国内的工作，带着两个孩子来到塞尔维亚陪伴丈夫，丈夫忙于工作，Echo也没歇着，凭着一手好厨艺，变着法子给大家做好吃的，总想着怎么把大家照顾得更好。

遇到员工感冒、头晕、手指流血、腰闪了这种突发事情，Echo 也会发挥自己医生的职业优势，第一时间为员工处理。为更好地与塞尔维亚当地人沟通，Echo 自学塞尔维亚日常用语，到处为大家寻找新食材，在节假日，大家开心或不开心的时候、加班很累的时候，自掏腰包给大家送上亲手制作的小吃和大餐。Echo 用行动促进了中塞两国人民之间的深厚情感。

敏实集团的文化融合，不仅体现在员工之间的交流与融合上，也体现在企业与当地社会的互动中。企业积极参与当地社区建设，为经济复苏贡献力量，成为当地人了解中国的一个窗口。随着敏实集团在塞尔维亚的不断发展壮大，更多的分厂纷纷崛起，为当地创造了大量就业岗位，带来了美好生活的愿景。

2022 年塞尔维亚当地时间 3 月 10 日，敏实集团塞尔维亚洛兹尼察工厂开业典礼暨沙巴茨新工厂奠基仪式隆重举行，塞尔维亚洛兹尼察工厂占地 28 万平方米，主要产品为铝合金电池盒及配件，主要客户包括雷诺、大众、宝马和奔驰等，计划总投资 3 亿欧元，预计 2025 年前将为当地创造超过 1000 个就业岗位。出席典礼仪式的武契奇总统特别感谢习近平主席和所有长期致力于促进塞中友好的中国合作伙伴。武契奇总统更是深情感

○ 敏实集团工厂车间

言,当前国际局势艰难而复杂,但无论面对谁,他都将丝毫不避讳谈及塞中两国的深厚友谊。

文化融合,成了企业海外布局和传播中国形象的第二步。

重逢:"塞铁"友谊历久弥新

在中国,人们亲切地称塞尔维亚是"塞铁"。"铁",是中国人对人与人之间、国与国之间友好关系的一种基于朴素情感而又发自内心的至高评价。而敏实集团也循着两个国家之间的友情,用实际行动践行"民间外交",这是企业海外布局的第三步。

"民间外交"是敏实集团创办人秦荣华常挂在嘴边的一个词,也是企业开展海外文化交流的自我定位。"民间外交"通常指那些以非官方形式出现,由民间组织、民间机构或民间人士作为行为主体而承办、协办或参与的各种对外交流活动。

2024年5月7日,国家主席习近平在塞尔维亚媒体发表的署名文章《让铁杆友谊之光照亮中塞合作之路》中指出:

"此时此刻,我们不能忘记,25年前的今天,北约悍然轰炸中国驻南联盟大使馆,邵云环、许杏虎、朱颖3名中国记者不幸遇难。中国人民珍视和平,但绝不会让历史悲剧重演。中塞两国人民用鲜血凝成的友谊成为两国人民的共同记忆,也将激励双方一道阔步前行。"2024年3月12日,敏实集团精工能源有限公司在贝尔格莱德的中国文化中心举行开业典礼。而贝尔格莱德的中国文化中心,前身正是中国驻南联盟大使馆,选在这里举行子公司的开业典礼,敏实集团的用意显而易见,正是"让铁杆友谊之光,照亮中塞合作之路"。

随着敏实集团全球跨文化融合的逐步加深,越来越多的塞尔维亚同事来到中国开启中国文化之旅。2023年从塞尔维亚来中国交流的尤安娜就

○ 中塞青年国际文化交流营

是其中一位。在这里,她看到了敏实集团对员工的关爱。

在宁波北仑小港装配园区,一栋28层的高楼尤为醒目。这栋引入酒店式管理的公寓楼,是敏实集团斥资1.4亿元专门为园区内的员工建造的,可以容纳1000名员工居住。里面硬软件设施齐全,每个月仅需员工支付100元的水电费。自1992年敏实集团创办之初,免费的员工宿舍就一直是其"标配"。后来,集团还引入了"厂内农场"概念,让员工在工作之余可以发挥自己的动手能力,收获不一样的春华秋实。尤安娜也非常期待和相信在不久的将来,塞尔维亚的员工也将体验到这份关爱。

而敏实集团对于两国的文化交流有着更为深远的考虑。

2024年5月,习近平主席访问塞尔维亚期间,中国宣布将在未来三年邀请300名塞青少年赴华学习交流。2024年8月8日,塞尔维亚中国浙江企业家协会、敏实集团积极响应习主席号召,发起并承办的"塞尔维亚青年中国行"启动仪式在塞尔维亚大厦举行。

塞尔维亚总统武契奇出席仪式并在致辞中表示,此次中国行对塞尔亚青少年来说是一次难得的机会,有助于他们深入了解中国。他强调,青年是国家的希望和未来,应该拥有远大志向和责任感,为实现梦想而不懈努力。2024年7月中塞自贸协定生效后,两国经贸务实合作正加快发展。武契奇总统希望塞尔维亚青少年将访华所见所学带回国,不仅实现个人进步,也为国家创造更大的财富。

而在"塞尔维亚青年中国行"欢迎仪式上,秦荣华作为主办方代表,深情而真挚地希望通过这次活动,为两国青年搭建一个交流互动的平台,增进彼此的了解与友谊,中塞友谊的桥梁一定会更加坚固。

马克思主义认为"人民群众是历史的创造者",这一观点在民间外交领域尤为贴切。政治的"台"搭得再好,最终成效仍取决于民间外交的主体参与者,也就是中国民间的"戏"唱得如何。这需要中国民间各方同舟共济、滴水穿石、谋定而动。从员工"入乡随俗",到双方互相奔赴,再到企业参与国家的"民间外交",讲好中国故事,敏实集团在塞尔维亚完成了华丽迭代升级,进一步树立了品牌形象。

"Glocal"背后的海外布局战略

敏实集团多年的海外布局,其"民间外交"围绕的核心理念是"Glocal",即"运用全球资源达成现地卓越"。这一理念结合了全球化(global)和本地化(local),强调在全球范围内配置资源的同时,注重适应和融入当地市场。敏实集团能够在可借鉴资源有限的前提下,成功实现"Glocal",关键是做到了以下三点:

首先是分阶段布局。第一阶段,在海外开设分公司,聚焦业务需要,把中国的人员、管理者派到海外去。由于外派人员对国内情况比较熟悉,从而能够有效调动国内资源和国内的技术力量。但这只是在空间上实现了海外布局。第二阶段,打造不同国籍的员工协同合作的文化融合氛围。

2018年至2020年间,敏实集团海外工厂招收来自德国、法国、印度、西班牙、尼日利亚、墨西哥等不同国家的人才,人员结构多元化,团队更加国际化:截至目前已共有30个不同国籍的员工。第三阶段,吸纳更多本地化人才。2020年以来,敏实集团在全球化的框架下进行本地化的转变,尽量吸纳本地人才,进行本地雇佣,以顺应国际化浪潮。

其次是人群重点的选择。敏实集团的研发、销售、开发、技术及工厂管理等均已实现全球一体化指挥和协同。在前期产品设计阶段,国外设计人员能和车厂进行互动,当产品确定后,中国团队可以快速投入设计,及时响应客户需求。在技术方面,敏实集团也能通过国内的技术加持实现对现地的支持,在同样的人员配置基础上,以低成本方式活化资源。而这些工作多数都由企业的青年人才完成。因此,青年是未来的希望,也更容易接受不同文化。鉴于此,敏实集团在人文关怀上特别聚焦青年,无论是在工作环境还是后勤保障方面,都为青年员工创造了更为舒适的条件,让他们感受到了中国传统文化中"一家亲"的理念。而在响应国家号召上,敏实集团也积极利用自己多年经验,搭建桥梁让百名青年实际感受到了中国文化,民间外交的企业作用由此体现。

最后是融合后的创新。"民间外交"不仅仅是为了交流而交流,企业的发展在于既能实现全球要素的有效整合,同时也能增进当地人才的文化理解,从而带来更高的效率。敏实集团结合当地文化特色,充分利用不同国家的优势,并将这些优势进行互补。最初在海外建厂时,当地市场对国内的设备和技术能力并不太相信。然而,自2016~2017年逐步导入国内生产线和资源后,敏实集团加深了对当地市场的理解,也逐渐得到了认可。目前,全球70%~80%的生产线由两边团队共同规划,相互取长补短,形成了低成本、反应敏捷的资源组合优势。而在人员特性上,中国员工以勤奋著称,而欧美员工习惯于流程化和系统化,敏实集团注重把这两者相结合,创造出独特的管理体系和系统,显著提升了管理和技术能力。

从经营数据来看，敏实集团确实在海外运营方面取得了不错的成绩。集团在全球汽车零部件供应商百强企业中排名 82 位，拥有全球领先的能力及广泛的客户平台，其中海外营收占比超过 40%。在海外工厂布局上，在欧洲，敏实集团以东欧为主，在塞尔维亚、捷克、波兰设有较大的基地，同时也在德国、法国和英国建立了重要据点，在北美，则在墨西哥和美国设立了较大的基地。这是敏实集团经过多年成长和学习，逐渐掌握海外运营能力和全球联动能力的结果。背后的关键在于如何根据不同区域市场采取差异化的文化策略，不同国家和民族的历史、信仰、理念等综合因素，表现在人们的行为上，就是传统风俗习惯、社交礼仪、行事方式、沟通表达等方面的外在差异。

敏实集团的管理层认为，"逐步摸索，先做起来再说"，就像一个人学游泳，如果只在岸上理论学习，就永远学不会，而只有跳到水里才能摸索出门道。在他们看来，企业"走出去"是大势所趋，也是必经之路。沿着"丝绸之路"，敏实集团逐步完善了其全球化商业布局和文化融合。这种"跨文化协作"的解决之道，不仅让企业拥有了快速统筹和高效利用全球资源的能力，更是让企业形象在全球范围内更加具象化。未来，更多相向而行的故事将继续上演，敏实也必将成为具备全球化竞争力的企业发展的典范。

敏实集团大事记

1992 年　在宁波设立第一家工厂。

1993 年　开启饰条业务。

1997 年　敏实集团建立。

1999 年　进入车身结构件业务。

2000年　成立首个研发中心。

2002年　开展出口业务。

2003年　进入装饰件业务。

2005年　敏实集团在香港联合交易所上市。

2007年　进行首次国际收购,建立美国生产据点;建立日本销售研发据点。

2009年　建立首个墨西哥生产据点。

2010年　开启座椅部件业务。

2011年　成立铝事业部。

2012年　并购运营德国工厂。

2016年　收购并进入汽车电子事业。

2017年　成立集团创新研发中心。

2018年　新设英国和塞尔维亚工厂;设立铝生产中心;设立电池盒生产中心;设立电子生产中心。

2019年　启动"未来工厂"项目,产品线组织重组。

2020年　成立数字化转型中心;新设捷克工厂。

2021年　成立电子事业部。

2022年　建立波兰和法国工厂。

2023年　全球本地化管理和组织重组;首份ESG(环境、社会、治理)白皮书发布。

2024年　建立加拿大和韩国工厂。

博菱电器：探索大出海时代下的宁波航道

万物得其本者生，百事得其道者成。

——〔汉〕刘向《说苑》

几乎每天，宁波博菱电器股份有限公司（以下简称"博菱电器"）董事长袁琪都会打个视频电话给远在印尼的丈夫，询问他生活得如何，公司运行怎么样。在镜头前，袁琪都会与丈夫谈笑风生，既谈工作，也聊生活。可私下里，她也时常难掩相思之情。袁琪的丈夫与其他海外员工一样，目前常驻海外，他负责博菱电器在印尼的生产基地管理。袁琪知道，这几年正是企业"出海"关键期，在千里之外的印尼工业园，博菱电器的海外生产基地已经进入二期建设阶段，作为全国首个小家电ODM企业的海外基地负责人，丈夫肩负着重大的责任。

目前博菱电器在这个基地的常驻中方技术人员有60多名，这些技术人员背后的60多个家庭都在为企业出海而努力。这个在疫情期间建起来的海外基地，承载着企业"走出去"的梦想，而蕴含的目标更是决定着企业从红海突围的决心：遵循全球化规律，在海外再造一个博菱，借此真正辐射海外广阔的市场。

世界的目光聚焦在这里

小家电，顾名思义，是指那些体积较小、使用方便、能耗低且价格亲民的家用电器。根据功能和用途，小家电主要分为三类：厨房小家电、生活小家电和个人护理小家电。

根据权威数据预测，2024年全球小家电市场规模将达到2500多亿美元，并在2024年到2029年间，保持4.6%的年复合增长率。按照市场规模大小，排名靠前的主要分布在人口较多的国家。

我国是全球最大的小家电生产国和消费国，国内小家电市场庞大的制造业基础、成熟的供应链体系以及丰富的劳动力资源，使得我国能以较低的成本，来生产高质量的小家电产品。

美国是全球第二大小家电市场。数据显示，2023年美国小家电市场规模为290亿美元，预计到2029年，这一数字将增长至360亿美元。

印度是全球第三大小家电市场，庞大的人口基数，快速增长的经济，迅速扩大的中产阶级，使得印度消费者的购买力得以大幅提升。数据显示，2023年印度小家电市场规模为200亿美元，预计到2029年，这一数字将增长至270亿美元。

巴西同样是排名靠前的小家电市场，也同样受到城市化进程的推动。数据显示，2023年巴西小家电市场规模为90亿美元，预计到2029年，这一数字将增长至130亿美元。

按细分品类，小型厨房电器、吸尘机和理发推剪是小家电市场中排名前三的细分品类，其中小型厨房电器，因为使用频率较高、细分品类较多，所以其规模也最为庞大。而空气炸锅，由于方便快捷、少油健康等因素，开始变得越来越受欢迎，成为小家电市场中增速最快的细分品类。

而很多人不知道的是，在如此庞大的市场和各类细分的知名品牌背后，全球90%以上的小家电代工企业都在中国。依托完善的供应链体系，广东和浙江成为国内相关代工企业集中的两大区域。在浙江，90% 的相关企业又集中在宁波。从历史演进的时间刻度来看，从 90 年代开始，宁波的企业就开始了早期的代加工，这类"来料加工"的模式也被叫作 OEM，较低的人工成本形成的性价比，让这批企业有了"第一桶金"。但伴随着技术的提升，竞争的加剧，一些龙头企业意识到单纯以价格战为手段无法实现长久生存，没有定价权、只简单"按图生产"的代加工模式，也伴随着人工、土地、水电等要素成本提升，让利润如刀片一样薄。

于是在 2000 年左右，宁波的小家电企业家们萌生了"设计 + 代加工"的迭代模式，也就是人们常说的 ODM。

ODM 与一般代工厂最大的区别就是，代工厂只进行工代生产，而 ODM 厂商从设计到生产都是自行完成，购买方直接贴牌即可。简单来说，ODM 企业需要的是创新设计研发能力。

于是，从设计图纸到实体产品，博菱电器跟随潮流也开始自主创新之路。依照"微笑曲线"，博菱电器开始把研发和销售抓在手里，把部分加工环节慢慢转移交给了外协企业生产。这时候的博菱电器还正处于转型阵痛期，遥远的出海梦想只是暗暗藏在心里。

想"出海"首先就得有一艘船

近年来，中国企业掀起了一股强劲出海潮，从电动汽车、家用投影仪到咖啡奶茶……越来越多的中国企业正在加速出海，甚至有人提出"不出海，就出局"的口号。"出海已经不是一个选择，而是必须要做的事情。"这是 2023 年以来不少中国企业和中国品牌的共同认知

总结中国企业出海的发展历程，可以清晰地看到三波"出海潮"：

第一波出海潮是 2001~2008 年。这一阶段，中国企业的优势在于低廉的劳动力成本和强大的制造能力。企业主要以产品出口、OEM/ODM 代工

形式进入全球产业链的生产环节,出海目的是获取经济利润。

第二波出海潮是2008~2016年。随着资本积累的完成,中国企业不再满足于做"全球代工厂",跨国并购成为这一时期的出海主要形式,出海目的是获取核心能力,实现生产成本最小化。

第三波出海潮是2016年至今。中国超大规模市场催生了产业集聚和产能扩张,中国企业在充分市场竞争中迭代出了核心技术、供应链管理能力和创新商业模式。出海拓展国际市场是符合发展规律的"必选项",出海目的从"产品出海"转变为"产业出海"。

按照时间推算,博菱电器属于当时国内"出海"的第一批企业之一。但要"出海"谈何容易,尤其是对小家电生产制造企业而言。在当时,国内还没有一家代加工小家电企业真正尝试过海外建厂。作为一家民营企业,博菱电器在积累一定资金后,深知不练好技术,贸然出击几乎等同于失败。

在工业生产中,被我们称之为"技术"的实际上是一系列知识与工具的庞大集合。这其中既包含了图纸、手册、代码等能被语言和图表总结、清晰表述的书面知识,也包含了经验、技能、诀窍等难以被总结、描述的经验知识。研究知识论的哲学家称前者为显性知识,称后者为隐性知识或缄默知识。工业生产仅有显性知识是不够的,还需要大量与之互补的隐性知识,这些隐性知识与具体的生产环境密切相关。

在海外建立生产基地,一般都会带来集团的显性知识,但因为环境的不同,储备足够的隐性知识更为重要,这可以让企业面对不确定的海外环境更加从容。对于博菱电器来说,这个隐性知识就是日积月累打造的全产业链生产工艺的技术知识体系。在博菱电器的日常运营中,注塑工程师、模具工程师参与外协厂的技术指导,把控产品质量。虽然这些工程师并不直接参与其生产相关工艺环节,但他们搭建起了客户和外协厂之间的桥梁,也推动了外协厂生产质量的稳步提升。

这其中就包括了企业最大的外协厂——江门自信电机厂。2010年，自信电机厂成立，因为创始人有技术，人踏实，博菱电器在接触中发现这家企业做的产品质量有保证，但规模较小，管理也较为散漫。因此，博菱电器在转型中，也带着这家外协厂一起升级，依据客户的最新要求，博菱电器的工程师和客户方一次次引领着自信电机进行产线升级、技术迭代。在这过程中，博菱电器与自信电机结下了深厚的友谊。通过共同努力，自信电机从一家默默无名的小作坊变为了年产值三亿多元的规模化企业。

拥有这么一支技术团队，就像练好了扎实内功的武林高手，可以去世外闯一闯了，但博菱电器的"出海"梦还差一步：缺少国际化的稳定客户。

为了这一目标，公司在等待和准备中积累耐心资本，这也是一家企业能在市场竞争中突围的关键能力。当公司逐渐积累了更多订单时，博菱电器组建起了200余人的研发团队，持续扩大研发投入，期待厚积薄发。

而机遇也总是留给有准备的人。在不懈的努力下，2012年，博菱电器获得了一个突破性进展，拿下业内标杆品牌Capital Brands的ODM订单。经此以后，博菱电器开始陆续拓展众多国际知名小家电品牌客户，为康奈尔、鲨客宁家、汉美驰、飞利浦、博世等国际知名小家电品牌商提供研发、设计和制造服务。在跨境电商品牌方面，傲基、千岸、遨森等知名大卖，陆续成为博菱电器的客户，企业也深度嵌入这些大卖背后的重要产品供应链。

博菱电器每年开发七八十款新产品，其中四五十个品牌为客户量身定做，其余则是自主开发；有10多项发明专利、300多项实用新型专利、70多项国际专利。近5年，每年研发投入5000多万元。这就是企业出海的底气。

而全球的贸易摩擦让企业加快了"出海"步伐。

在博菱电器的采购结构中，原材料产品包括塑料粒子、特殊钢材都是从国外进口，这从源头上提高了企业的产品质量，但也意味着企业对外依

○ 博菱电器印尼生产基地

赖度很高。随着中美贸易摩擦的加剧，供应链风险不断上升。面对这一形势，博菱电器终于下定决心要走出国门，在海外寻找另一个落脚点。

从2017年开始，企业管理层开始频频在东南亚等国寻找合适的发展"土壤"。政局稳定、成本优势都是他们考虑可持续发展的因素。在考察对比了几乎所有东南亚国家后，他们最终把目光聚焦到了印尼。印尼人口较多，土地要素便宜，对华友好，最关键的是，国内小家电需求逐渐释放，也有助于博菱电器实现本地化销售。

2021年9月17日，博菱电器印尼新建小家电产业园项目竣工，项目位于印度尼西亚中爪哇三宝垄肯达尔工业园区，建筑面积约8.26万平方米，主要包括一个三层钢结构办公室及实验室、一个单层钢结构库房，两个双层钢结构车间等。项目在建设过程中为当地带来了1000多个就业岗位。

这个项目在印尼本地引起了轰动。现代化的厂房、具备竞争力的薪酬让博菱电器成为当地年轻人向往的就业企业。

中小企业在海外建厂的中国方案

自从博菱电器在海外建立生产基地的消息传出，国内很多同行纷纷前来向袁琪请教成功经验。袁琪每次都是有问必答，还会分享自己这一路走来的经验和挫折。在她看来，企业"走出去"是好事，但不应盲目跟风，任何企业的出海战略都应该根据自身的发展进度和实际情况来制定，有些形式上的走出去实际上意义不大。

在中国，出海建立生产基地的多数还是大型龙头企业。这些企业或是国企，具备了全球资源配置能力，或是本身已经在海外建立了较高知名度的品牌企业，在国内拥有完整的生产线，它们的海外建厂模式更多的是复制原有成熟经验。

但博菱电器的"走出去"很特殊。作为一家规模相对较小且不是品牌商的企业，博菱电器的成功为国内中小企业提供了一种全新的发展途径。通过在海外落户，博菱电器不仅打开了发展的"天花板"，还探索出了一条适合中小企业的国际化道路。

一方面，是应对供应链的变化。依托国内成熟的配套体系，中小企业通常有不少外协厂为其提供各类工序的支持。然而，如果企业想去国外，面对陌生的环境和生疏的加工制造水平，企业需要预先建立自己的技术团队，这些骨干需要具备从0到1建设产线的能力。博菱电器的方法是通过带动外协厂发展，带着"利他"心态，培养起了一支队伍，相当于在国内一遍遍预演从零开始的过程，这让这些骨干更有能力和信心去开拓海外。

另一方面，是坚定的企业文化导向。海外建厂不确定因素非常多，中小企业人手有限，博菱电器海外建厂可谓难度极大。建厂遇上疫情，管理人员不能到达现场，他们就与建设方中建八局网上会谈。等到机器设备进厂，面对严重的国外疫情，博菱电器上下齐心，高管带队，带着必胜决心冒险前往，如期完成任务。交期是企业的生命线，这个时候，企业文化的驱动发挥了很大的作用。因此,中小企业如需进军海外,高度人心凝聚、以目标为导向的企业韧性文化是必备的。

从博菱电器的发展历程可以看到,中小创新型企业涌现的必然性源自企业对自主技术的努力学习和探索,来自决策者在关键历史节点抓住机遇推动的政策范式转型,更来自企业内生的文化追求。这种必然性并不意味着自主创新的前路就会平坦,相反,历史经验表明,自主创新企业的崛起几乎一定会在国际竞争中受到既有巨头的打压。中小企业的"出海",几乎注定是一段艰苦卓绝的奋斗之路。然而,正是企业崛起的历程使我们的心中有了一个明确的答案:中小企业不断前行的必然性并不是由一两件具体的技术所决定的,也不是现在拥有这些技术的个别国家所能改变的。有了这个答案,这种必然性就必将激励企业在世界之海探索出适合中国发展的航道。

博菱电器大事记

2007年　宁波博菱电器有限公司成立。

2012年　与美国大客户Nutribullet建立合作关系。

2015年至今　分别与赛博、康纳尔、博世、飞利浦、耐捷等全球知名品牌建立合作关系。

2018年　博菱电器登陆新三板。

2019年　公司成立自主品牌"Thimax膳美师";成立自主品牌"iCucina"布局海外亚马逊销售。

2020年　入选"十三五"中国十大厨房小家电出口企业、中国十大搅拌机类产品出口企业。

2019~2022 年　布局全球,建立印尼工厂。

2022 年　入选中国十大厨房小家电出口企业、中国十大咖啡机类产品出口企业。

2022~2024 年　荣获浙江出口名牌。

2023 年　印尼工厂投入量产。

后记

书稿终于完成，这本书从确定主题到搭建框架，从搜集资料、采访企业到加工数据、提炼想法，经历了从最初的海量信息汇集到最后成稿的一遍遍修改。从最初的忐忑心情到最后的小小确幸，其中的汗水和心血只有自己最清楚。不过，这个过程给我带来的快乐也是不言而喻的，每当我看到这一篇篇文稿，那种感觉非常美妙。

2024年是北仑开发建设40周年，也是宁波获批全国首批沿海开放城市40周年。在本书的写作过程中，我经常是边写边修改，同时关注企业的最新动态，有感动，有敬佩，有激动，心中的情感就伴随着这些企业跨过40年，与笔下企业的命运和未来紧密相关。

这次写作是北仑40年个体企业的一个小小回顾，实际上也是对我多年来工作的一次总结。自从进入北仑区传媒中心以后，得益于这里宽松自由的环境，得益于能够经常与企业家接触、深入企业一线的便利，我得以用更长久的时间跨度来看企业变迁的过程。时间的沉淀让我伴随企业成长，也让我从企业的发展历程中受益匪浅，有所更新，有所发现，并从中收获乐趣。

北仑开发建设的40年，就如同中国大地上很多城市一样，"白手起家"螺旋上升，扎根在这里的企业，无论是从北仑起步，还是第一次来到北仑，都面临过种种不便和困难。它们见证了这片热土上发生的奇迹，成为创造奇迹的故事主人公之一。这些企业在当时为中国企业探索出了一条条道路，至今仍具有借鉴意义。

历史已经翻过了一页，所有经历过那个时代的人，都不得不承认，短短的40年带给了我们巨大的变化。没有改革开放，就没有这一切；没有这些企业，就没有北仑的今天。

2024年的国庆期间，正值书稿即将完成之际，商圈人流如织，民族的自信在这里得到了具象化的体现。这种自信源自中国一次次的开放和创新，从加入WTO到建设自贸试验区，中国融入世界经济的同时，也是北仑开发开放的过程。40年前，当人们站在北仑的土地上，面对大片农田时，很难想象现在这里已经建起了一幢幢现代化的厂房。改革开放使得无数个像北仑一样的小城市日新月异。改革释放出来的巨大能量，不仅让世界感到惊奇，就连我们自己都深感震撼。我们有幸生活在这个时代，这个见证了中国历史巨大变化的时代。

最后，我要感谢所有为这本书提供过各种帮助的人。首先是北仑区政协、北仑区委宣传部、北仑区传媒中心领导给本书提供了宝贵意见。其次是宁波经开区投促局、北仑区发改局和北仑区经信局的相关领导为这本书提供了大力支持。另外是宁波出版社的徐飞副社长、苗梁婕副主任和编辑陈姣姣老师，因为有他们的帮助，我的书才得以在反复修改后顺利出版。也要感谢各位企业家和联络员在我书写期间提供的故事和资料，让我能在较短时间内完成这本书。

我在书中大量引用了相关的文献、报道和数据，在此感谢所有的相关作者。由于时间紧迫，又考虑到本书是以雅俗共享为基本原则，因此对于许多历史发展主要从大的方面着眼，进行粗线条的描述和论证，而对许多细节方面并未来得及深入研究，往往只是提出了一些有待进一步探讨的相关假设，希望能够起到抛砖引玉的效果。最后，由于一些数据和素材的搜集不尽完美，恳请读者对可能的疏漏或误差予以谅解并指正。

谢　挺

2024 年 11 月

图书在版编目（CIP）数据

破局：开发热土上的企业故事 / 谢挺著 . -- 宁波：宁波出版社 , 2025.3. -- ISBN 978-7-5526-5647-3

Ⅰ . I25

中国国家版本馆 CIP 数据核字第 20259DN711 号

破局：开发热土上的企业故事
POJU KAIFA RETU SHANG DE QIYE GUSHI

谢　挺　著

出版发行	宁波出版社
地　　址	宁波市甬江大道 1 号宁波书城 8 号楼 6-7 楼
邮　　编	315040
责任编辑	陈姣姣
责任校对	叶呈圆
装帧设计	金字斋
印　　刷	宁波白云印刷有限公司
开　　本	787 mm × 1029 mm　1/16
印　　张	20.75
字　　数	280 千
版　　次	2025 年 3 月第 1 版
印　　次	2025 年 3 月第 1 次印刷
标准书号	ISBN 978-7-5526-5647-3
定　　价	89.00 元

如发现缺页或倒装，影响阅读，请与出版社或印刷厂联系调换
电话：0574-87248279（出版社）
　　　0574-87328764（印刷厂）